中国近现代教育小说研究

赵娟 著

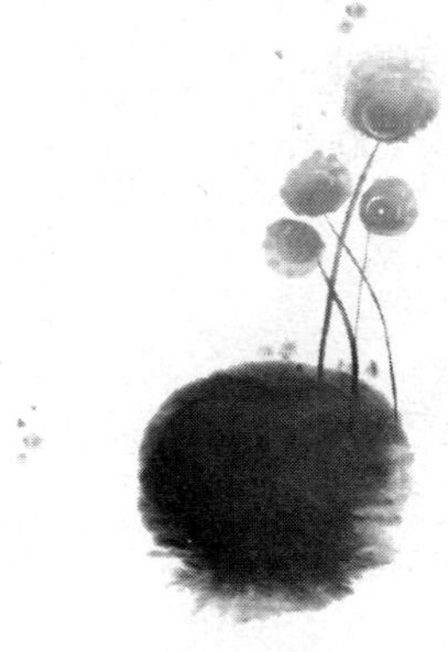

河北大学出版社

图书在版编目（C I P）数据

中国近现代教育小说研究 / 赵娟著. -- 保定 : 河北大学出版社, 2013.10
ISBN 978-7-5666-0318-0

Ⅰ. ①中… Ⅱ. ①赵… Ⅲ. ①小说研究—中国—近现代 Ⅳ. ①I207.42

中国版本图书馆CIP数据核字(2013)第239940号

zhongguo jinxiandai jiaoyu xiaoshuo yanjiu

责任编辑：胡素杰 hj570@126.com
王殊宁 wsn1550@126.com
装帧设计：赵　谦
责任印制：靳云飞

出版：河北大学出版社（保定市五四东路180号）
经销：全国新华书店
印制：保定市北方胶印有限公司
开本：1／16（710mm×1000mm）
字数：240千字
印张：17.5
版次：2014年1月第1版
印次：2014年1月第1次印刷
书号：ISBN 978-7-5666-0318-0
定价：39.00元

前　言

将中国近现代教育小说作为教育文献来研究，最直接的意义莫过于丰富了中国近现代教育史的研究资料。目前近现代教育史的研究资料主要来自于正史中的官方教育政策、法令、档案或后人辑录的史料汇编，教育史上的著名人物的著作、文章、日记、书信，教育杂志、报纸刊登的教育实验、理论等，而对文学作品中的教育材料采纳却不多。因为近现代社会中的教育小说记录了特定历史时期的教育制度和教育思想的变迁，反映了近现代社会的教育史实，所以也就具有教育文献的价值，可以大胆采纳。

同时，教育史的研究成果，无论是论文还是著作，在学术性上素来重视史料的翔实，要求有历史的厚重感，这本无可厚非，但从普通读者的角度来看，显得严谨有余，比较活泼的作品数量较少，甚至一些作品为突出理论色彩，用词晦涩，易令人敬而远之。通过近现代教育小说的研究，我们发现其中也反映着许多教育现象，虽在知识的系统性上不如专门的教育史研究成果，但给人的印象很深刻，容易理解，这一效果又胜于学者的学术作品。因此，研究教育小说，借鉴文学叙事，对教育史研究中教育叙事手法的使用是大有裨益的。

目前，关于教育的小说的研究，虽然学界已经发表了一些论文，主要集中在对教育小说的整体研究和对教育小说中代表人物的代表作的研究，但对教育小说的研究还不是很普遍，还没有专门研究中国教育小说的专著出现。如北京师范大学的刘加民的硕士论文《中国现代教育小说的历史研究》(1999 年)，曲阜师范大学的孙婷婷的硕士论文《文学就是教育——中国现代教育小说简论》(2007年),东北师范大学的韩永胜的博士论文《中国现代教育小说概论》(2008年),此外还有曲阜师大的蔡世连教授2001年在《山东教育》上连续发表的系列论文“现代教育小说简介”三篇,浙江大学陈桃兰的博士论文《观念世界的教育变革——现代小说中的教育叙事研究》(2009年)。此外浙江大学田正平教授从清末教育小说的翻译层面介绍了教育小说的功能,《清末民初教育小说的译介与新教育思想的传播》,发表在2009年5月份在台湾举办的“两岸高等教育革新与发展——教育哲学与历史学术研讨会”上。此文把对教育小说的研究拓展到清末民初的各类报刊杂志上所登载的教育小说译作,这也是其他研究者所没有关注到的层面。但是综合分析我们会发现,这些研究成果都是集中在对教育小说内容的剖析,没有深刻分析这些教育小说的出现与中国近现代教育、社会变迁之间的内在联系,此外教育小说最深层次的含义是折射出当时的教育制度和教育思想的变化,以上的这些论文可以说挖掘得不够。

此外,对教育小说中代表人物的代表作的研究主要集中在一些写作了大量教育小说的作家身上,如叶圣陶、鲁迅、老舍、冰心等。代表论文有:潘懋元于1963发表在“厦门大学学报”第1期的《从中国现代教育史的角度看〈倪焕之〉》;韩永胜和吴景明2008年发表在“东北师大学报(哲学社会科学版)”第3期的《在困惑与断裂中成长——老舍的三部教育小说》;任苏民于1994年发表在“教育研究”第9期上的《叶圣陶教育思想研究》;叶碧于1995年发表在“浙江师大学报”第4期上的《论叶圣陶笔下的教师形象》;崔明芬于1988年发表在“郑州大学学报(哲学社会科学版)”第3期的《论老舍小说中的教育思想》;任苏民于1994年发表于“教育研究”第9期的叶圣陶教育思想研究;范喜宏于1998年发表于“语文学刊”第2期的《浅谈倪焕之》;翟瑞青在1999年发表于“济南大学学报(社会科学版)”第6期的《儿童,冰心心中的一片绿洲——兼论冰心的儿童教育观》等。整体来看,这些论文不足30篇,数量较少,而且大部分的论文还都是集中在现代教育小说层面,对清末民初的教育小说代表人物及代表作研究几乎没有论及,系统性不强，而且以上这些研究缺乏从深层次挖掘教育小说折射出来的教育制度变迁和教育思想的新旧更替，只是从表层来论述了教育小说的内容和特点。

通观当前的研究，一些学者在近代社会教育小说这个领域已经做出了一些开拓性的工作，但是对于中国近现代教育小说的整体梳理和个案研究还很薄弱，需要进一步加强。本书将以中国近现代教育小说为研究对象，结合小说产生的历史背景，通过对其教育文本的深入解读，试图探求其中反映出来的教育事件发生、教育制度更新、教育思想演变、教育人物成长等诸多教育问题，其中还分析了教育小说的广泛传播推动了教育理念的普及，提升了人们的认识，这些都对当前所进行的教育改革起到很好的借鉴作用。

笔者在编写本书的过程中，系统阅读了中国近现代大量的教育小说文本，查阅了国内外有关的专业性刊物，收集了大量资料，并注重结合自己多年的教学和研究经验。在内容设置上，本书共分为六部分：第一部分是绪论，系统介绍了中国近现代教育小说的研究范围和类型题材；第二部分是中国近现代教育小说发展概况，从剖析中国近现代教育小说产生的时代背景入手，介绍中国近现代小说的发展历程，其中重点说明了随时代迁移，小说主题的转变；第三部分是介绍清末民初教育小说所反映的教育冲突与变革，分两块内容，首先展示了清末新学制推行后的教育图景，如学制革新带来的希望与冲突、教育机构的变革、教育官僚的昏庸、普通教师的众生相以及女性意识的觉醒。其次侧重个案研究，以包天笑的教育小说创作为例，分析了他的教育思想；第四部分和第五部分是民初至五四前后教育小说中的教育问题和抗日战争至新中国成立教育小说呈现的教育现象；最后一部分是全书的总结和升华，首先，从教育小说的特点分析了教育小说对教育发展的促进作用；其次，指出近现代教育小说对教育史研究的启示，包括研究方法和研究视野等方面；最后，阐述了近现代教育小说对我国当代教育发展的启示，主要围绕百年前的一些教育问题今天依然存在，值得我们反省。

在该书的写作过程中，河北大学的吴洪成教授（笔者的博士生导师）认真审阅了本书的编书大纲和全部书稿，提出了大量宝贵的修改意见，同时在资料挖掘中还得到了河北大学卜然然老师的大力相助，同时在本书的付梓之际，河北大学出版社的编审人员为本书的编辑出版付出了艰苦的劳动。在此，谨向各位专家表示最衷心的感谢。

诚然，由于时间过于仓促，水平又有限，本书中难免会存在一些不足之处，恳请读者提出宝贵意见，以便修改。

赵 娟

2012.11

目　录

绪 论

在中国教育史的视野下对近现代教育小说展开研究，是因为教育小说中的教育素材可以作为文献来看待，这里为什么提“教育小说中的教育素材”而不是教育小说的全部，因为大多数教育小说都有一定的虚构成分，比如人名、校名、地名、年代、数量等，就不能像普通史料那样，随便一句话摘出来就可以引用，所以教育小说中只有作为教育素材的部分，才是此处讨论的对象。

就教育小说中所叙述的教育事件、教育状况等教育素材而言，它是否可以作为教育史的研究资料，是否具有史料价值？它们是否可以作为一种教育文献来进行解读呢？下面拟做出回答。

一、确定中国近现代教育小说所指的范围

“教育小说”一词来源于德语“Bildungsroman”，也可称为“教养小说”、“性格发展小说”、“成长小说”。美国康奈尔大学英语系教授，当代著名的文学理论家艾布拉姆斯(M.H.Abrams)在他编著的《文学术语辞典》一书中为其下的定义是：“‘教育小说’是来源于德语，意为描写教育的小说或描写成长的小说。这类小说的主题是小说主人公从幼年时期起到成年的性格和精神上的成长，通常要有各种各样的经历，最主要的是要在经历过精神危机后变得更加成熟，这种成熟主要是指对自己在这个社会中身份和角色的认识。”①此外，原人民文学出版社副总

① [美]艾布拉姆斯.欧美文学术语词典中译本[M]. 北京：北京大学出版社，1990.47.

编辑刘半九先生曾在《绿衣亨利》的序言中给教育小说进行了如下描述:"'教育小说',顾名思义,首先来源于作者这样一个基本观念:人决不是所谓'命运'的玩具,人是可以进行自我教育的,可以通过自我教育来创造自己的生活,来充分发挥自然所赋予他的潜能。因此在这个观念的指导下,教育问题便成为这类作品内容的重要组成部分。从狭义来说,从德语文学中的具体范例来说,教育小说是以个人和社会的矛盾尚未激化成为敌对状态为前提的,主人公在生活中接受教育的过程就是他通过个性的成熟化和丰富化成为社会合作者的过程。"①

从这两个定义我们可以看出,二者对"教育小说"的界定基本上是相同的,都强调了主人公要经历"成长"这一过程,并且在成长的过程中伴随着精神和思想领域的成熟,是逐渐走向社会化的经历过程。并且我们考察西方教育小说的创作,也确实是在实践着这一理论。

如前所述,"教育小说"一词的语境既然来源于德国,其奠基者也自然为德国人。在这里不得不要提到的是歌德(Goethe)的《威廉·迈斯特的学习时代》(1829)。歌德通过威廉·迈斯特的成长故事,比较完整地表达了一个文学家的教育观,此部经典小说也被认为是教育小说的开山之作。在小说中,歌德建立了自己独特的教育理念:所有的孩子成年后都必须学习一门技艺,从而能够以后走上社会独立生存,而所有的技艺都具有同等的价值,没有高低贵贱之分,同时从事各种职业的人都具有同样的社会地位,没有尊卑之分,劳动着的个人也都应该具有高尚的社会公德心和社会责任感,应秉承着"人人为我,我为人人"的生活理念。西北师大的王兆璟博士对此部小说的评价是:"歌德的这部小说之所以被冠以'教育小说'奠基之作之名,原由在于歌德承启了启蒙思想家的理性思维和务实精神,适应了时代变革对人的社会要求,这使他所塑造的人(威廉·迈斯特)超越了狭窄的、普遍的、庸俗的感性生活而趋向于一种更高的、纯粹的、新生的理性生活。"②在歌德之后,瑞士的德语作家凯勒(Keller)完成了其重要著作《绿衣亨

---

① 刘半九.绿衣亨利,译本序,凯勒.绿衣亨利[M].北京:人民文学出版社,1980.2.

② 王兆璟.教育小说:流变与省察[J].教育理论与实践,2003(9).11—12.

利》(1855),这部作品被看作是教育小说中的典范之作,书中塑造了亨利这样一个不断进取不断完善自我的形象,表达了一个人的灵魂成长史。此后,德语语系的教育小说开始成为一种受到大家认可的小说文本在世界范围内传播并受到广大小说家的欢迎和尝试,如英国的小说家狄更斯(Dickens),法国小说家巴尔扎克(Balzac),美国小说家马克·吐温(Mark Twain)等。

而中国近现代的教育小说,其特质却不同于此,由于其产生与社会的深刻变革密切相关,因此它描述的内容不限于个人的成长,大凡与教育有关的制度、思想、生活等都涵盖在内,范围更广。

"教育小说"一词虽是个舶来品,但是反映教育问题的小说在我国并不是在晚清才出现的。教育在中国人的心目中历来占据着重要的地位,反映教育问题和事件的作品也是数量繁多,只是到了明清两代,教育小说不论是在数量上还是在题材内容上都有了很大的突破。如清代作家李绿园的长篇教育小说《歧路灯》,描写了河南贡生谭忠弼一生端正谨慎,临终嘱托儿子谭绍闻要用心读书、亲近为人,但是谭绍闻受到恶友的引诱走上歧途,后饱尝辛酸迷途知返的故事。小说对封建社会的吏治、教育和市井人情都多有描述,受到后代学者的一致推崇,并且大多数学者一致认为这是一部非常成功的教育小说,里面蕴藏着大量丰富的古代教育资源,如河北师范大学李延年教授认为该篇小说:"是一部导人向善、存心淑世的小说,是一部教育小说,是一部为青少年说法的小说。"①《歧路灯》中浪子终回头的经历,看似在关注个人成长,但细细品味,会发现作者的主题仍在提倡伦理纲常,对当时离经叛道、充满欲望的社会态势的不满,表达"理"最终战胜"欲"的理想。

在中国近代,晚清的政治变局促发时人发出种种救国新民之思,而在各类革新之道中,"教育"无疑是最受到人们普遍重视的一个方面。从19世纪末期的维新运动开始,一系列的变革,如废科举、兴学校、提倡女子教育、发行报刊以传播新知、普及演说以启迪民智等,都是出于对现实的考虑,是为了兴实学,意图上是

---

① 李延年.歧路灯[M].郑州:中州古籍出版社,2002.232.

要从西方引入文明气象，进而提升整个社会的国民素质，拯救民族危机。这些措施也在根本上改变着千百年来中国知识分子的价值观念和思维模式。当时一些有识之士认为："仅识字之人，有不读经，无有不读小说者。故六经不能教，当以小说教之；正史不能入，当以小说入之；语录不能喻，当以小说喻之；律例不能治，当以小说治之。"①此种言论一出，得到时人的广泛认同，梁启超更是大力倡导"小说界革命"，进而提出："故今日欲改良群治，必自小说界革命始；欲新民，必自新小说始。"②这种倡导虽然是以小说作为政治斗争的工具，但是在那个高度集权化、政治化的年代，它却有利于提高小说的地位，吸引大批的文人来从事小说的创作。

但是在当时的时代背景下，人们在思想上更多的是对传统腐朽教育的反思和批判，所以在小说表现上较多倾向于暴露和嘲讽当时新旧教育变革过程中的诸多乱象。而后期的包天笑，开始有意为"教育小说"，不论是译作还是个人创作。如他在其译作《埋石弃石记》的卷末语中写道："呜呼！读者诸君，我著是书，未敢以豪杰魁硕望我国民，特描摹此小学教师之模范，以贡献于青年，脱人人能以弃石埋石为心，则国家之基础，乌有不坚者乎！③"可见确是作者怀着满腔赤诚来写作的。在包天笑的影响下，当时的很多杂志期刊上引入了西方的教育小说理念，改译和创编教育小说成为一时风潮，如改写了法国卢梭的《爱弥儿》（包天笑译作，当时被译为《爱美耳钞》）、意大利亚米契斯的《爱的教育》（包天笑译作，命名为《馨儿就学记》）、瑞士裴斯泰洛齐的《林哈德和葛笃德》（包天笑译作，命名为《醉人妻》）等。此种创作理念一直延续到五四新文化运动时期，并在叶圣陶、鲁迅、老舍等一系列文人的手中发扬光大。

台湾著名学者梅家玲在考察中国历史上这一时期的"教育小说"创作时有这样一段话，值得我们思考，摘录如下：

---

① 康有为.日本书目志识语[Z].陈平原.中国现代小说的起点——清末民初小说研究[M].北京：北京大学出版社，2005.5.

② 梁启超.论小说与群治关系[J].新小说，1902(1).25.

③ 包天笑.埋石弃石记[M].上海：商务印书馆，1931.147.

> 自从梁启超倡言“欲新一国之民，不可不新一国之小说”以来，不仅引发小说界革命、激发以小说教育启蒙大众的思潮，时人大量引介并取法外国翻译小说的做法，也因此盛极一时。在品目繁多的各类翻译小说中，“教育小说”无疑极为特殊且值得关注。原因是，在政治、侦探、科幻小说之外，它是另一不同于传统说部之作的类型小说，为当时中国读者开启了迥异的阅读视界；另方面，它的叙事重在体现青少年的奋斗成长及学校教育生活，恰恰呼应了当时憧憬“少年精神”、强调教育启蒙的社会现实，并为青少年的学习成长，提供具体的参考范式。然而，在引进西方“教育小说”的同时，晚清文人原也不乏著眼于教育问题、投射种种“教育想象”的小说书写。从晚清小说家自撰的白话“教育”小说，到以文言引介翻译的欧西“教育小说”，所涉及的，不仅是中西新旧文白等问题的纠结互动，也是时空论述与少年想象的翻新，是文学传统与现代性的往来交锋。①

从此番言论中我们可以看出，教育小说在当时的历史环境中承担了“唤醒民众、教育启蒙”的重任，在形形色色的各类教育小说中体现了时人对社会形势的关注、对民众的关爱、对教育现实的关心，而不单是青年的成长问题。

通过上述追溯，可以看出国外的教育小说关注更多的是青年人的个人成长，而中国近现代的教育小说更多关注的是教育问题，因此可以说，“教育小说”这一术语虽借自西方，但由于中西文化的差异，教育小说的内在倾向性也存在差异。中国近现代的社会时局和中国文人的忧国忧民的传统，就是近现代教育小说成长的土壤，导致了它们的视角始终关注着教育发展变迁中的诸多问题，作者们在提醒世人注意的同时，也在剖析原因，努力探索着解决问题的出路。

所以，在本书中所选用的教育小说大致指的是以教育现象为主题或能够呈现出教育素材的小说，在这类小说中，通常会描写到教育制度、教育观念、师生生

---

① 梅家玲.包天笑与清末民初的教育小说[J].中外文学，2006，35(1).157.

活等,具有现实主义特色。需要强调的是,这不是一个严格的内涵外延明确的定义,只是本课题选择文本的一个范围限定。当然,有的小说从不同的研究视角,可以归属为不同的种类,但这并不影响本课题的研究,对这类小说,本文仅从教育的角度切入,仍将其看作教育小说,如《围城》、《范老老师》等。

二、确定教育小说素材的真实性

人们一般认为,小说是虚构的,不真实的。不真实的东西,怎么可以作为文献来看待呢?这是很多人通常会有的疑惑。其实,作为文学作品的一种,教育小说遵循一般文学作品的创作原则,那就是源于生活、高于生活。源于生活是指文学作品的素材来源于社会生活,具有一定的真实性,不是凭空想象的。高于生活,是指文学作品不是社会生活的翻版、复制,而是经过作者的提炼加工,具备了较高层次的、普世性的教育、启迪意义;但这种加工又是在不丧失真实性的前提下展开的。如《塾师现形记》(闻野鹤)《倪焕之》(叶圣陶)《荒山的女儿》(师田手)《他是一个怪人》(杨振声)等都是作者从生活中提炼出的真实的人物、故事。而且,教育小说中还存在一些报告文学性的作品,如《一个女人翻身的故事》(孔厥),是以真人真事为基础的报告文学,虽也有虚构,但虚构是有限制的。因此,总体来说,教育小说虽然是虚构的,但在本质上又是真实存在的。此处的“真”指的是生活中常见的事物,或者说时代背景。也就是说,故事可以是虚构的,但其中很多经历都是作者观察甚至亲身经历的过程,他们中的很多人要么直接做过教师,要么对教育界的情形十分的了解,所以,他们也往往自认为自己的作品是可以作为资料来看待的。

如叶圣陶先生曾经在《自序》中写道:“我的小说,如果还有人要看的话,我希望读者预先存这么样一种想法:这是中国社会二三十年代来一鳞一爪的写照,是浮面的写照,同时搀什些作者的粗浅的主观见解,把它当文艺作品看,还不如把它当资料看适当些。”①统观叶圣陶的创作道路,我们会发现他虽然是一位文学家,但是笔触不离教育,在他的一生中创作出大量优秀的教育小说。在他的作品

---

① 叶圣陶.自序[A].叶圣陶选集[M].上海:开明书店,1952.8—9.

中,有对当时中、小学基础教育陈旧、腐败现象的披露,有对一些错误教育观念的批判,还有对一些误人子弟教育人士的讽刺,在字里行间都流露出作者对于教育改造人心、教育改良社会的思考、呼唤和追求,也伴有深深的忧虑。正如叶圣陶自己说的:"我做过十年的小学教员,对于小学教育界的情形比较知道的清楚点。我不懂什么教育学,因为我不是师范出身,我只能直觉地评判我所知道的。评判当然要有尺度,我的尺度也是杜撰的。不幸得很,用了我的尺度,去看小学教育界,满意的事情实在太少了。我又没有什么力量把那些不满意的事情改过来,我也不能苦口婆心地向人家劝说——因为我完全没有口才。于是,自然而然走到用文字来讽他一下的路上去。我的几篇小说,讲到学校、教员和学生的,就是这样产生的。①"而这些事件的描述和人物形象的塑造都为研究中国近代教育史提供了不可多得的形象素材,丰富了中国近现代教育史研究的资料库。

又如鲁迅先生,他在中国历史上不仅是一位文学巨匠,而且还是一位伟大的教育家。顾明远教授对鲁迅曾做出如此评价:"他一生中较长时期从事教育工作,积累了丰富的经验,对教育问题发表了一系列革新主张和许多精辟的见解。他的教育经验和教育思想是我国教育的宝贵财富,对于我们的教育工作至今仍有着重要的现实意义。"②"鲁迅"的教育小说《在酒楼上》写到受过现代教育的知识分子吕纬甫教书,上午是"子曰诗云",下午"声光化电"。这些描述都反映了当时教师教育思想新旧杂陈,新的教育制度虽然确立,但是受到旧有教育观念的阻碍,推行起来困难重重的状况。

此外还有很多我们耳熟能详的名字,如茅盾、老舍、冰心、沙汀、杨振声等,他们都曾投身教育,在自己的创作中记录教育史实,为中国的教育史研究提供了不可多得的活生生的资料。因此,教育小说较一般的小说更具有纪实性。

所以,教育小说所反映的主题,是作家所处时代教育精神的外化;所提供的教育素材,是当时教育状况的反映,是具有现实意义的,是可以作为一种教育文

---

① 刘增人,冯光廉.叶圣陶研究资料[M].北京:北京十月文艺出版社,1988.239.

② 顾明远等.鲁迅的教育思想和实践[M] .北京:人民教育出版社,2001.4.

献来解读的,具有史料的价值。当然,对教育小说中的教育材料加以精审详辨,透过现象看本质,也是应有的求真态度。

三、确定中国近现代教育小说的类型题材

小说作为文学样式的重要组成部分之一,是以塑造人物形象为中心,通过叙述故事情节和描写典型环境来反映社会生活。小说在人们的生活中一直承担着重要的职能,小说家可以借助小说这种文学形式宣扬自己的思想和表达个人的情感,而读者也可以通过小说这个渠道了解社会和感悟人生。其中,教育小说——作为小说的一个分支——也是历来受到广大小说家、教育家和批评家们共同垂青的一种文学样式,他们不约而同地在自己的领域中实践着对教育小说的阐释和表达。

按照不同的分类标准,我们可以对中国近现代社会的教育小说有如下分类。按照创作形式不同,可以分为文人译介教育小说和文人独立创作教育小说,前者集中表现在清末民初时期,更多地是翻译西方的教育小说,但是已经出现了文人有意为教育小说的雏形,如包天笑所作《馨儿就学记》(1909年),底本是意大利著名作家亚米契斯(Edmondo De Amicis)的《爱的教育》(1888年),但是作家在翻译的同时也加入了很多本国的事件和自身对教育的感悟,带有浓厚的“个人因素”和“中国特色”;而后者的繁盛期是五四新文化运动时期,出现了大量反映教育问题的小说,这与当时的众多教育思潮也是息息相关的,如《端午节》(鲁迅,1922年)反映了教育独立思潮,《义儿》(叶圣陶,1921年)揭示出“儿童本位”教育思潮,《倪焕之》(叶圣陶,1928年)展现了杜威的实用主义思潮等。此外按照历史分期不同,可以分为:古代教育小说、近现代教育小说、当代教育小说,而本项研究的关注点更多集中在近现代教育小说领域。或按照篇幅长短,可以分为长篇教育小说、中篇教育小说和短篇教育小说。或者按照题材内容不同,可以分为教育问题小说、教育成长小说,本项研究重点介绍教育问题小说,对后者也会有适当介绍。

本书的研究,在时间上从1840年起,下限至1949年,是因为近现代教育小说在此期间由产生发展至繁荣,而中国教育在这百年中也发生着沧海桑田般的变化。这一百多年的时间,在人类历史的长河中是非常短暂的一瞬,但近代中国却发生了翻天覆地的巨变,充满了错综复杂的事件和思潮,同时还伴随着教育制度的反复变革和教育思想的纷繁多样。纵观时人的教育小说创作,皆关注教育领域中的教育事件的生成、教育制度的发展、教育思想的演变和教育个体的成长等;而对这些教育事件、制度、人物和思想的记述,也生动地记录了教育近现代化进程中的某些珍贵片段。所以从教育的视角对这百年的教育小说进行研究,具有非常独特的学术价值和现实意义。

第一章　中国近现代教育小说发展概述

中国近现代产生了大量的教育小说,以内容丰富、含义深刻起到启人思维的效果,在文学和教育学领域都取得了很大的成绩。在本章中,拟分析在时代变动下的教育小说的整体风貌,并力图探求其作品内容及教育史学价值。

第一节　中国近现代教育小说产生的时代背景

任何事件的发生和发展都不是孤立的,如果我们细心地挖掘,就会发现,每个事件本身都和同一时期发生的其他事件有着某种千丝万缕的联系,会在历史的长河中或多或少留下我们可以发现的痕迹。

费正清先生曾经说过"回顾起来,中国在十九世纪的经历成了一出完全的悲剧,成了一次确是巨大的、史无前例的崩溃和衰落过程。这场悲剧是如此缓慢、无情而又彻底,因而它就愈加痛苦。旧秩序为自卫而战,它缓慢地退却,但始终处于劣势;灾难接踵而至,一次比一次厉害,直到中国对外国人的妄自尊大、北京皇帝的中央集权、占统治地位的儒家正统观念、以及由士大夫所组成的统治上层等事物,一个接一个被破坏或被摧毁为止"。① 十九世纪中后期的中国,经过两次鸦片战争的洗礼,清朝的社会发生了翻天覆地的变化,国家处于空前危机之

---

① 费正清.剑桥中国晚清史[M].北京:中国社会科学出版社,1985.7.

中。首先,外国势力的入侵,使中国的领土和主权受到侵犯,并且原有的自给自足的封闭格局被打破,原有的经济秩序受到破坏,中国成了外国列强推销商品的市场。其次,由于人民不堪忍受双重欺压的苦难生活,爆发了太平天国运动,清政府受到威胁进行镇压,加重了人民的负担。

在内忧外患的双重压力之下,一些思想开明的学者开始思考解决的办法,如著名思想家魏源,他在《圣武记叙》中说:"今夫财用不足,国非贫,人材不竞之谓贫;令不行于海外,国非羸,令不行于境内之谓羸。故先王不患财用而惟亟人材,不忧不逞志于四夷,而忧不逞志于四境。官无不材则国桢富;境无废令则国柄强。"①提出了人才的重要作用,并且魏源亲身经历过太平天国波澜壮阔的农民运动,于是他也能对严峻的社会现实思考得更为深入。为了进一步挽救和巩固清政府的统治,以曾国藩、李鸿章、张之洞为代表的封建上层官僚开始兴办洋务,想以此使腐朽没落的清王朝焕发生机,摆脱落后挨打的局面。1895 年的甲午中日海战,中国的惨痛失败宣告了洋务运动的破产,中国再次陷入被列强瓜分的困境,时人也形容了这种痛楚:

> 国家费数百万之帑项,数聚千人之精力,竭数十载之经营。一旦与倭人对敌,将不知兵,士不用命,师徒挠败,陵寝震惊,失地丧师,枪炮轮船全为敌有。所谓洋务出身者或逃避伏法,或战败降倭,或潜亡内地,前功尽弃,莫可挽回。中国遂不得不力主和议。是役也,办理洋务之员实有难逃之罪。②

事实证明,兴办洋务也并没有改变清政府日薄西山的局面,于是,一些有识之士认为"只有民众的精神状态改变了,中国的变法图强才能获得可靠的社会基础,才可能取得成功。因此,西学不仅是'洋务派'所理解的只是机械制造之类的

① (清)魏源.魏源集[M].北京:中华书局,1976.166.

② 陈耀卿.富强当求本源论[Z].朱有瓛.中国近代学制史料(第一辑)上册[Z].华东师范大学出版社,1983.589.

'形下之末',还包括了西方先进的思想学说和社会制度等等"[①]。据此,梁启超认为:"虽然,文明者,有形质焉,有精神焉。求形质之文明易,求精神之文明难。精神既具,则形质自生,精神不存,则形质无附。然者真文明者,只有精神而已。[②]"而文学正是涵养精神文明的一个非常重要的媒介,于是,作为文化的组成部分,文学被纳入改革家们的视野。

作为中国近现代社会中所产生的大量现代小说中的一份子——教育小说,由于它本身的独特性发挥了特定的作用,文人学者纷纷以此作为"鼓民力、开民智、新民德"的手段,可以说,此时的小说理念是对传统小说理念的扬弃,是以"救亡"为动力,以"启蒙"为方式而形成的新的题材内容的选择。而小说的启蒙作用,尤其是教育小说的感化人心的特点更是为改革家所认同,所以这个时期"小说家在'新民'思想的感召下,主动担当起改造国民品性、改良社会的角色,希望能凭借自己的小说,成为国民的灵魂导师。小说的肩膀上所承载的是国家前途和民族的命运,这是晚清小说在功能观念上的重新定位"[③]。而教育小说和时代社会存在着息息相关的联系,社会中的很多教育制度的演变和教育事件的发生,都或多或少地能从小说的内容中得到很好的体现。

一、封建传统教育的衰败和新教育的兴起

(一)走向危机的传统教育

中国是拥有着悠久历史的文明古国,同时也是一个教育大国,其悠久的教育文化传统对人类的文明演进产生过重要的影响。中国传统教育文化的核心可以说是以孔子为代表的儒家文化,讲究积极入世,由此而形成了"全民族极其高涨的教育热情,尊师重教、兴学办学、对子女较高的教育期望等等,形成儒教社会的一种特质和精神面貌"[④]。而科举制度又是维系儒家传统价值的根本手段,作为选拔人才的一种手段,在封建社会中担任着重要的角色。杨东平教授认为:

---

① 梁爱民.晚清小说观念的多重定位[J].江苏大学学报,2010(3).60.

② 梁启超.饮冰室合集(第4卷)[M].北京:中华书局,1988:15.

③ 梁爱民.晚清小说观念的多重定位[J].江苏大学学报,2010(3).61.

④ 杨东平.中国传统教育的现代命运[J].清华大学教育研究,1999(2).26.

> 科举制所奠定的依照教育程度来选拔官员的制度，是一种十分先进的文官制度，它最具有认识价值的特殊之处，是在一千多年前便已确立知识优先的准则，根据人的教育程度、学习水平来划分人的社会地位，分配社会资源，从而奠定了一种知识社会、学历社会的雏形——所谓的“唯有读书高”、“书中自有黄金屋”，体现的都是对教育、知识的重要性排序。①

所以说，科举制度在很长一段时期内保持了封建社会的长期稳定，但是在清朝晚期，由于政治的腐败，科场舞弊案层出不穷，科举考试功利性的一面直接带来的实用主义泛滥、求真精神缺乏的弊端显露无疑，所以，此处需要说明的是，封建传统教育的衰败，或者说我们所要批判的“封建传统教育”，指的是“在科举制度建立之后延续至今的普遍的教育现实，它们成为 20 世纪文化变革和教育改革的主要对象”。②

此时的封建传统教育逐渐走向没落，具体表现在：

1.官学教育名不副实

“所谓官学，是指历朝历代的统治阶层以及政府组织，以国家或官方的名义，或直接投资兴办，或给予相应的办学政策和办学条件及设施，所兴办的各类正规的学校教育系统。”③官学教育在中国漫长的历史中，一直占据着重要的地位，是中国学校教育发展的主渠道，分为中央官学和地方官学，“正是由于教育与政治之间密切的依存关系，自汉代之后，官学化的教育管理理念，作为一种维护政治统治的重要措施之一，引起了历代统治者和士人阶层的高度重视”④。清代也不例外，“官学在中央有国子监，有专门为宗室和觉罗氏子弟设立的宗学和觉罗学

---

① 杨东平.中国传统教育的现代命运[J].清华大学教育研究，1999(2).26.

② 杨东平.中国传统教育的现代命运[J].清华大学教育研究，1999(2).27.

③ 何宗海.中国官学化教育的历史轨迹[EB/OL]. http://wenku.baidu.com/view/e6ac2100a6c30c2259019eb4.html.

④ 何宗海.中国官学化教育的历史轨迹[EB/OL]. http://wenku.baidu.com/view/e6ac2100a6c30c2259019eb4.html.

等贵胄学校，有主要面向满族官僚子弟的八旗官学等；在地方有府、州、县学和程度较低的社学、义学等"①。但是到了清朝后期，官学逐渐衰败，沦为科举制度的附庸。据《清史稿》记载："(乾隆)十六年，以天下教官多昏耄，滥竽恋栈。虽定例六年甄别，长官每以闲曹，多方宽假。……宗学、觉罗学隶宗人府，景山学、咸安宫学隶内务府。诸学总管、教习等，类乏通才，经费徒糜。甚者黉舍空虚，期满时，例报成就学生若干名而已。②"到了嘉庆朝，月课也渐渐不举行了。"御史辛从益以为言，诏令整顿。嗣是教官多阘茸不称职，有师生之名，无训诲之实矣。"而到了道光年间，"官学积渐废弛，八旗子弟仅恃此进身。教习停年期满予录用例，月课虚应故事。虽明谕屡督责，迄难振刷。③"

我们可以从道光六年御史续龄提出的"严禁八旗官学积弊"的奏折中窥见一斑：

> 近年生徒入学，不过轮期画到，查学之日，教习择其在家课读者，背诵数章塞责；该教习亦止于画到，查学时始行到学，间有在学住宿者，并不教读。其宗室、觉罗及咸安宫、景山各官学，亦复如此。积习相沿，日就废弛。④

官学衰败如此，教官的品行德为也是一落千丈，如道光三十年颁布的上谕中谈到："近日教官一途，半皆年老衰庸及末学浅见之士。"教官不能振作，生员们醉生梦死，官学的颓势已经引起了上层统治者的注意。

于是针对官学废弛的局面，上层统治者曾多次颁布上谕进行整顿，如道光三十年的上谕申明：

---

① 孙培青.中国教育史(修订版)[M].上海：华东师范大学出版社，2000.283.

② 赵尔巽.清史稿·选举志一[M].北京：中华书局，1976.3106.

③ 赵尔巽.清史稿·选举志一[M].北京：中华书局，1976.3116.

④ 璩鑫圭.中国近代教育史资料汇编(鸦片战争时期教育)[M].上海：上海教育出版社，1990.142—143.

国家建立官学，原以教养宗支及八旗子弟，自应循名责实，无令旷功。据称近日各学勤学者少，仅止按时呈交月课，多不入学，殊非认真教督之道。嗣后著管学王大臣严饬各该学正副管助教教习等，督率各生勤加讲课，以整学规，毋任虚糜廪饩也。①

同时对那些不称职的教官也多次颁布上谕，责令严正各人的行为，对那些称职的人员制定了相应的奖励政策，对那些违背准则的教员也制定了惩罚的措施，希望能力挽科举制度的颓势。如《清朝续文献通考》中记载的：

近来各省教职等官，并不实力奉行，认真训课，惟知索取贽礼修仪，贪得无厌；又其甚者，往往干预地方公事，并或遇事鱼肉士子，谄谀绅富，又安望其经明行修，足为士林表率耶？嗣后各省学政务当整躬率属，督饬各教官读书立品，毋为士子所轻。平时训导诸生，总以躬行实践为归，勿崇尚浮华，勿虚应故事。其称职者，准各学政会同督抚保奏，给予奖励。如阘茸充数，及少年浮动不克举职者，并著随时甄劾，不必待至大计年分，庶人知自爱，争自濯磨。②

但是积弊难返，到了清朝晚期，很多的府、州、县学的教学活动几乎都已经或停止或废除，封建的官学教育名不副实。

除此之外，私学的情况也不容乐观，来看一段缪艮在《学堂通弊记》中生动的描述，以资佐证：

况乃弊端百出，居然习以为常。要顽儿只说除腐气，好耍子推做活文机。讲讲谈谈，空挨岁月；嘻嘻笑笑，空度光阴。看诗书，阅经传，聊且乘兴

---

① 璩鑫圭.中国近代教育史资料汇编(鸦片战争时期教育)[M].上海：上海教育出版社，1990.145.
② 璩鑫圭.中国近代教育史资料汇编(鸦片战争时期教育)[M].上海：上海教育出版社，1990.148.

一时;斗口角,讨便宜,从不让人半句。文期将到,先愁明日何题;交卷已完,脱却自家干系。搭起空心架子,或可欺同类之人;究其实在根由,终难对先生之目。①

2.教育内容脱离实际

清朝盛行"义理、考据"之风,开始,考据学还注意经世致用,但是随着清政府多次大兴文字狱,学者文人大部分人人自危,逐渐脱离现实,沉湎于校勘古籍,以求保存自己。如龚自珍在《已亥杂诗·咏史》中感慨道:"辟席畏闻文字狱,著书都为稻粱谋。"

此时的教育内容也已经不能满足社会的需要,学校里的腐朽学风也在愈加浓厚,大部分的人在科举的考场中为了名利而追逐,缺乏起码的钻研学术的态度,终日纠缠在词章词句中,对外面发生的事件充耳不闻。李慈铭对此时的学风作出如下的批评:

嘉庆以后之为学者,知经之注疏不能遍观也,于是讲《尔雅》,讲《说文》;知史之正杂不能遍观也,于是讲金石,讲目录;志已偷矣。道光以后,其风愈下,《尔雅》、《说文》不能读,而讲宋版矣;金石、目录不能考,而讲古器矣。至于今日,则诋郭璞为不学,许君为蔑古。偶得一模糊之旧椠,亦未尝读也,瞥见一误字,以为足补经注矣。间购得一缺折之赝器,亦未尝辨也,随摸一刻画,以为足傲汉儒矣。金石则欧、赵何所说? 王、洪何所道?②

而对那些专心于习字的腐儒,也有一些有识之士对此提出了批评意见:

今一专功于墨卷,则群书遂束之不观;一专功于作字,则读书直至于无

① 璩鑫圭.中国近代教育史资料汇编(鸦片战争时期教育)[M].上海:上海教育出版社,1990.164.
② 璩鑫圭.中国近代教育史资料汇编(鸦片战争时期教育)[M].上海:上海教育出版社,1990.163.

暇。二者之废学，以作字为尤甚。而士子之致力，则于作字为尤专。合天下聪明才力，即尽日而握管濡毫，尚安得济实用？①

再如同治二年，桂文灿也提出了类似的看法，认为一味追求楷字的精工，对己是耗费精力，对于国计民生的发展也没有什么益处：

夫楷字精工，何关乎政事文学？何补于国计民生？即妙等锺王，亦属小技。然欲其精工，非日日临摹，寒暑无间，多历年所，不能悦阅者之目。既日日临摹楷字，人之精神有限，光阴亦有限，致力于此，即不能不荒废乎彼，既耗精疲神于楷字，岂尚能多读经史、讲求时务，勉为贤良以期济世？所习非所用，所用非所习，以有用之精神，置之无用之地，具此无用之技，皆将欲大用之人，汩没聪明、消磨岁月，甚为可惜。②

在社会浪潮的冲击和面临的各类危机之下，传统"士人"的心态也在发生着改变，"很多人对于一直占据中心的维护理想主义的政治和道德秩序的儒家学说，以及垄断了教育和考试权利的人文知识，似乎也已经感受到它欠缺实效的弊端，开始追求一种偏向实用的知识"③。

3.科举考试弊病丛生

到了清朝中后期，八股取士的科举考试也愈加显现出其诸多的弊病，"整个封建教育特别是学校教育与科举紧密结合，教育的目的、内容、方法完全以科举考试为依归，学校成为科举的预备场所"④，而科举考试中出现的丑恶现象也是应有尽有，如营私舞弊、科场夹带、递送关节、冒名顶替。甚至可以用钱买到各种

① 璩鑫圭.中国近代教育史资料汇编(鸦片战争时期教育)[M].上海：上海教育出版社，1990.73.

② 璩鑫圭.中国近代教育史资料汇编(鸦片战争时期教育)[M].上海：上海教育出版社，1990.75—76.

③ 葛兆光.响应新知的旧学———晚清对于中国古典的重新诠释(二)诸子学[C].华学：第5卷.广州：中山大学出版社，2003.315.

④ 孙培青.中国教育史(修订版)[M].上海：华东师范大学出版社，2000.284.

头衔:贡生、监生、举人等。所以时人形容当时的社会情况是“民生之所以日蹙,国用之所以不支者,凡皆廉耻道消,见利忘义所致也”①。

徐珂在《清稗类钞》关于“考试送关节”写到:

考官之于士子,先期约定符号,于试时表明卷中,谓之关节,亦曰关目。大小试皆有之。京师尤甚。每届科场,送关节者纷纷皆是。或书数虚字,或也欤或也哉或也矣,于诗下加一墨圈者,银一百两,加一黄圈者,金一百两。②

又如还有关于“考试送诗片”的描述:“凡进士之朝殿试及京官之考试差时,预揣某官可派阅卷,则先呈字体,以便别认。既出场,即写前四句飞递朝房中所曾托情之人,谓之送诗片。③”

时人黄爵滋对当时的科举弊端发出感慨:

自古人才之弊有二,一在于学非所用、用非所学。夫学非所用、用非所学者,此科举之弊也。科举弊则科举中之人才已莫能见,况科举之外者乎?一在于名不副实,实不副名。夫名不副实,实不副名者,此保举之弊也。保举弊则保举所可及之人才已莫能见,况保举所不能及者乎?④”

而徐柯也曾作《刺时文》对当时的封建科举制度的腐败进行揭露:

读书人,最不齐。烂时文,烂如泥。国家本为求才计,谁知道变做了欺人技。三句承题,两句破题;摆尾摇头,便道是圣门高弟。可知道“三通”、

① 璩鑫圭.中国近代教育史资料汇编(鸦片战争时期教育)[M].上海:上海教育出版社,1990.415.
② 璩鑫圭.中国近代教育史资料汇编(鸦片战争时期教育)[M].上海:上海教育出版社,1990.90.
③ 璩鑫圭.中国近代教育史资料汇编(鸦片战争时期教育)[M].上海:上海教育出版社,1990.90.
④ 璩鑫圭.中国近代教育史资料汇编(鸦片战争时期教育)[M].上海:上海教育出版社,1990.71.

"四史",是何等文章?汉祖、唐宗,是那一朝皇帝?案头放高头讲章,店里罗新科利器。读得来肩背高低,口角嘘唏。甘蔗渣儿,嚼了又嚼,有何滋味?孤负光阴,白白昏迷一世。就教他骗的高官,也算是百姓朝廷的晦气。①

小说家曾朴的《孽海花》中生动地揭露了科举制的弊端和对士人学子的危害:

若得如今被那些世界魔王英、俄、法、德的强国,看得眼红了,都想蚕食鲸吞起来,难道我们这些人是没气的,应得叫人欺负的吗?不就是害在那班帝王,只顾一时的安稳,不顾万世的祸害,造出科名两字,把全国人民的心都蒙了,耳都塞了,眼都遮了,凭着人欲杀欲割,一味不痛不痒了。②

从上述事实可以看出,到鸦片战争时期,清朝的教育早已经是腐败落后,空疏无为,当面临到外来力量的冲击时,如累卵状,不堪一击,已经是走到了穷途末路的境地。于是,改革势在必行,一批现行觉醒的知识分子,纷纷提出改革就教育的新主张,开创了一代教育改革之风。

(二)新式教育的兴起

西学在中国的引入和传播,并不是始于清朝。早在明万历十年(1582 年),意大利传教士利玛窦就来到中国,不仅带来了大量的神学书籍,还给中国带来了近代数学、天文和地理等知识。此后,意大利的传教士艾儒略、汤若望等人也相继来到中国,除了宣传宗教外,不可否认的是,他们也把近代西方的一些自然科学知识介绍到了中国大地。

清朝虽然实行海禁政策,但是仍然阻挡不了西学的传入,西学的广泛传播也带来了新教育的兴起。历史学家们认为:"清末国势已走上了下坡路,统治集团

① 璩鑫圭.中国近代教育史资料汇编(鸦片战争时期教育)[M].上海:上海教育出版社,1990.85.

② 王炳照,阎国华.中国教育思想通史[M].长沙:湖南教育出版社,1994.2—3.

政治上更趋于因循保守,不思进取,在主观上无力回应来自西方文化的大冲撞。可是西学东渐的趋势和它对封建文化的大冲撞,随着国门的打开,任何力量也无法阻止了。从积极意义上说,西学唤醒了一批先觉者,哺育了一代用新思维看待事物的先行者,推动了中国近代化的进程。”①而当时本国内的一些开明人士也开始发表“更法”、“变古”言论,成为开眼看世界的第一批人,此处以著名思想家龚自珍和魏源的思想为例,加以说明。梁启超曾经评价俩人是:“龚、魏之时,清政既渐陵夷衰微矣。举国方沉酣太平,而彼辈(指龚自珍和魏源)若不胜其忧危,恒相与指天画地,规天下大计。”②

鸦片战争之后,当西方的坚船利炮强行进入中国,在受到外侮的同时,魏源又提出了“师夷长技以制夷”的主张,“提出学习当时发展领先的西方资本主义国家的科学技术,并论证了卫国守土、制服侵略者的学习宗旨,维护了在学习先进科学技术中的民族自尊心,激发了迎头赶上西方的民族自信心”③。

1.个体认识的凸显,对人才的发现

八股取士的科举制度培养出来的人才都是封建统治者的顺民,束缚了人才的发展,屠戮了人才之心,许多有识之士纷纷对此现状提出了质疑和批判。

龚自珍(1792—1841),清代的著名思想家、文学家。在他青年时期求学过程中,逐渐接触社会政治现实,并从科场失意中体会到政治腐败和科举的弊端,产生了改革社会的思想。他借鉴公羊学的“据乱之世”、“升平之世”、“太平之世”的三世说,引申为“治世”、“衰世”、“乱世”的三世变化,并进而从人才的角度找原因。龚自珍在痛心疾首的同时,大声疾呼对人才的重视“我劝天公重抖数,不拘一格降人才”。而这里的人才绝不是那些仅仅懂得书斋中的知识,对那些只懂得“车马、服饰、言辞、书法、作诗”的所谓“政要之官”“清暇之官”提出了批判。

据此,龚自珍分析了衰世束缚人才的现象,他在《乙丙之际箸议第九》写道:

---

① 高鸿.放眼世界:魏源与《海国图志》[M].沈阳:辽海出版社,1997.1.

② 梁启超撰,朱维铮导读.清代学术概论[M].上海:上海古籍出版社,1998.76.

③ 闫国华,刘虹.中国教育思想通史第五卷(1840—1911)[M].长沙:湖南教育出版社,1994.34.

当彼其世也，而才士与才民出，则百不才督之缚之，以至于戮之。戮之非刀、非锯、非水火，文亦戮之，名亦戮之，声音笑貌亦戮之。戮之权不告于君，不告于大夫，不宣于司市，君大夫亦不任受。其法亦不及于要领，徒戮其心，戮其能忧心、能愤心、能思虑心、能作为心、能有廉耻心、能无渣滓心。又非一日而戮之，乃以渐，或三岁而戮之，十年而戮之，百年而戮之。才者自度将见戮，则蚤夜号以求治；求治而不得，悖悍者则蚤夜号以求乱。夫悖且悍，且睊然眮然以思世之一便已，才不可问矣。曏之人，聒有辞矣。然而起视其世，乱亦竟不远矣。①

在现在这个社会，即使是有才能的士子和百姓出现，也会受到很多其他的人排挤和压制，以至于被杀戮。上述言论表现了龚自珍对社会的担忧，虽然是愤慨之语，表达了对衰世人才匮乏的叹惋，但更多的是表现了其对衰世下人才所受到的不公正待遇的深深谴责。

魏源(1794～1857)，是中国近代著名的思想家、政治家、文学家，是晚清新思想的倡导者。青年时代参加科举进入官场，但是随着社会动乱的加剧，让他深刻感受到清政府的腐败，而外国侵略的危机更是激发了他的爱国热情。中年时代回乡潜心著述，完成了著名的《圣武记》，在该书中提出了人才论观点："官无不材，则国桢富；境无废令，则国柄强。"②同时魏源还对那些压抑人才的腐儒们提出了批判，这样的人显然是不适应社会进步要求的，是应该被摒弃的一类人：

君子之为治也，无三代以上之心则必俗，不知三代以下之情势则必迂。读父书者不可与言兵，守陈案者不可与言律，好剿袭者不可与言文；善琴奕者不视谱，善相马者不按图，善治民者不泥法；无他，亲历诸身而已。读黄、农之书，用以杀人，谓之庸医；读周、孔之书，用以误天下，得不谓之庸儒乎？

---

① (清)龚自珍.龚自珍全集[M].上海：上海人民出版社，1975.6—7.

② (清)魏源.圣武记[M].北京：中华书局出版社，1984.1.

> 靡独无益一时也，又使天下之人不信圣人之道。①

魏源的这些观点，一语中的，极为深刻，表现了在当时时代风气转变之际，有远见的学者的忧虑和通达。

同时，魏源还多次表达了对人才的呼唤：

> 国家之有人材，犹山川之有草木，蔚然羽仪，而非山麓高大深厚之气不能生也。夫惟人君不以高危自处，而以谦卑育物为心，人人得而亲近之，亦人人得而取给之。地山之《谦》，卑不可窬；岂弟如此，而何匮竭散亡险衰之有？"天地变化，草木蕃；天地闭，贤人隐"；故人材者，求之则愈出，置之则愈匮。②

由此可以看出，魏源多次强调了人才的培养对于振兴衰弱的国家有着至关重要的作用，而这种提法在当时的社会背景下，也正体现了对个体认识的凸显，是适应历史发展潮流的。

2.批判弊政，对西学的呼唤

晚清朝代，进入了封建社会的末年，由于统治者腐朽落后，政治败坏，社会中弊端丛生，而以英国为首的资本主义国家也逐渐以坚船利炮攻开了中国的大门，中国沦为半殖民地半封建的国家。在这种情势下，龚自珍、魏源等人，大胆批判时政，要求政治改革，主张抵抗外来侵略，能够在思想上认识到封建统治的危机，这正是可以开展向西方学习的前提。同时魏源还提出了学习西方的必要性，阐明了"师夷长技以制夷"的思想，闪耀着强烈的爱国注意光辉。

龚自珍对当时社会的黑暗进行无情揭露，表现出了一名觉醒的知识分子良心未泯的态度："今中国生齿日益繁，气象日益隘，黄河日益为患，大官非不忧，主

---

① 赵丽霞选注.默觚——魏源集(治篇五)[M].沈阳：辽宁人民出版社，1994.56.

② 赵丽霞选注.默觚——魏源集(治篇九)[M].沈阳：辽宁人民出版社，1994.66.

上非不咨，而不外乎开捐例、加赋、加盐价之议。譬如割臀以肥脑，自啖自肉，无受代者。"①正所谓国难当前，弊政让有良知的文人心生感慨，提出种种保种救国的良策，龚自珍在其《上大学士书》中谈到："古及今，法无不改，势无不积，事例无不变迁，风气无不移易，所恃者，人材必不绝于世而已。②"从古至今，一切事物都是变化发展的，法令、形势、事例和社会风气，以此为依赖，人才才能不断地涌现出来。字里行间中流露出对力主改革弊政的期望，同时也从人才问题的角度，提出了在外侮入侵的形势下，必须要进行社会变革，只有变法，重用那些世致用的人才，国家才能有振兴的出路。

而同样的改革思想在同时期的另一位思想家魏源的论著中也多有体现。

魏源在《明代食兵二政录叙》中对清朝末年的弊政做了无情的揭露："黄河无事，岁修数百万，有事塞决千百万，无一岁不虞河患，无一岁不筹河费，此前代所无也；夷烟蔓宇内，货币漏海外，漕鹾以此日敝，官民以此日困，此前代所无也！③"

费正清在《剑桥晚清史》中写道："魏源关于改革的呼吁是写得用心良苦的，他着重指出了按照一切传统标准来看应算作是清王朝作出的主要功绩，指出了挑战的史无前例的性质以及制度上反应的不充分的状况。他响亮地提出要用经世致用的态度来实行改革，即通过对新问题作出新反应来加强国家，但一切要在不偏离忠君原则的范围内进行。"④据此我们也可以看出，虽然魏源看到了社会弊政的严重，但是他把对人才的重视和发现作为解决弊政的良方，这是不可能从根本上解决晚清的社会问题的。"尽管如此，魏源开始冲决封建罗网的思想，犹如一股清新的空气，注入沉闷僵死的晚清社会，对当时风气的转变产生了极为深远的历史影响，直接韧发了近代中国追求民主自由的社会思潮。"⑤

---

① (清)龚自珍.龚自珍全集[M].上海：上海人民出版社，1975.106.

② (清)龚自珍.龚自珍全集[M].上海：上海人民出版社，1975.319.

③ (清)魏源.魏源集上[M].北京：中华书局，1983.161—164.

④ 费正清.剑桥中国晚清史(上卷)[M].北京：中国社会科学出版社，1985.98.

⑤ 赵丽霞选注.默觚——魏源集(治篇九)[M].沈阳：辽宁人民出版社，1994.4.

3.开办新式学堂

桑兵在《晚清学堂学生与社会变迁》一书中谈到:“1840 年的鸦片战争,使中西文化正面相撞,逐渐强化了西学东渐的趋势,”①而“新式学堂又是伴随西学东渐进程逐渐引进和发展的”。

在最初的一些传教士们的倡导和努力下,鸦片战争以后,在中国很多的通商口岸兴办了很多教会学校。关于教会学校的开办情况,此处可以以基督教的办学情况为例来加以说明:

幼稚园为教育之初步,大都设在适中地点。便利幼童,教以游戏、唱歌。此种学校日渐增多,其设在稍繁盛之城市者,且有一定之课程;幼童修毕课程,给与毕业证书。

国民学校随处皆设,现行修学年限定为四年。授与学生以中文知识,使能阅读报纸杂志,习算术之基础,使能适应普通生活之需要,更授以地理及自然科学之常识,而以基督教原理陶冶之,以培养其道德。

高等小学校数目少于国民学校,此等学校课程亦与政府学校相仿佛,而多增科学、地理、历史诸课程;此外设英文一科为随意科。

中等学校为学校阶段之中心,在教会与社会为供给领袖之所。中等学校毕业生得入医学预科、看护科、神学科、高等师范科、幼稚园讲习科及大学。不能升学者则亦可为一般社会之辅助者。凡中等毕业生均有中国历史之常识,对于世界地理、科学亦略有门径,且明了日常生活状况而忠爱国家。

中华职业教育在中国亦有多数地方卓著成绩,如农业、女子师范等,足为教会学校注重实验教育之明证。

高等教育为教会素所注重,在中国所设立之大学校声誉赫赫,其毕业

① 桑兵.晚清学堂学生与社会变迁[M].上海:学林出版社,1995.22.

生为国家强有力之分子，固不待言。①

传教士来中国的最主要目的是进行宗教的传播，但是他们同时也带来了先进的教育观念和方法。他们从各自拥有不同的文化背景，又以各自不同的独特视角审视和思考这个东方国家的人民，虽然在他们的观察和评论中不可避免地带有居高临下的战胜者的姿态，带有西方文化优越感的种族歧视和阴暗心理，但是其中也不乏认真客观的体察、富有同情的感慨和明智的见识，为我们提供了审视自己的镜子。所以，此处应该肯定的是，一部分的外国人是抱着善良和美好的愿望来对中国近代教育提出意见和建议的，其中很多的见识充满了深邃的洞察力和远见卓识。②

西学东渐是中国历史上特殊的历史时期的一种中外教育交流活动，而传教士作为其主体在其中担任了办学、译书、著述、传教等活动，使得中西文化在碰撞中寻求着文化的融合，他们广泛宣传西学的成就也在当时的社会上形成了一股学习西学的潮流，对中国近代教育的发展有很大的促进作用。

此处可以从当时的一部畅销小说中看出端倪，在《孽海花》中有这样一段描述，前充德国正使李台霞在与友人的交谈中说道：

西国富强的本原，据兄弟愚见，却不尽在这些治兵、制器、惠工、通商诸事上头哩！第一在政体。西人视国家为百姓的公产，不是朝廷的世业，一切政事，内有上下议院，外有地方自治，人人有议政的权柄，自然人人有爱国的思想了。第二在教育。各国学堂林立，百姓读书归国家管理，无论何人不准不读书，西人叫做强逼教育。通国无不识字的百姓，即贩夫走卒也都通晓天下大势。民智日进，国力自然日大了。又不禁党会，增大他的团结力；不讳权利，养成他的竞争心。尊信义，重廉耻，还是余事哩！我国现在事事要仿

---

① 陈学恂.中国近代教育史教学参考资料(下册)[M].北京：人民教育出版社，1998.63—64.

② 周谷平.晚清外国人眼中的中国教育[J].徐州师范大学学报，2004(4).117.

效西法,徒然用心那些机器事业的形迹,是不中用的。①

从这段话中,我们可以看出,此时人们向西方学习的已经不再仅仅是对兵器、工业和商业等的学习事情,开始关注到西方的政体和教育。西方国家重视教育的普及,全国遍立学堂,人民智力与日俱增,随之国家的实力也自然会增强。

伴随着国内外局势的变化,随着国内有识之士眼界的拓宽,社会的变迁对教育提出了新的要求。为了挽救和巩固摇摇欲坠的清朝王朝封建统治,19 世纪 60 年代,清政府号召兴办洋务,以曾国藩、李鸿章、张之洞等为代表的洋务派,学习西方先进技术,积极开展洋务教育,李鸿章曾说:“中国欲自强,则莫如学习外国制器,欲学习外国制器,则莫如觅制器之器,师其法而不必用其人。欲觅制器与制器之人才,则当专设一科取士,士终身悬以为富贵功名之鹄,则业可成,艺可精,而才亦可集。”②

此番言论表达了对人才的渴求,除了觅“制器”之外,还谋求“制器之才”,再此倡导下,洋务派创办了很多洋务新学堂。

据《清史稿》记载:

学校新制之沿革,略分二期。同治初迄光绪辛丑以前,为无系统教育时期;辛丑以后迄宣统末,为有系统教育时期。自五口通商,英法联军入京后,朝廷鉴于外交挫衄,非兴学不足以图强。先是交涉重任,率假手无识牟利之通事,往往以小嫌酿大衅,至是始悟通事之不可恃。又震于列强之船坚炮利,急须养成翻译与制造船械及海陆军之人才。故其时首先设置之学校,曰京师同文馆,曰上海广方言馆,曰福建船政学堂及南北洋水师、武备等学堂。③

---

① 曾朴.孽海花[M].北京:中华书局,2001.143.

② 苑书义.李鸿章传[M].北京:人民出版社,2004.66.

③ 赵尔巽等.清史稿[M].北京:中华书局出版,1977.3121.

开办新式学堂的目的,在于"培养洋务运动所需要的外交、翻译、技术、军事等多方面的人才,所有的改革方案表明洋务教育形成了与中国传统的教育体系完全不同的新式制度,对中国近代新式学堂进行了改革与尝试"①。

由于特殊的历史背景,新式学堂在兴办过程中,总会有新旧杂糅的局面存在,当时的社会大背景是积极学习西方文明,改革教育,大力兴办学堂,改良社会上的不良道德和种种恶习。于是就产生了一系列的矛盾,进步的知识分子跟封建遗老们的对立甚至斗争。在此时期的教育小说也多有展现。如王钟麒的《学究教育谈》,讲的就是教书先生把私塾的招牌一换就变成新式学堂的闹剧。

4.兴办报刊

此外是发行各类报刊,形式多样的报刊为教育小说提供了展现的空间,促进了小说创作的繁荣。"报刊是新学家们传播启蒙话语的重要途径,而报刊的繁荣与小说的兴盛又是互为推动的,尤其是在一定经济和物质利益推动下,小说为报刊招徕了更多读者,也为报刊业的运营提供了资金支持。小说家成了报刊,尤其是文艺类报刊的主人,也就成了新民救国的'逻辑主人',借着报刊在这个时代的'绿色通道'的地位,传统文人发起了由社会边缘向中心的强势冲击,其文化身份被重新认定,其社会地位得到明显改善。"②同时社会的大量有识之士也认为,报业领域的繁荣承担着"救亡""启蒙"的重任。

而近代报刊的兴盛繁荣就是晚清社会的一大特色。其时,社会上如火如荼的救国运动风起云涌,大批有识之士已经对衰亡的清王朝不再寄予希望,尽管清政府在名义上还是统治中国的上层建筑,但是它已经失去了对社会大众意识形态上的控制力,因此,在社会上出现了很多揭露清政府弊政和讽刺清廷腐朽的作品。而这种局势的发展,就必须需要一个平台,即必须要出现一个供学人们发表

---

① 李占萍.清末学校教育政策研究[D].河北大学博士论文 2009.51.

② 梁爱民.晚清小说观念的多重定位[J].江苏大学学报,2010(3).64.

自己言论见解的平台,这时候报刊就顺应时势充当了这个平台的角色。① 梁启超说:“士民之嗜阅报章,如蚁傅膻。阅报愈多者,其人愈智;报馆愈多者,其国愈强。曰:惟通之故。”②

著名学者严复把变革的目光投向了西方,他认为:

> 夫所谓富强云者,质而言之,不外利民云尔,然政欲利民,必自民各能自利始;民各能自利,又必自皆得自由始;欲听其皆得自由,尤必自其各能自治始,反是则乱。顾彼民之能自治而自由者,皆其力、其智、其德诚优者也。是以今日要政,统于三端:一曰鼓民力,二曰开民智,三曰新民德。③

早在戊戌变法期间,严复就和夏曾佑等人在天津创办了《国闻报》,此份报纸的核心就是“开民智”。严复在《国闻报缘起》一文中说:

> 吾尝闻之,积人而成群,合群而求国。国之兴也,必其一群之人,上至君相,下至齐民,人人皆求所以强而不自甘于弱;人人皆求所以智而不自安于愚;夫而后士得究古今之变,而不仅以旧德之名世为可食也;农得尽地利之用,而不徒以先畴之畎亩为可服也;工得讲究艺学,探索新理,而不复拘拘于高曾之规矩为不可易也;商得消息盈虚,操仕奇赢,而不复斤斤于族世之所鬻为不可变也。一群之民智既开,民力既厚,于是其为君相者,不过综其大纲,提挈之,宣布之,上既不劳,下乃大治。④

从这段话我们可以看出,严复认为报纸可以担任“开民智”的任务,因为“阅兹报者,观于一国之事,则足以通上下之情;观于各国之事,则足以通中外之情。

① 王岩.晚清社会与近代报刊[J].山西日报,2010年5月17日.

② 梁启超.论报馆有益于国事[A].饮冰室合集.文集之一[M].北京:中华书局,1989.100.

③ 严复.原强修订稿[A].严复集(第1册)[M].北京:中华书局,1986.2.

④ 方晓红.晚清小说与晚清报刊发展关系研究[D].南京师范大学博士论文,2000.63.

上下之情通，而后人不自私其利；中外之情通，而后国不自私其治。人不自私其利，则积一人之智力以为一群之智力，而吾之群强；国不自私其治，则取各国之政教以为一国之政教，而吾之国强”①。从这则缘起的叙述中，我们可以看出，《国闻报》的发行就是要“通上下之情”和“通中外之情”，其实就是强调要在社会中通过报纸的发行传播达到沟通上下，传达民意，以致让国人了解外面的世界从而提高素质、增强国力的目的。

报刊的兴盛，除了为政治评论提供了平台，此外对小说的传播也大有裨益。曾大力倡导“小说界革命”的梁启超就积极投身到发行报刊的队伍中来。

1898 年 8 月，梁启超等人创办《时务报》，他在该报上发表了著名的《论报馆有益于国事》一文，文章中论述了开设报馆，创办报刊的重要作用：

> 去塞求通，厥道非一，而报馆其导端也。无耳目，无喉舌，是曰废疾。今夫万国并立，犹比邻也，齐州以内，犹同室也。比邻之事，而吾不知，甚乃同室所为，不相闻问，则有耳目而无耳目；上有所措置，不能喻之民，下有所苦患，不能告之君，则有喉舌而无喉舌。其有助耳目、喉舌之用，而起天下之废疾者，则报馆之为也。②

在该文中，梁启超提出报刊是国家和人民的“耳目喉舌”，是提高国家实力、促进国家富强的工具。而此主张是和梁以后的办报思想一脉相承的。如 1901 年在《清议报》第一百期时发表文章《本馆第一百册祝辞并论报馆之责任及本馆之经历》中写到：“西谚云：‘报馆者国家之耳目也、喉舌也，人群之镜也，文坛之王也，将来之灯也，现在之粮也。’伟哉，报馆之势力！重哉，报馆之责任！”

而时人对报刊的重视，也促进了小说的传播。近代小说也获得了大发展，阿

---

① 王栻.严复集(第 2 册)[M].北京：中华书局，1987.455.

② 梁启超著，编者陈书良.梁启超文集[M].北京：北京燕山出版社，2009.24.

英评价当时的情况是："晚清小说，在中国小说史上，是一个最繁荣的时代。"①造成这种局面的原因，阿英分析说：

> 第一，当然是由于印刷事业的发达，没有前此那样刻书的困难；由于新闻事业的发达，在应用上需要多量产生。第二，是当时知识阶级受了西洋文化影响，从社会意义上，认识了小说的重要性。第三，就是清室屡挫于外敌，政治又极窳败，大家知道不足与有为，遂写小说，以事抨击，并提倡维新与革命。②

1902年至1917年，报刊界迎来了一个相对繁盛的时期。以"小说"命名的专业性文学期刊大量产生，此段时间内共有27种刊物面世。最早的一种是梁启超创办的《新小说》，此外还有李伯元主编的《绣像小说》，吴趼人主编《月月小说》《小说林》，此外还有《新新小说》、《小说世界日报》、《小说世界》、《新世界小说社报》、③《小说七日报》、《中外小说林》、《广东戒烟新小说》、《新小说丛》、《小说时报》、《小说月报》、《小说丛报》、《小说海》、《小说大观》等小说杂志先后创办刊行④。

上文提到，报刊是人们发表意见、开启民智的一个重要平台，随着梁启超倡导小说界革命的深入，晚清报刊对近代小说的推动作用，从在报刊上发表的小说数量是上可见一斑。据有关学者统计："在1840—1919这80年间，我国总共产生了创作、翻译小说11505种，其中包括创作小说8840种，翻译小说2665种，共有8868种在报刊上登载，占作品总数的80%。"而且"这个阶段小说产量与小说杂志数量呈同比增长或下降，走势上基本吻合一致"⑤。

---

① 阿英.晚清小说史[M].北京：东方出版社，1996.1.
② 阿英.晚清小说史[M].北京：东方出版社，1996.1—2.
③ 阿英.晚清小说史[M].北京：东方出版社，1996.2.
④ 李静.晚清报刊业的勃兴与近代小说的多元嬗变[J].青海师范大学学报，2005(6).93.
⑤ 郭浩帆.清末民初小说与报刊业之关系探略[J].文史哲，2004(3).46，48.

二、倡导小说界革命

在当时晚清的特定历史条件下，许多进步的知识分子深感国家受到列强的压迫，清政府却又腐朽不堪，在这种严峻的形势下，他们纷纷探求新的救国救民的道路。

19 世纪 60 年代到 90 年代开展的洋务运动打开了清政府长期闭关自守的大门，也给人们带来了思想上的巨大变化。开明的地主阶级知识分子开始向西方寻求救国的良方，与之相对应，在文学领域也出现了一些新的观念，早期的改良主义者开始把小说同社会联系起来，挖掘小说作为社会改良思想武器的作用。如蠡勺居士、王韬等人，他们积极投身翻译和创作小说的过程中，如他们曾经指出："据西人云，伊之小说，大足以怡悦性情，惩劝风俗。"而翻译西方的小说也可以"拾遗补缺，匡我不逮"。① 这看到了小说有助于社会改良，可以起到教化的作用。虽然说这一时期的小说理论还略显幼稚，但"毕竟是向封建传统小说观的统治地位的挑战；从理论上讲，也是科学的，是与近代西方小说理论本质上一致的"②。而这些都为以后的维新变法运动时期的理论家们奠定了一个良好的基础。

而向西方学习的方方面面也开始在全国范围内蔓延，"这使西方思想从中国文化的外围向其中心渗透。这种渗透引起了西方思想和本国思想大融合，最后产生了 19 世纪 90 年代的思想风云的激荡"③。

1895 年 6 月英国传教士傅兰雅在《万国公报》刊登的《求著时新小说》启事中说：

窃以感动人心，变易风俗，莫如小说，推行广速，传之不久，辄能家传户晓，气习不难为之一变。今中华积弊最重大者计有三端，一鸦片，一时文，一

① 颜廷亮.晚清小说理论[M].北京：中华书局，1996.7.
② 颜廷亮.晚清小说理论[M].北京：中华书局，1996.9.
③ [美]费正清等.剑桥中国晚清史(1800—1911).下册[M].北京：中国社会科学出版社，1985.317.

缠足。若不设法更改，终非富强之兆。兹欲请中华人士愿本国兴盛者撰著新趣小说，合显此三事之大害，并祛各弊之妙法，立案演说，结构成编，贯穿为部，使人阅之心为感动，力为革除。辞句以显明为要，语意以趣雅为宗，虽妇人幼子，皆能得而明之。述事务取近今易有，切莫抄袭旧套。①

在启事中，傅兰雅提到小说的功效可以感动人心、使风俗改变，如果加以推行到千家万户，则中国的风气可以为之一变。同时提出写作的要求是辞句要明了，语意要风趣雅致，让那些妇人小孩子都能看明白，而且在取材方面也要贴近现实，不要抄袭旧有的套路。而这些提法也都对同时代的康有为、梁启超等人日后提出的新的小说观念启发甚大。

康有为(1858—1927)，中国近代著名政治家、思想家和社会改革家。康有为早年博览群书，受魏源《海国图志》影响，开始研究西学，经过学习，他逐渐了解到西方的强盛和清廷的腐朽，立志变法维新，借以挽救危亡中的国家。

在向西方学习的过程中，康有为看到小说的作用，他在1897年编录成的《日本书目志》一书中谈到："吾问上海点石者曰；'何书宜售也?'曰："书"、"经"不如八股，八股不如小说。'宋开此体，通于俚俗，故天下读小说者最多也。启童蒙之知识，引之以正道，俾其欢欣乐读，莫小说若也。"②

从其中我们可以看出，康有为认为小说因为其俚俗的特点，可以启发普通人的知识，并借此将人们引入正道。

继而他又说道：

易逮于民治，善如于愚俗，可增《七略》为八，《四部》为五，蔚为大国，直隶王风者，今日急务，其小说乎！仅识字之人，有不读'经'，无有不读小说者。故'六经'不能教，当以小说教之；正史不能入，当以小说入之；语录不能

① 陈伯海.上海近代文学史[M].上海：上海人民出版社，1993.35.
② 陈平原，夏晓虹.二十世纪中国小说理论(第一卷)[M].北京：北京大学出版社，1989.13.

喻，当以小说喻之；律例不能治，当以小说治之。天下通人少而愚人多，深于文学之人少，而粗识之、无之人多。“六经”虽美，不通其意，不识其字，则如明珠夜投，按剑而怒矣。……今中国识字人寡，深通文学之人尤寡，经义史故，亟宜译小说而讲通之。泰西尤隆小说学哉！①

把小说提到“今日急务”的程度，认识到小说的重要社会作用，康有为认为正是因为小说在社会中有很大的普及面，所以借助小说来宣传政治主张、教化人民是一条可行的途径，作为康有为的学生兼战友的梁启超发展了他的这一观点，并在实践中加以施行。

梁启超(1873—1929)，是中国近代史上著名的政治活动家、思想家、史学家、文学家和教育家曾倡导“小说界革命”，为开通社会风气作出了积极的努力。

香港中文大学中文系教授蒋英豪先生在文章中评价梁启超说：“在他以前的改良家都没有余暇去处理文学改良的问题，他们大多只是不自觉的实现了历史赋予他们的任务，并不主动积极的去从事理论的建设与创新的尝试。梁启超基于政治改良的需要，在文学改良方面不但运筹帷幄，树立方案，规模远景，而且还粉墨登场，示范创作，启迪后生；不单如此，他还利用报刊，联络同道，造成声势。在这些方面，梁启超显示了他在中国文学走向世界过程中特殊重要的、无可取代的地位。”②

梁启超 1898 年 12 月在日本创办了《清议报》，并在该报的创刊号发表了《译印政治小说序》一文，文中深入剖析了小说对社会大众的启蒙作用，他说：

在昔欧洲各国变革之始，其魁儒硕学，仁人志士，往往以其身之经历，及胸中所怀，政治之议论，一寄之于小说。于是彼中缀学之子，黉塾之暇，手之口之，下而兵丁、而市侩、而农氓、而工匠、而车夫马卒、而妇女、而童孺，靡不

---

① 陈平原，夏晓虹.二十世纪中国小说理论(第一卷)[M].北京：北京大学出版社，1989.13—14.

② 蒋英豪.梁启超与中国近代新旧文学的过渡[J].南开学报，1997(5).22.

手之口之。往往每一书出，而全国议论为之一变。彼美、英、德、法、奥、意、日本各国政界之日进，则政治小说，为功最高焉。英名士某君云：小说为国民之魂。岂不然哉！①

文中提到了欧洲的各国在变革开始的时候，很多的仁人志士往往都会把自己的亲身经历、一腔怀抱和政治议论通过小说呈现出来，而那些社会中各个行业的人都争相阅读，而全国的议论也会随之一变。所以有人就说道，小说可以说是国民的灵魂。

毋庸置疑，在当时的社会背景下，众多的新学家都纷纷把小说当作疗救国民精神的灵丹妙药，即使是在当时看来也无疑是有夸饰之嫌的，但是在那样的时代，全国上下都在呼唤着一种凤凰涅槃式的变革来一扫传统文化中的那种酸腐之气。于是，除旧布新、救国强民就成为20世纪初中国思想文化的一个主流，也正因如此，维新派的小说观念几乎也就没有受到什么阻力，而当时的很多有识之士都从理论上给予了热烈响应。②

戊戌变法失败后，梁启超认为“吾国言新法数十年而效不睹”的原因是对“新民之道”的认识不足，于是在1902年的《新民丛报》上提出“新民为今日中国第一急务”，并于同年十月创办《新小说》杂志。1902年11月14日，梁启超在《新小说》1902年第1期发表了著名的政论文《论小说与群治关系》，文章中谈到：

欲新一国之民，不可不先新一国之小说。故欲新道德，必新小说；欲新宗教，必新小说；欲新政治，必新小说；欲新风俗，必新小说；欲新学艺，必新小说；乃至欲新人心，欲新人格，必新小说。何以故？小说有不可思议之力支配人道故。③

---

① 梁启超.饮冰室合集(第1卷)[M].北京：中华书局，1989.34—35.

② 梁爱民.晚清小说观念的多重定位[J].江苏大学学报，2010(3).61.

③ 梁启超著，编者陈书良.梁启超文集[M].北京：北京燕山出版社，2009.273.

该文提出了创新小说的概念，小说的创新与道德、宗教、政治、风俗、学艺、人心，乃至人格的创新都有密切联系，并在文章中分析了小说的“支配人道”的原因，梁启超把其分为四种力量：即“熏”“浸”“刺“提”。

熏，指的是感染和熏陶的力量，“如入云烟中而为其所烘，如近墨朱处而为其所染……久之而此小说之境界，遂入其灵台而据之，成为一特别之原质之种子。有此种子故，他日又更有所触所受者，旦旦而熏之，种子愈盛，而又以之熏他人，故此种子遂可以遍世界。”①通过阅读小说，尤其是教育小说，可以使人们普遍受到教育的感化。

浸，讲的是移情之力。“入而与之俱化者也。人之读一小说也，往往既终卷后，数日或数旬而终不能释然。”②这其实看到了小说的对人思想的同化作用。

刺，强调了对人的刺激和唤醒之力。“刺之力，在使感受者骤觉。刺也者，能入于一刹那顷忽起异感而不能自制者也。……大抵脑筋愈敏之人，则其受刺激力也愈速且剧。③”

提，也是读小说的最高层次，着重于升华之力。“前三者之力，自外而灌之使入；提之力，自内而脱之使出，实佛法之最上乘也。④” 意谓如果读者在读小说时，能把自己想象成文中的主人公，小说的教化功能就越能落到实处。

文末梁启超还进一步断言：“故今日欲改良群治，必自小说界革命始，欲新民，必自新小说始。”⑤

把小说的创作和新民联系起来，此理论一出，在学界影响甚巨，诸多学者纷纷响应，梁启勋在 1905 年的《小说丛话》中发表随笔谈到：“小说者，‘今社会’之本也。无论何种小说，其思想总不能出当时社会之范围，此殆如形之于模、影之于物矣。……欲觇一国之风俗，及国民之程度，与大社会风潮之所驱，莫雄于小

---

① 梁启超著，编者陈书良.梁启超文集[M].北京：北京燕山出版社，2009.273—274.
② 梁启超著，编者陈书良.梁启超文集[M].北京：北京燕山出版社，2009.275.
③ 梁启超著，编者陈书良.梁启超文集[M].北京：北京燕山出版社，2009.275.
④ 梁启超著，编者陈书良.梁启超文集[M].北京：北京燕山出版社，2009.275.
⑤ 梁启超著，编者陈书良.梁启超文集[M].北京：北京燕山出版社，2009.278.

说。盖小说者,乃民族最精确、最公平之调查录也。”①

而其中发表颇具煽动力量言论的也大有人在,如陶祐曾(也作:陶佑曾)在其《论小说之势力及其影响》中也认为:

咄,二十世纪之中心点,有一怪物焉,不胫而走,不翼而飞,不叩而鸣,刺人脑球,惊人眼帘,畅人意界,增人智力;忽而庄,忽而谐、忽而歌,忽而哭,忽而激,忽而劝,忽而讽,忽而嘲;郁郁葱葱,兀兀矻矻,热度骤跻极点,电光万丈,魔力千钧,有无量不可思议之大势力,于文学界中放一异彩,标一特色。此何物欤?则小说是。自小说之名词出现,而膨胀东西剧烈之风潮,握揽古今利害之界线者,唯此小说;影响世界普通之好尚,变迁民族运动之方针者,亦唯此小说。小说小说,诚文学界中之占最上乘者也。其感人也易,其入人也深,其化人也神,其及人也广。是以列强进化,多赖稗官,大陆竞争,亦由说部。然则小说界之要点与趣味意,可略睹一斑矣。西哲有恒言曰:小说者,实学术进步之导火线也,社会文明之发光线也,个人卫生之新空气也,国家发达之大基础也。②

再如亚荛说:

然则读报与读小说曷异乎?读报纸如食百合,读小说如食瓜英,读报纸如对山妻,读小说如拥名妓;读报纸如游好山水,读小说如历五大洲;读报纸如囊萤光,读小说如照蟾魄;读报纸如观一篇八股文字,读小说如探一个全省地图。读报纸者,如世界之政治家;读小说者,如欧西之探极家。其识见不同,旨趣不同,精神不同,广狭亦不同。盖报纸只以言导人,而小说则直以身导人;报纸有监督权,足令人畏惧,小说则有兴起权,足使人涕泣。然则阅

---

① 颜廷亮.晚清小说理论[M].北京:中华书局,1996.83—84.

② 颜廷亮.晚清小说理论[M].北京:中华书局,1996.93.

小说，不徒胜于阅报，更胜于观剧；不徒胜于观剧，且胜于读群书。①

并进而发出感慨："然亦非谓报纸之无功也，报纸之功在一时，而小说之功则在万世。"②

虽然说这些言论把小说的社会地位抬得过高，有欠科学，但是对唤醒民众还是起到了振聋发聩的作用。有学者对这段历史评价道："晚清小说高位呈现的是由士大夫蜕变出来的知识分子启蒙民众、改革、推翻朝廷的阵势，于是，晚清的'载道'小说首先体现出激烈昂扬的战斗性。"③

在这些理论的倡导下，小说创作呈现出繁荣的景象。尤其是翻译小说的创作。如1907年在《中外小说林》中的一篇文章中谈到："迩来风气渐变，皆知外国得小说之功效，且编以为教科书。吾国知之，而小说界遂寝盛焉。始也乞灵于译本，继也著作相因而发达。而试问吾国迩来社会知识之进步，较前者何如？虽其收效或不尽关夫小说，顾其影响于社会上之重大，则吾敢断言也。过此以往，小说愈发达，民智必愈开通。"④据陈平原先生统计："1906年至1908年这三年为晚清翻译小说出版的高峰，分别为105种、135种和94种，大致都等于创作小说的两倍。"⑤

总之，"小说界革命"提高了小说的历史地位，充分挖掘了小说在教育民众和改造社会的功能，尤其是大量优秀教育小说的出现，充当了那个时代"开民智"的钥匙。

---

① 陈平原，夏晓红.二十世纪中国小说理论资料(第1卷)[M].北京：北京大学出版社，1997.217.
② 陈平原，夏晓红.二十世纪中国小说理论资料(第1卷)[M].北京：北京大学出版社，1997.218.
③ 王开志.中国小说观念的历史演进钩沉[J].当代文坛，2009(2).61.
④ 陈平原，夏晓红编.二十世纪中国小说理论资料(第1卷)[M].北京：北京大学出版社，1997.221.
⑤ 陈平原.20世纪中国小说史第1卷[M].北京：北京大学出版社，1989.35.

第二节　中国近现代教育小说的孕育及发展壮大

一、“乞灵于西方”的教育小说创作

鸦片战争爆发以来，为了抵抗侵略和挽救清政府的腐朽统治，清廷大力兴办洋务，改良封建教育。虽然随之而后的中日甲午战争的失利标志着洋务运动的失败，但是西学的引进开拓了人们的视野。20世纪初，梁启超倡导“小说界革命”，力图以文学上的革新达到“新国民、开民智”的目的，同时也掀开了中国小说史上崭新的一页。

据学者于润琦初步统计：“从1872年(同治十一年)，即《瀛寰琐记》发表蠡勺居士译英人的小说《昕夕闲谈》至‘五四’之前的小说近两万种。其中译作约有三千二百种，剩下的创作小说有一万六千余种。”①并且小说的种类可谓繁多，大约二百余种之多，虽然分类不是很科学，但是这毕竟反映了当时的实际情况。②

著名学者陈平原先生在其书中谈到：“新小说的诞生必须从1898年讲起。也就是说，戊戌变法在把康、梁等维新志士推上政治舞台的同时，也把新小说推上了文学舞台。”③此时出现了很多小说类的刊物，或者一些综合类的杂志也纷纷开辟专栏，登载小说，从当时的一些期刊征文中就可以看出这种风气之盛。

1902年，《新小说》创刊号的征文写道：“小说为文学之上乘，于社会之风气关系最巨。本社为提倡新学，开发国民起见，除社员自著自译外，兹特广征海内名流杰作，绍介于世。”④此外在一些小说的发刊词中也提到了征集小说的种类和意义，如1906年，陆绍明在《月月小说》的发刊词中写道：

本社集语怪之家，文写花管，怀奇之客，语穿明珠，亦注意于改良社会、

---

① 于润琦.清末民初小说书系[M].北京：中国文联出版公司，1997.1.
② 于润琦.清末民初小说书系[M].北京：中国文联出版公司，1997.2.
③ 陈平原.中国现代小说的起点——清末民初小说研究[M].北京大学出版社，2005.1.
④ 陈大康.中国近代小说史料——新小说编年[M].文学遗产网络版，2011.

开通民智而已矣。此则本志发刊之旨也。本志小说之大体有二：一曰译，二曰撰。他山之玉，可以攻错，则译之不可不缓者也；古人著作，义深体备，发我思想，继其绪余，则撰之有可观者也。①

1906年，沈惟贤在《新世界小说社报》的发刊辞中更是喊出了“有新世界乃有新小说，有新小说乃有新世界”的时代强音：

凡世界所有之事，小说中无不备有之；即世界所无之事，小说中亦无不包有之。忽而大千世界，忽而须弥世界，忽而文明世界，忽而黑暗世界，忽而强权不制世界，忽而公理大明世界：种种世界，无不可由小说造；种种世界，无不可以小说毁。过去之世界，以小说挽留之；现在之世界，以小说发表之；未来之世界，以小说唤起之。……传播文明之利器在是，企图教育之普及在是，此《小说世界》之所以作也。②

此时，教育小说这一名词也伴随着西方思潮的涌入逐渐被国人引进并接受，在很多的刊物上也开始出现了教育小说这一标识。从当时的期刊征文中也可略见一斑，如1904年《申报》发出征文要求，征求内容有教育小说、社会小说、历史小说和实业小说；1907年，《小说林》创刊号的“募集小说”启事中写道：“本社募集各种著译家庭、社会、教育、科学、理想、侦探、军事小说，篇幅不论长短，词句不论文言、白话，格式不论章回、笔记、传奇。不当选者，可原本寄还；入选者，分别等差，润笔从丰。”③

1908年8月，《月月小说》第二十号登载“月月小说编直部告白”，其中写道：“历史、家庭、教育、军事、写情、滑稽。本社征求以上六种小说，无拘翻译撰著、段

---

① 陈平原，夏晓虹.二十世纪中国小说理论资料(1897—1916)[M].北京大学出版社，1989.51—52.

② 陈平原，夏晓虹.二十世纪中国小说理论资料(1897—1916)[M].北京大学出版社，1989.185—186.

③ 陈平原，夏晓虹.二十世纪中国小说理论资料(1897—1916)[M].北京大学出版社，1989.238.

落章回各体,如有以稿见投者,请迳寄本编辑部审定,登载从丰致润,宗旨不合,恕不作复检还。"①

当时很多作家把目光投向西方,"当时意识中实在空无所有,那就不能不乞灵于西方文化界了"②很多作家都纷纷投身到译介西方小说的活动中来。除了那些专门的教育类期刊登载翻译而来的国外教育小说外,一些非教育的期刊上也常常刊有译自西方的教育小说。

当时小说的种类繁多,很多报刊都纷纷发表征稿启事,如商务印书馆编印《绣像小说》,在缘起中声明:

> 欧美化民,多由小说;槫桑崛起,推波助澜。其从事于此者,率皆名公巨卿,魁儒硕彦,察天下之大势,洞人类之颐理,潜推万古,豫揣将来,然后抒一己之见,著而为书,以醒齐民之耳目。或对人群积弊之下砭,或为国家之危险而立鉴。揆其立意,无一非裨国利民。……本馆有鉴于此,于是纠合同志,首辑此编。远摭泰西之良规,近挹海东之余韵,或手著,或译本,随时甄录,月出两期,藉思开化天下愚,遑计贻讥于大雅。③

由此可以看出,小说的社会功能如此强大,学界众多有识之士才开始大力兴办小说杂志,并全力投身到小说创作中去,在此期间,大量翻译欧美和日本的小说作品,一时间出现了小说界的大繁荣。并且小说的种类也日益繁多。

当时社会上的报刊也非常多,其中刊载小说 20 种以上的报刊如下表所示④:

---

① 王三庆.明代书肆在小说市场上的经营手法和行销策略[J]. 东アジア出版文化研究,2004.
② 包天笑.钏影楼回忆录[M].香港:大华出版社,1971.385.
③ 陈平原,夏晓虹.二十世纪中国小说理论资料(1897—1916)[M].北京大学出版社,1989.177.
④ 陈大康.中国近代小说编年[M].上海:华东师范大学出版社,2002.178.

报刊名	种数	报刊名	种数
月月小说	114	商务报	25
广益丛报	87	新新小说	24
大陆报	69	十日小说	23
小说时报	64	宁波小说七日报纸	22
小说月报	62	安徽白话报	21
绣像小说	45	东方杂志	21
中外小说林	39	重庆商会公报	20
小说林	35	竞业旬报	20
新小说	28		

并且一些杂志社都开始以增加稿酬的办法鼓励文人们积极投稿，如在1902年的《新民丛报》上刊发的《新小说社征文启》，提到了稿酬的问题，摘录内容如下：

> 小说为文学之上乘，于社会之风气关系最矩。本社为提倡斯学，开发国民起见，除社员自著自译外，兹特广征海内名流杰作，绍介于世。谨布征文例及酬润格如下：
>
> 第一类 章回体小说在十数回以上者及传奇曲本在十数出以上者
>
> 自著本甲等 每千字酬金 四元
>
> 同　　乙等 同　　　　三元
>
> 同　　丙等 同　　　　二元
>
> 同　　丁等 同　　　　一元五角
>
> 译 本甲等 每千字酬金 二元五角
>
> 同　　乙等 同　　　　一元六角
>
> 同　　丙等 同　　　　一元二角
>
> 第二类 其文字种别如下：一、杂记；一、笑话；一、游戏文章；一、杂歌谣；

一、灯谜酒令楹联等类。此类投稿恕不能徧奉酬金,惟若录入本报某号,则将该号之报奉赠一册,聊答雅意。①

此种方式的推行,客观上促成了作家作品高度商品化的表现,也吸引了大批的文人学者投身于小说的创作中来。这其中的大部分报刊都是支付给作家稿酬的,如《小说林》1907年刊登"募集小说"启事,写道:"入选者分别等差,润笔从丰致送:甲等每千字五元,乙等每千字三元,丙等每千字二元。"②再来看《月月小说》在第二年第三期(1908年)的征文广告:"本报除同人译著外,仍广搜海内外名家。如有思想新奇之短篇说部,愿交本社刊行者,本社当报以相当之利益。本报注重撰述,凡有关于科学、理想、哲理、政治诸小说佳稿寄交本社者,已经入选,润资从丰。"③

在此种政策的推动下,在清末出现了大量著译西方的小说,试举例如下:有刊登在专门的教育期刊上的,如《中华教育界》在这段时间刊行的译作有《蔷薇花》《劳》《留声机》《纪念之钮扣》《英儿汤姆》;《教育杂志》的著译作品有《馨儿就学记》《二青年》《苦儿流浪记》《罗本舅舅》《续爱的教育》《石工安琪罗》《芭莎杜麦诺夫》《埋石弃石记》等;《教育世界》选登的著译作品有《村学究》《家庭教育小说——姊妹花》《制造书籍术》《醉人妻》;《湖南教育杂志》上选登的著译作品是《最后一课》《村学究》《汤姆得奖》《约翰》《佛兰可》《青年镜》等。除此以外,还有刊发在非教育的期刊上,如《小说林》上的《好男儿》,《环球》上的《弃儿记》等。此类著译的小说,有选自法国、英国、意大利、瑞士、日本的作品。

在这段时期,译介西方教育小说的最大特点就是"意译",并不是完全忠实于原著,有的作家在翻译的过程中更多加入了自己对生活的感悟,对于这种翻译的手法,有些学者是这样评价的:

---

① 郭浩帆.近代稿酬制度的形成及其意义[J].山东大学学报(社会科学版),1999(3).

② 募集小说[J].小说林,1907(1).1.

③ 陈平原,夏晓虹.二十世纪中国小说理论资料(1897—1916)[M].北京:北京大学出版社,1989.323.

清末民初译者作为一个群体，经常被指对原著不忠实，又对西方文学及文化缺乏认识，这种结论其实都是基于新文学运动建立起来关于西方文学建制和文学翻译的种种想法，论者往往一举抹煞了翻译时期的社会背景和文化需求。……评价晚清译者和译作，不能忘了翻译时期的需求和标准，作为一个特定历史时期的文化转移中介人，清末民初的小说译者实在功不可没。①

由此可以看出，虽然有些人对这个时期的一些文人采用该种翻译的方式存在异议，但是我们可以从其译介作品一版再版的欢迎程度看出，晚清的作家们正是顺应了这种特定时期的“社会背景”和“文化需求”，所以其作品在社会上大行其道，并受到读者的广泛欢迎。

以包天笑的教育小说《馨儿就学记》为例。包天笑(1876—1973)，是近代著名的文化人之一，人们熟知的是他创作了大量的市井小说，从而把他归入“鸳鸯蝴蝶派”，但是包天笑在其早年也翻译并创作了大量的教育小说，在开启民智方面做出了突出贡献。

《馨儿就学记》译自意大利作家亚米契斯的著名小说《爱的教育》。1909 年 2 月，在商务印书馆《教育杂志》上开始连载包天笑《馨儿就学记》，该篇小说是包天笑从日文版《爱的教育》转译而来的，据包天笑在其回忆录中写道：“这时我每从青州回苏州，或从苏州去青州，每次必道经上海。到上海后，必到虹口的日本书店，搜寻可译的日文书，往往拥取四五册以归，那都是日本的作家翻译西欧各国文学者，我便在此中选取资料了。于是第一部给《教育杂志》的便是《苦儿流浪记》，第二部给《教育杂志》的便是《馨儿就学记》，第三部给《教育杂志》的是《弃石埋石记》。”②

① 王宏志.翻译与创作——中国近代翻译小说论[M].北京：北京大学出版社，2000.107.

② 包天笑.钏影楼回忆录[M].香港：大华出版社，1971.325.

虽然是翻译之作,但是文中的内容尤其和作者自己的生活相贴近,书中小主人公的名字"馨儿"也是用了自己早年夭折的孩子"可馨"的名字。小说向读者们展现了少年儿童充满童趣的生活,剖析了他们丰富的内心世界,同时也告诉人们,对待孩子们要给予充分的关怀和帮助,对他们的教育应该是充满爱的教育。由于包天笑本人的道德取向,他在翻译作品时,总是试图将西方的文化理念融入到中国的传统文化中,所以,给我们的感觉是,包天笑的教育小说译著始终徘徊在中西文化之间,也充分体现了一种中国传统文化和西方道德价值观互相融合的教育理念,这样做的效果是"以中国传统的审美模式和标准来表述西方儿童的成长教育活动,客观上避免了新异会导致的隔膜感,而保持了小说健康活泼的现实主义内容,以艺术的形式,生动地向国人们介绍了'新式教育'"①。

下文以《馨儿就学记》中的一段描写清明时节的"扫墓"情节为例,来看包天笑译作的特点,因为此处是以作者自家为蓝本,随处可见其家事的影子。而这段文字后来也被商务印书馆选入高小国文的教科书中,取名为《扫墓》。现摘录一段:

三月廿三日,我侍我父母,往扫先人之墓。我祖茔在支硎山下白马涧,相传为支公饮马池地也。时则父母携我及妹往,并随一老苍头。自金阊门,买棹行,虽轻舸一叶,而明窗净几,荡漾于波光山影之中,如入画图也。船娘二十许人,为态至甜净,衣复楚洁,舟行如飞,和风煦拂,春意中人欲醉。两岸桃花,缤纷如红雨,落英飘坠水面,争为游鱼所接也。

船进环龙桥,即系缆于树椿,岸距吾茔可三里弱,吾母及妹乘山舆以行,老苍头担篋而从,余与吾父喜徒步,循紫陌而行,菜花已黄,蜂蝶作团,而泉流之声淙淙然,与枝上流莺相酬答。展墓时,我父告我以:"主位为若曾祖父母,昭穆乃若祖父母也。若祖母吴太孺人,以孝闻于戚友间,若祖父早卒,祖母事衰姑,十余年如一日,食不安味,瞑无恬睡,所谓先鸡鸣而起,后斗转

① 焦福民.近代早期文学翻译探胜[J].厦门教育学院学报,2006(1).27.

而息,仍未一解带安睡者。卒以劳瘁过甚,先汝曾祖母而逝,悲夫我母也。”我父言此,泪为之潸。

我母闻父言,亦襟袖为湿,而阿妹见母哭,则嗷然大号,我乃痴然如木人。我祖母之傍,有一小茔,我母语我曰:“此汝长姊可青也,殇时仅三岁,最得祖母欢心,没晨,必向婆婆索饼饵,后以病殇,殇时犹紧握尔父之手呼爷也。嗟夫青儿,今得长侍慈爱之大母矣。”我母语时,亦泣不能仰,我们揽母头,谓母不要哭。守墓者为一媪,与我父缕缕然道太夫人事,而肩山与之老乡人,亦能话我家前三代故事。展墓既览,守墓人请顾其庐,将烹茗饷客。我妹入乡村,觉在在皆可爱玩,沿路而来,掇拾野花,芳菲盈握,置诸吾青姊之茔,云将以此代花圈耶。既入媪室,亦颇精洁,村中儿童,围而观之,复窃窃私语,我母出铜圆数十枚分赠之,曰“添土钱”,此乡俗例也。咸欢跃道谢而去。

这一段显然与原著《爱的教育》无关,但是让人读了感觉亲切可爱,而且使读者感受到处处流露出亲情的可贵,令人印象深刻。

1908 年 8 月,商务印书馆出版《馨儿就学记》单行本,到 1948 年,短短四十年的时间里,该书的单行本已印至第 18 版,发行量高达几十万册。从这个事实也能看出,包天笑教育小说译著的广泛传播可以说是真正实现了梁启超等人欲以“小说”来启蒙大众、“教育”童蒙的理想。

此类作品还有很多,如包天笑翻译的英国小说《二青年》、法国小说《苦儿流浪记》,曼陀译著的《女学生旅行记》,沈雁冰翻译的瑞典小说《罗本舅舅》,夏丏尊翻译的意大利小说《续爱的教育》,樊仲运翻译的意大利小说《石工安琪罗》,郑振铎翻译的俄国小说《巴莎杜麦诺夫》等。可以说,这些翻译教育小说,在特定的历史时期中展现了传统价值观和新型道德理念的冲突与纠葛。

二、本土化的教育小说发现及小说主题的转变

在小说界译本大行其道的同时,中国本土化的教育小说创作也出现了前所未有的发展。正是在翻译西方教育小说的经验基础之上，更多的文人学者开始探寻本国教育小说的出路，正如身处其时的小说家及理论家黄世仲所云：

> 自风气渐开，一切国民知识，类皆由西方输入。……然既非人人尽精西语，尽善西文，与尽历西土，终得如是之观感者，谓非借译本流传，交换智识，乌能有是哉？……自西风东渐以来，一切政治习尚，自顾皆成锢陋，方不得不舍此短以从彼长，则固以译书为引渡新风之始也。……忽有所谓小说者，得睹其源流，观其态度，宁不心往而神移？故译本小说之功用，良亦伟矣哉！①

黄世仲看到了小说对开启民智的重要作用，此外他还指出了当前教育小说的发展趋势，是“先以译本诱其脑筋；吾国著作家于是乎观社会之现情，审风气之趋势，起而挺笔研墨以继其后，观此而知新风过渡之有由矣”②。

(一)小说与社会教育关系之——谴责小说大行其道

晚清时候，社会上最大最有成就的小说流派首推谴责小说，严格来讲，谴责小说并不是真正意义上的教育小说，但是在这些小说中，对教育界腐败的揭露，对不良教师的鞭挞，可以让我们更加清楚地认识那个新旧交替的教育界的“混乱”，而且为以后的教育小说创作探寻了经验。试举例说明：

李伯元的《官场现形记》。李伯元(1867—1906)，早年应商务印书馆之邀约，主编《绣像小说》，后写出《官场现形记》《文明小史》等一系列谴责小说。前者尖锐地抨击了封建社会末期极端腐朽和黑暗的官僚制度，揭露了科举的欺骗性。

此外，曾朴(1872—1935)，中国清末民初小说家，在其长篇小说《孽海花》也对当时中国的封建科举制度极尽讽刺之能事。小说写了科举具有麻痹人心的弊

---

① 陈平原，夏晓虹.二十世纪中国小说理论资料(1897—1916)[Z].北京：北京大学出版社，1989.299—301.

② 陈平原，夏晓虹.二十世纪中国小说理论资料(1897—1916)[Z].北京：北京大学出版社，1989.301.

端,社会上的读书人,虽然处在国势衰弱、外侮频仍的情势下,仍然丝毫不顾国政事实和民生疾苦,他们朝思夜想的只是金榜题名、高中状元,死抱着举业不肯放手,满嘴谈论的都还是科举的妙处,关心的是自己的升官发财和荣华富贵。

这个时期的谴责小说针砭时弊,讽刺官场,批判封建教育,《官场现形记》《二十年目睹之怪现状》《孽海花》《老残游记》并列称为清末四大谴责小说。在这股潮流的影响下,由此也引发了清末民初的一系列的讽刺时政、不满于当时教育改革的小说。如《学究新谈》(吴蒙,1905—1906)小说集中笔墨讽刺了清末学界在兴办西式新学堂大潮中的种种弊端,反映了当时社会中新旧思想交替之际教育界的诸多怪事,给读者呈现出一幅清末兴学"怪相",发人深思。《学究教育谈》(天僇生,1907)描写了冬烘村的一位私塾教师陆先生,没有真才实学,不接受新鲜事物,生活上爱财如命,教学上糊弄学生。《塾师现形记》(闻野鹤,1917 年)描写了一位姓胡的塾师,参加科举考试二十余次,都没有及第,于是就在村间私塾教书。小说讽刺了这个姓胡的塾师虽然从事的是教师一职,但是对待教育的态度却是投机取巧,极尽钻营之能事。《马屁世界》(睡狮,1911 年)小说以主人公单不信的经历为线索,抨击了官场中逢迎、巴结的丑恶现象。《参观员》(无际,1915 年),描写了各地办教育,兴起了参观之风,五个人结伴组成参观团来上海的女校和师范学校参观,结果洋相百出。其中一人到达参观学校后得知是所女子学校,惊喜交加,认为真是不虚此行,赶紧拿出随身携带的眼镜东张西望,同时对该校的男职员大生艳羡之心。这伙人去到女校不是参观教育成果而是想听女生们唱歌,言行之间丑态毕露。后来又去了师范学校,没心思与人交流教育心得,反而对他们的糕饼大感兴趣,讽刺意味浓厚。

但是这些谴责小说有些时候为了达到谴责、讽刺的效果,往往夸大事实,会流于为讽刺而讽刺,并且写作谴责小说的作家多为改良主义者,他们的批判目的并不是要推翻封建清王朝的统治,所以反帝反封建的思想并未确立。正如鲁迅先生所评价的"辞气浮露,笔无藏锋",同时鲁迅先生指出该类小说特点:"此外以抉摘社会弊恶自命,撰作此类小说者尚多,顾什九学步前数书,而甚不逮,徒作谯呵之文，转无感人之力，旋生旋灭，亦多不完。其下者乃至丑诋私敌，等于谤书；有或有谩骂之志而无抒写之才，则遂堕落而为‘黑幕小说’。”①

清末民初之际，除了大量的谴责小说，还出现了很多描写教育界的一般教育场景，如普通教员的教学生活、学校管理在新旧交替之际的变化等，以教育现象或教育问题为题材的文艺小说，属于教育小说的主要类型。代表性作品如《某教员》(一木，1909年)、《理想之模范小学》(佚名，1909年)、《教育普及之模范》(佚名，1909年)、《小学教员》(包天笑，1913年)、《少年机关师》(包天笑，1913—1914)、《牧牛教师》(包天笑，1914年)、《儿童教育研究会》(霆公，1915年)、《儿童裁判》(畹滋，1914年)、《模范儿童》(抗父，1914年)、《冰教师》(南村，1914年)等。

(二)小说与社会教育关系之二——关注教育的现实问题

1919年5月4日，在北京发生了以青年学生为主，联合广大群众、市民、工商人士等中下阶层广泛参与的一次大规模的示威游行、罢课、罢工等多种形式的爱国运动，它和早些时候在全国范围内兴起的新文化运动一并成为我国历史上的一次声势浩大、带有鲜明政治色彩的思想文化运动，其参与的人数众多，规模庞大，影响深远，成为旧民主主义革命发展到新民主主义革命的转折点。

1915年开始，陈独秀在其主编的杂志《新青年》上就撰写文章，批判传统的中国文化，提倡民主和科学。这一时期，以陈独秀、鲁迅、胡适、李大钊等人成为了新文化运动的核心人物。文化界也倡导“新教育”，因为“新教育底主义和方法都和旧教育完全不同；新教育底效力大过旧教育”②，与之相呼应，一大批以教育制度变革、教育思想演进、塑造教育人物、提倡妇女教育、重视儿童教育的小说也层出不穷，产生了大量质量较高的作品，教育小说创作呈现空前繁荣的局面，蔚为大观。

此时的教育小说创作也呈现出一派繁荣的景象，如《孔乙已》(鲁迅，1919年)描写了封建科举制度对读书人的毒害，控诉了科举制度的罪恶；《斯人独憔

---

① 鲁迅.中国小说史略[M].北京：东方出版社，1996.242.

② 华东师范大学教育系编.中国现代教育文选[M].北京：人民教育出版社，1998.187.

悴》(冰心,1919 年)再现了五四时期一部分青年学生的精神面貌,揭示了他们徒有爱国的热情,但是缺乏对封建势力斗争的勇气;《一个勤学的学生》(汪敬熙,1919 年)用诙谐嘲讽的笔调刻画出封建教育制度培养出来的所谓的“好学生”,小说中的主人公一味追求“受官拜爵”和“刮钱纳妾”,认为这才是人生的要义,揭露了这个学生热衷仕途、不择手段的丑恶心理;《去国》(冰心,1919 年)表现了爱国学生学成归国,但是腐败的社会令他报国无门,只能再次无奈地离开;《阿菊》(叶圣陶,1919 年)反映出旧社会家庭对儿童个体的忽视,反映了儿童教育的缺失;《沉沦》叙述了留学生的生活和情绪,表现了“五四”时代青年的追求和彷徨;《两个家庭》(冰心,1919 年),突出了女子教育在家庭中的重要作用;《一个忧郁的青年》(冰心,1920 年),提出了五四时期青年学生对社会、家庭和人生的思考,探讨了知识分子出路的问题;《义儿》(叶圣陶,1921 年),提出了儿童教育的观点,作者认为良好的教育应该从顺应儿童兴趣出发,不能压抑儿童的天性,只有这样才能培养出身心健全的儿童;《脆弱的心》(叶圣陶,1921 年),提出了隔代教育的问题;《饭》(叶圣陶,1921 年),表现了底层教师为了维持基本的生活,抛弃了做人的尊严,揭示了旧社会教师的待遇问题;《端午节》(鲁迅,1922 年),描写了教员集体讨薪的事情,关注教师的社会地位问题;《在酒楼上》(鲁迅,1924 年),描写了知识分子在现实面前的妥协与无奈;《潘先生在难中》(叶圣陶,1925 年)描写了旧时代小知识分子的灰色人生;《二月》(柔石,1929 年)描写了小学教师萧涧秋对人生的思考和对未来道路的选择;《席间》(叶圣陶,1932 年)描写了教师群体中的不良分子,揭露了那些没有责任心、生活糜烂无良教师的丑陋面目,对教育界腐朽的一面提出思考;《古庙敲钟录》(陶行知,1933 年),提出了教师在教学中的重要性,倡导“教学做合一”的生活教育理念;《一篇宣言》(叶圣陶,1936 年)描写了抗战前夕反动当局对进步教育迫害的社会问题等。

总之,这一时期关注教育问题成为了教育小说作家的主要表现视点,佳作层出不穷。对此,笔者在后面的章节中会详加评述。

(三)小说与社会教育关系之三——教育为抗战服务

抗日战争爆发后,民族矛盾上升为国家的主要矛盾,在国家民族生死存亡之际,小说承担起宣传抗战的重任。随之而来的国内战争,使得人民再次陷入水深火热之中,战时教育开展也举步维艰。此时的教育小说也紧贴时势,出现了一批描写战争中教育事件的佳作,反映了战争中教师的奋斗和挣扎以及青年学生的成长历程。

1937年7月7日,“卢沟桥事变”爆发,日本帝国主义发动了对中国的全面侵略战争,山河破碎、国土沦丧,中国的大片土地都惨遭日寇铁蹄的蹂躏,而战火也波及到了教育领域。“寇骑所至,庐舍为墟,而学校及学术文化机关尤为敌人所嫉视,摧残破坏,惟恐不力。当时平、津、沪各地之机关学校,均以变起仓促,不及准备,其能将图书仪器设备择要移运内地者,仅居少数,其余大都随校舍毁于炮火,损失之重,实难数计。”①面对教育领域残破的景象,许多小说家把笔触伸向抗战中教育界人士的各种表现,表现了知识分子在战争来临时候的抗争和无奈。

此时的教育小说由于社会时代的主题发生了根本性的变化,带来的问题就是直接表现教育的内容比较少,对教育的反思也缺乏深度的揭示,更多把笔墨集中在战争下教育界人物的表现,对战时学校教育的描述,所以,教育小说的内容及体裁表现也呈现出不同的特色。

此时的作品有《小学生募款救国》(林国器,1937年)表现了一位小学生在爱国热情的鼓舞下,向周围的人宣传抗日的道理并积极募集救国的善款,表现了抗战时期普通人民高涨的爱国热情;《华威先生》(张天翼,1938年),讽刺了抗战期间,华威先生表面上为抗战忙碌,其实看重的是所谓“领导中心作用”,揭露了以华威先生为代表的某一类型人对权力追求的狂热;《傅校长》(陈翔鹤,1939年)揭露了知识分子中败类的表现;《兽宴》(王西彦,1939年)描写了抗日战争期间,前方的战士在浴血奋战,而国统区的一些道貌岸然的所谓为人师表的教师们,在一

---

① 教育部教育年鉴编纂委员会编.第二次中国教育年鉴(第一编)第二章[M].上海:商务印书馆,1948.8.

次为某位教师送行的晚宴上丑态毕露的样子;《火》(巴金,1940 年)描写了一群爱国青年在战火纷飞的年代,积极投身抗战运动,展现了青年学生挽救民族危亡的使命感;《我们的骄傲》(叶圣陶,1940 年)表现了普通教师在国难当头之际仍然坚持做人的操守,不与那些卖国求荣的人同流合污;《青岛之儿女》(曹亩,1941 年)描写了沦陷区的青年学生为抗日游击队搜集生活必需品,如棉被、医药等,同时破坏敌人物资的故事,表现了青年学生在斗争中不断成长的过程;《赵老师的悲哀》(华嘉,1943 年),表现了像赵老师一样的年轻教师们很多都曾有过美好的希望和雄心壮志,但是在残酷而黑暗的社会中却一次又一次受到打击,表现了小知识分子在面对腐朽社会的软弱和无奈。

抗战结束后,随之而来的解放战争再次将人民陷入到苦难之中,此时的小说既有对国统区教育领域黑暗现实的暴露,也有对解放区人民进行教育变革的展现,代表作品有《范老老师》(沙汀,1945 年)塑造了一位渴望停战的知识分子形象,同时也反映了国统区普通民众的愚昧和麻木;《莫须有先生坐飞机以后》(废名,1947),描写了知识分子在战争期间颠沛流离的生活场景及莫须有先生对教育的思考,同时也讽刺和抨击了国民党腐败的政治统治;《梦的埋葬》(许杰,1947 年),刻画了解放战争黎明前夕在国统区黑暗统治中的城市知识分子的形象,反映了他们虽然还没有走向革命,但是已经有了一些初步的认识,表现了他们的苦闷、理想和追求;《满子夫妇》(潘之汀,1945 年),描写了解放区的一对青年农民夫妇在参加了"冬学"学习文化后,精神面貌上发生的崭新变化,在共同学习中,小夫妻俩变得更加和睦的故事,展现了解放区普通劳动人民的教育生活。

中国近现代社会中,在外忧内患双重压力下,一大批有识之士开始探寻救国新民的道路,小说作为传播教育理念的工具被时人广泛认识和应用,从清末民初、五四新文化时代、国民政府时期、抗日战争及解放战争年代,教育小说承载了大量反映社会变迁的内容,其中激荡着教育人物思想、教育政策演变、教育场景更迭,为我们研究中国近现代教育史提供了鲜活的资料。

第二章　清末民初教育小说反映的教育变革

清末民初之际，在洋务派和维新派的一些开明知识分子的倡导下，教育界的大事件是“新学制”的颁布，文化领域则是近代“小说界革命”的兴起，小说理论和小说的创作空前繁荣。从“教育小说”观念的引入到文人独立创作，教育小说走过了不平凡的历程，可谓见证了近代中国教育的变迁，本章拟从剖析清末民初的教育小说文本入手来揭示其中反映的教育冲突与变革。

第一节　教育小说中描绘的新教育图景

晚清末年，面对西方列强日益加剧的侵略，时势严酷，为了应对日渐加深的国内外危机，清朝统治者开始调整统治策略，被迫实施“新政”。开明地主阶级批判弊政，积极引进西方先进科学知识，在教育领域的集中体现，就是制定学制方案。1904 年清政府公布了《奏定学堂章程》，也称“癸卯学制”，这是中国近代由中央政府颁布并首次施行的全国性的法定学制系统。继学制公布后，清政府还采取了一系列的重大措施，如废科举、奖励学堂出身，建立教育行政机构和宣布教育宗旨①。教育领域的变革也引起了小说家们的关注，他们纷纷在自己的创作中从不同的角度展望新教育，同时对“新政”推行后社会各界人士的反应提出了

---

① 朱有瓛.中国近代学制史料(第二辑)上册[Z].上海:华东师范大学出版社,1989.4.

自己的思考。

一、学制革新带来的希望与冲突

1904年颁布的《奏定学堂章程》(“癸卯学制”)改变了中国传统教育的理想和结构,建立起系统的学校教育制度。这个学制分为初等教育、中等教育和高等教育三级,其中对每一个阶段都提出了具体的章程,在章程中规定了关于学生入学年龄、开设学堂的要求和意义。

以颁布的小学堂章程为例,其中《奏定学堂章程》中《初等小学堂章程》规定:“设初等小学堂,令凡国民七岁以上者入焉,以启其人生应有之知识,立其明伦理爱国家之根基,并调护儿童身体,令其发育为宗旨;以识字之民日多为成效。”①《奏定学堂章程》中《高等小学堂章程》中规定:“设高等小学,令凡已初等小学毕业者入焉,以培养国民之善性,扩充国民之知识,强壮国民之气体为宗旨;以童年皆知作人之正理,皆有谋生之计虑为成效。”②由此可以看出,大力兴办学校是清政府挽救当时衰颓政治的一项重要教育举措,在社会中引起了巨大反响,这些教育内容在同时代的教育小说中可寻到踪迹。

发表于1905—1906年的《学究新谈》(吴蒙),塑造了新教育的倡导者沈逢时这一形象。沈逢时曾经在中西学堂读书十年,又留美五年,回国后担任强华学堂的“西文总教习”,他眼中的新教育是:“总之不过三件名目:一叫体育,一叫德育,一叫智育。那体育是强硬儿童身体的;德育是诱导儿童道德根性的;智育是开通他智慧的。”③另一进步人物形象是鲁子输,他积极投身办学,竭力宣传其“教育救国”思想。鲁子输认为:“开几个小学堂,造就些子弟出来,留下我们黄种根苗,不叫他尽做外人的奴隶,倒是件绝大公德。倘然我国撑持不起时,这班后生,果真做得国民,也自能转弱为强的。”④

---

① 奏定初等小学堂章程[A]. 朱有瓛.中国近代学制史料(第二辑)上册[Z].上海:华东师范大学出版社,1989.174.

② 奏定高等小学堂章程[A]. 朱有瓛.中国近代学制史料(第二辑)上册[Z].上海:华东师范大学出版社,1989.189.

③ 周钧韬,欧阳健,萧相恺.中国通俗小说鉴赏辞典[M].南京:南京大学出版社,1993.1129.

④ 周钧韬,欧阳健,萧相恺.中国通俗小说鉴赏辞典[M].南京:南京大学出版社,1993.1130.

作者还借小说中沈逢时的夫人之口表达了实施新教育的期望：

教育的责分，人人应当尽的。只要有一种本事，都可以教得人。譬如表兄会写字，我不会写字，表兄就教我写字，我到后来也会写字了，表兄不就是我的写字先生么？表兄虽是我的写字先生，却不懂得算学，我就教表兄算学，表兄到后来也会做算学了，我不就是表兄的算学先生么？这样，大家传授起来，人人能写字，懂得算学，还有别的学问也象这般传开去。我们中国尽是有本事能竞争的人，还会弱到哪里去呢？①

这段话表现了时人对未来的教育充满了期望和热情，通过小说的叙述，肯定了西学引入、教育普及对民众的重大启蒙意义。

此类比较突出的小说可以《未来教育史》（悔学子 1905）、《学界镜》（雁叟，1908）为例，这两部教育小说就是在这样的背景下产生的。

《未来教育史》只写了四回，作者似乎想提出一种未来教育的模式，但是并没有写完。小说以维新后的社会为背景，写到青年人物黄率夫认识到教育对国家的重要性，以及看到当时我国教育界的混乱，决定和朋友萍生一起开办一个“大大的中国教育会”，表达了教育救国的思想。② 其中作者也借萍生之口道出了自己希望改革教育的心声，萍生说：“现在要整顿教育，第一件是改良教师，现在虽说开学堂，但以我看来，至少十年以内教育的大权一半还在这些塾师手里，总得叫他们革新面目，这才与学校相辅而行，中国的教育（始能）焕然改观了。”③学者杨世骥对该部小说评价为：“作者在三四十年前对于教育宗旨、方法、课本的见解如此，颇值得称异！”④

《学界镜》仅四回，出版的时候标为“教育小说”。小说描写了青年学生方真

---

① 周钧韬，欧阳健，萧相恺.中国通俗小说鉴赏辞典[M].南京：南京大学出版社，1993.1132.

② 周振甫主编.中外小说大辞典[M].北京：现代出版社，1990.369.

③ 杨世骥.文苑谈往[M].上海：中华书局，1945.114.

④ 杨世骥.文苑谈往[M].上海：中华书局，1945.114.

早年留学日本，后学成应安徽教育总会的相邀回乡决心兴办教育。轮船抵达上海后，方真在上海跟友人讨论教育事件，发表教育思想。其后接到母亲病重的消息，在回去的船上又巧遇精通心理学的唐杰，请教了他关于心理学的知识，又应他夫人的要求前往女学堂讲演。慷慨的演讲博得大家的欢迎和赞扬。虽然该小说情节不够生动，人物的形象也不够丰满，但是里面传达出来的展望新教育的思想却也起到了"开启民智"的作用。

这一段时期的教育小说还有很多，类别多样，如《苦学生》(杞忧子，1905—1906)，叙述了湖南湘潭青年黄孙，少年时代即胸怀大志，远赴美国求学，一心报国。到了国外，一面在缝衣厂做短工，一面刻苦攻读。成就优异却遭到同学嫉妒，而且受到美国当局的百般刁难，无奈之下准备回国，后来在华裔富商盛祖孙的资助下最终完成了学业，又获赠两万美金，回国后返回故乡积极从事国民教育。[①]《小学生旅行记》(亚东一郎，1911 年)，以某官立高等小学堂的两个小学生文化欧和东方复旦的旅行生活经历为线索，观察身边社会，揭露了清政府晚期的腐败和没落。两人计划做一次本国旅行，乘着学堂放暑假瞒过家人乘船出发。一路上看到沿岸的变化，感慨颇深，出了很多笑话也遇到很多惊险的事情，"作品反映了当时知识分子在'欧风东渐'影响下，接受新事物，仰慕西欧文明，想往中国富强的精神状态"[②]。《田舍翁之学校观》(缪文功，1910 年)，写了某小市集由公众捐助建立了一所公立小学，一位姓田的老人考察学校后大开眼界，决定也送自己的两个孙儿也来这所学校读书。反映了当时兴办学堂的现象已经开始被一些村民所接受的事实。

二、教育机构变革——改私塾为学堂

早在戊戌变法时期，康有为就曾提出"变学塾为学堂"的建议，他认为要实行维新变法，必须改革旧式的教育制度，建立新式学校。为此，他倡导把书院、祠庙

---

① 钱仲联等主编.中国文学大辞典[M].上海：上海辞书出版社，2000.1593.

② 周钧韬，欧阳健，萧相恺.中国通俗小说鉴赏辞典[M].南京大学出版社，1993.1322—1333.

改建为学校,他提议:“改直省书院为中学堂,乡邑淫祠为小学堂。”①同一时期,清光绪帝下诏:

即将各省府厅州县大现有大之小书院,一律改为兼习中学西学之学校。至于学校等级,自应以省会之大书院为高等学,郡城之书院为中等学,州县之书院为小学。皆颁给《京师大学章程》,令其仿照办理。其地方自行捐办之义学社学等,亦令一律中西兼习,以广造就。②

从这些言论和法令中可以看出,二人都主张借鉴西方学制建构来改革本国的官学和私学,但二人都未将蒙学划入到改造之列。1901 年两广总督陶模、广东巡抚德寿在奏折中表示:“于各乡设蒙学,专课蒙童,以公共浅近之学,听民间随处自设,先授《孝经》、‘四书’,明白纲常大义以端根本,学习文理以开知识;于州县设小学,各州府设中学,省会设大学,京师设国学。小学以上皆由官设,并以书院改建。”③二人严格区分了蒙学和官学,认为蒙学可以“听民间随处自设”。

基于之前的大量讨论,清政府“新政”时期,转换学制、改革教育成为重要举措。光绪二十八年七月十二日(1902 年)颁布的《钦定蒙学堂章程》(壬寅学制)中规定:

蒙学堂之宗旨,在培养儿童使有浅近之知识,并调护其身体;

城内坊厢乡镇村集,均应设立蒙学堂;

凡各省府厅州县原有义塾,并有常年经费,此后应按照此次蒙学课程一律核实改办公立蒙学堂;

凡家塾召集邻近儿童附近就课读,及塾师设馆召集幼徒在馆肄业者,

---

① 毛礼锐,沈灌群.中国教育通史第四卷[M].济南:山东教育出版社,2005.227.
② 舒新城.中国近代教育史资料(上册)[Z].北京:人民教育出版社,1981.47.
③ 璩鑫圭,唐良炎:中国近代教育史资料汇编·学制演变[Z].上海:上海教育出版社,1991.24.

均应遵照此次蒙学课程，一律核实改办，名为自立蒙学堂；

蒙学堂之设，以多为贵。凡地方官绅，总宜竭力督劝，俾儿童咸有成就之始基，不至荒学失时，终身废弃。①

该章程把蒙学纳入了国家管理的范围，但是由于各种原因，壬寅学制并没有真正得到推行。随之而后光绪二十九年(1904年)一月十三日颁布的《奏定学堂章程》(癸卯学制)直接以“初等小学”名称代替了“蒙学堂”名称。下录一段《奏定初等小学堂章程》详加说明：

初等小学堂为教成全国人民之所，本应随地广设，使邑无不学之户，家无不学之童，始无负国民教育之实义。令学堂开办伊始，虽未能一律齐设，所有府厅州县之各城镇，应令酌筹官费，速设初等小学以为模范。其能多设者固佳，至少小县城内亦必设初等小学二所，大县城内必设初等小学三所；各县著名大镇亦必设初等小学一所。此皆名为初等官小学，以后再竭力督劝，渐次推广。

各省府厅州县，如向有义塾善举等事经费，皆可酌量改为初等小学堂经费；如有赛会演戏等一切无益之费积有公款者，皆可酌提充用。此等学堂或一城一镇一乡一村各以公款设立，或各以捐款设立者，及数镇数乡数村联合设立者，均名为初等公小学。

凡有一人出资独立设一小学堂者，或家塾招集邻近儿童附就课读，人数在三十人以外者，及塾师设馆招集儿童在馆授业在三十人以外者，名为初等私小学。均遵官定章程办理。②

---

① 钦定蒙学堂章程[A].朱有瓛.中国近代学制史料(第二辑)上册[Z].上海：华东师范大学出版社，1989.157—158.

② 奏定初等小学堂章程[A].朱有瓛.中国近代学制史料(第二辑)上册[Z].上海：华东师范大学出版社，1989.175.

对比“壬寅学制”和“癸卯学制”，会发现，二者对待蒙学态度上存在不同意见，奏定学堂章程的设想是要在全国范围内普遍建立小学堂来承担所有启蒙教育的任务，最终目的是要取代私塾的地位。但是，由于教育经费的短缺，短期内又不得不默许私塾的存在。①

私塾，是“私学”的重要组成部分。过去一直被称为“家塾”“学馆”“书房”，直到清末民初分官、私学堂后才有此名称。② 私塾作为小学性质的教育机构，履行着对学生进行文化普及的职责，作为一种传统教育形式，承担着封建社会的启蒙教育任务，能弥补官学之不足。“作为一种民间个体设立的承担着中华民族文化传承重任的基层教育机构，私塾一直是被历代王朝承认并倡导的一种教育组织。”③

清末民国时期，政府虽然大力推行新式教育，但是由于“教育发展离不开经济基础，中国近代工商业非常稚嫩，小农经济无力为普及近代初等教育提供充足的经费，经济滞后制约了近代小学的发展”④，所以，在社会上还是有大量私塾的存在，从当时的统计数据中可以得到证明。以河北省为例，据 1907 年的直隶提学司的调查显示，“查各府州县官私两等小学虽已设立，而与私塾比较，尚不敌其十分之一。推厥由来，塾师之阻力甚大，听之不可，禁之未能”，⑤江苏省 1909 年的统计数字为，“共有新式小学校 800 余所，学生 3700 余人，而私塾则达 7000 余所，约九倍多。估计每所学生十人，学生亦倍之”。⑥ 而下面的这组数字，也从侧面说明了当时的学堂在数量上和质量上都难以保证社会上的普遍需求，“1907

① 刘熠.清末学制转轨中的蒙学教育及其发展[J].重庆社会科学，2009(5).119.

② 王益如.济南的私塾和我的经历[A].中国政协文史资料委员会.中华文史资料文库·文化教育篇[Z].北京：中国文史出版社，1996.31.

③ 冷长燕，王伦信.论私塾在中国近代社会的命运[J].沈阳师范大学学报(社会科学版)，2007(6).144.

④ 刘白杨.清末民国时期私塾对义务教育的作用分析[J].江西师范大学学报(哲学社会科学版)，2008(5).116.

⑤ 直隶提学司通饬各属实行改良私塾文[A].朱有瓛.中国近代学制史料(第二辑)上册[Z].上海：华东师范大学出版社，1989.330.

⑥ 王树槐.中国现代化的区域研究：江苏省(1860—1916)[M].台北：中央研究院近代史研究所，1984.261.

年,全国学堂统计数字为33605所,与一年前的预算数28万所相比,仅占预算数的12%;入学儿童仅占适龄儿童的3.19%。上述预算是以每所学堂100人计的,事实上,当时'每校平均不及三十人',三十与一百的数字悬殊又使12%的比例再打折扣。据统计,到1912年全国儿童平均入学率仅为1%"。①

在各种因素的综合作用下,"改良私塾"进入到人们的视野,"以中国现时力量及人民程度,而欲大兴教育,广设蒙小学堂,恐无此量数之经费,亦无此数量之教员,则莫如先就旧有之数百万私塾而改良之"。②

光绪三十一年(1905年)上海成立私塾改良总会,规定的宗旨和课程为:

宗旨　各教习照常各自收徒讲授,馆室照旧,脩金照旧,惟教授悉用新法,重讲解不重背诵,先求讲明蒙学新书,然后由浅入深,实事求是,务求到馆一日,即获一日之进益。

课程　必修科:修身(兼读经),国文(包地理、历史、理科、习字),算术,体操(随意科),图画(毛笔画),乐歌。③

之后"上海绅士拟仿办私塾改良会,筹集经费,由沈君戟仪设会推广",④在上海各乡镇着手改良私塾的同时,京师、直隶、河南、湖南、吉林等地都相继进行改良私塾的活动。以下分别举例说明:

(京师)京师劝学所内附设夜学、师范讲习所,以备各私塾塾师研究教

① Marianne Bastid: Educational reform in earlytwentieth—century China, The University of Michigan, 1988.82.

② 舒新城.中国近代教育史资料(上册)[M].北京:人民教育出版社,1961.101—102.

③ 上海私塾改良总会章程[A]. 朱有瓛.中国近代学制史料(第二辑)上册[Z].上海:华东师范大学出版社,1989.317.

④ 上海私塾改良会会友除此至各乡镇劝学记略[A].朱有瓛.中国近代学制史料(第二辑)上册[Z].上海:华东师范大学出版社,1989.320.

育;议定改良私塾宜注重教授管理之精神,不必注重形式。①

(直隶)私塾改良之事可期实行。如或因风气未开,暂仍私塾之名,亦无不可。否则空言改良,而无一定之办法,悠悠岁月,成效难期,教育安有普及之日。②

(河南)以各属劝学所为改良私塾机关,各属教育会副之,不再立私塾改良会,以一事权。③

(湖南)湘省教育总会以改良私塾为目今要务,亟应早为调查,以为改良之入手办法,特派员在省城内外各私塾切实调查。④

(吉林)私塾相沿已久,教法未尽合宜,若不力图改良,实无以策进行而谋教育之普及。吉省山谷相错,财力维艰,风气晚开,师资甚乏,小学既刻遍设,私塾实急宜改良。⑤

从全国各地的"改良私塾"的措施中可以考见,改良私塾已经是大势所趋,被时人所广泛认识,在此基础上,学部于 1910 年 7 月下令在全国范围内推行私塾改良:

兹酌订改良私塾章程二十二条,先行通咨京外一律遵行。凡穷乡僻壤学堂一时未能遍设者,地方官及劝学所应遵照此项章程,就原有私塾竭力劝导,俾知改良。……改良私塾分初等、高等两种,以能合于初等小学教科程度者为改良初

① 光绪三十三年(1906)九月—三十四年(1908)十二月京师改良私塾一览表[A]. 朱有瓛.中国近代学制史料(第二辑)上册[Z].上海:华东师范大学出版社,1989.323.

② 直隶提学司通饬各属实行改良私塾文[A]. 朱有瓛.中国近代学制史料(第二辑)上册[Z].上海:华东师范大学出版社,1989.331.

③ 河南提学司详定改良私塾章程[A]. 朱有瓛.中国近代学制史料(第二辑)上册[Z].上海:华东师范大学出版社,1989.331.

④ 湖南省教育总会调查各地私塾[A]. 朱有瓛.中国近代学制史料(第二辑)上册[Z].上海:华东师范大学出版社,1989.336.

⑤ 吉林提学司札饬各属改良私塾告示[A]. 朱有瓛.中国近代学制史料(第二辑)上册[Z].上海:华东师范大学出版社,1989.337.

等私塾，合于高等小学教科程度者为改良高等私塾。①

至此可以看出，官方正式许可了"改良私塾"的建议，并提出相应的改良措施，希望能够通过"改良私塾所以辅学堂之不足"，并且同时规定那些"其力能行学之处，仍当遵章设学，力图扩充，不可藉改良私塾为名，转致废弛学务"②。

私塾转变为学堂，史称"私塾改良"，这一近代史上的教育事件，被很多的小说家作为了创作的素材，其中既有对转型期旧式塾师的批判，也有对当时历史条件下教育上新旧杂陈的状况的揭露。下面通过教育小说文本进行说明：

《某私塾》(剑，1918年)，描写了虽然废科举兴学堂的政令发布已久，但是在很多偏远的地方仍然教授的是四书五经内容，采取粗暴教学方法。新学制推行后，在学堂教授内容上有很多新式学科的引入、教授手法的更新，即使是允许存在的私塾也有具体的改良办法，但是该小说中描写的场景是：

科举废，学堂兴，私塾亦随以消灭。然穷乡僻壤，尚有一二名冬烘先生，设帐授徒，诗云子曰之声，不绝于耳。这些人大抵都已年老龙钟，舍此也别无他业可就，或是穷极无聊赖之辈，略识"之"、"无"，即于三家村中，聚上十数名顽童，靦然作起"猢狲王"。其目的专在骗饭，误人子弟与否，他们是不管的。③

《奏定初等小学堂章程》中规定："凡教授儿童，须尽其循循善诱之法，不宜操切以伤其身体，尤须晓以知耻之义；夏楚只可示威，不可轻施，尤以不用为最

① 学部通行京外学务酌定方法并改良私塾章程文(附章程)[A]. 朱有瓛.中国近代学制史料(第二辑)上册[Z].上海：华东师范大学出版社，1989.310—311.

② 学部通行京外学务酌定方法并改良私塾章程文(附章程)[A]. 朱有瓛.中国近代学制史料(第二辑)上册[Z].上海：华东师范大学出版社，1989.310.

③ 骆宾生.黑幕大观——旧中国军，政，匪，伶，娼之怪状[M]. 春秋出版社，1989.146.

善。①”在一些《改良私塾告示》中也提到：“管理则有规则可循，书籍则有定本可购，课程甚属单简，教法不尚高深，诱掖为主，忌扑刑之滥用，讲解为重，亦默诵之兼行。”②

但是在一些学堂或私塾中仍然存在大量的粗暴教学方法，甚至是出现体罚学生现象，如：

> 一会儿，男子忽以掌拍案，高声唤道：“阿三，背书。”即有一个五六岁之拖鼻涕童子，捧书程于先生面前，回过身，呐呐然不能出口。半晌，才慢慢背诵道：“云腾致雨，露结为霜，剑号巨阙”二字之声未断，男子突然以戒尺猛击其头，厉声问道：“此乃‘关’字，谁教你读‘缺’字。”童子咽泪答道：“此系昨夜我父所教。”男子听说，勃然大怒，以戒尺连连击其头，如寺僧之敲木鱼。……私塾之黑暗，已窥见一斑矣。③

教育机构的变化，也带来了教学环境的更新，这种变化可以从当时清政府颁布的各项教育法令中找到答案。《奏定初等小学堂章程》中对学堂的堂舍规模做出了明确的规定：

> 初等小学堂建设之地，以爽垲而宜于卫生，其面积适合学堂规模为准。学堂附近之处，倘有害于儿童之习染及喧闹而有妨教授者，均宜避之；若在有高等小学堂之处，则可合设。④

① 奏定初等小学堂章程.朱有瓛.中国近代学制史料(第二辑)上册[Z].上海：华东师范大学出版社，1989.183—184.

② 吉林提学司札饬各属改良私塾告示[A]. 朱有瓛.中国近代学制史料(第二辑)上册[Z].上海：华东师范大学出版社，1989.337.

③ 剑.某私塾[A].骆宾生.黑幕大观——旧中国军，政，匪，伶，娼之怪状[M]. 春秋出版社，1989.146.

④ 奏定初等小学堂章程[A].朱有瓛.中国近代学制史料(第二辑)上册[Z].上海：华东师范大学出版社，1989.187.

即使是要求相对较低的私塾也有明确的规定：

学生座位务令面向教师；学生出入书房须有规矩；房屋光线空气虽不能佳，必须洁净；校具应有者不嫌粗恶。①

虽然在学堂建设和私塾的办学条件上有明文的规定，但是在当时社会上还是有很多浑水摸鱼的学堂或私塾的存在，如《学究教育谈》（天僇生，1907）描写了冬烘村的一位私塾教师陆先生，没有真才实学，不接受新鲜事物，生活上爱财如命，教学上糊弄学生。他上课的环境是：

先生所居室，都三楹，甚湫隘，檐低压眉，以中楹为书塾，方度才四尺。从游童子不下二十人，人短几一，前后骈坐肩相摩，无一容足地。每破晓，则先生夏楚声、呼叱声、童子哭声、读书声、师母解劝声，同时而至，半里外即闻之，时时与村人舂稻声、叱蹇声相酬答。②

私塾如此，学堂中也是弊端丛生，如陆费逵的政论文《论今日学堂之通弊》中所描述的学堂环境：

今之学堂，除一二经济宽裕、办事人深明教育及具热心毅力者外，设备完全，不可多见。言乎校地，则湫下卑湿者有之；设于戏园酒馆之旁者有之；设于公所会馆及丙舍之中者有之；面积狭小，不能与学生数比例者有之；无操场，或有而不敷用设备，又不完全者有之；沟渠不治，雨后积潦多日者有之。言乎校舍，则力不能建筑者，实居多数。此为经济所限，无可如何，不能

① 光绪三十三年（1906）九月—三十四年（1908）十二月京师改良私塾一览表[A].朱有瓛.中国近代学制史料（第二辑）上册[Z].上海：华东师范大学出版社，1989.328.

② 于润琦.清末民初小说书系·社会卷（上册）[M].北京：中国文联出版公司，1997.81.

责其建筑也。然即改用旧屋,独不能多开窗牖乎?不能略行改修乎?读各省视学报告,校舍之光线不足用,空气欠流通者,实居多数。①

脏、乱、差的教学环境在当时的私塾和学堂中普遍存在,如黄炎培在1911年作出的《调查镇江府中学堂报告》中称:"参观宿舍,每室容积甚小,仅可三、四榻,各室间有整洁者,亦有置溺器于门外者,置水烟袋于桌上者。②"

教学环境,指的是"影响教学活动的各种外部条件"③,指教育者和受教育者对于课堂教学环境所需要的条件因素总和。良好的教学环境可以促进学生的身心健康发展,不良的教学环境则会使教学的效果大打折扣。

《学究教育谈》中呈现出来的教学自然环境和物质环境让人大跌眼镜,再加上这位塾师陆先生自身对于教授学生也是勉强应付,采取粗暴教学,呈现出来的人际环境场景就是:

先生素有昼寝癖,每饭讫,恒即坐上假寐。童子睨先生眼餳作倦态,即为得意状,相扑为戏,读书声甚微。久之,先生醒,见诸状,辄大叱,以戒尺掷几上,则诸童又齐声乱诵。盖先生睡时,则诵声如苍蝇钻纸。先生醒时,则读声又如群鸦之噪风。如是以为常,十余年如一日。④

而当政府命令停办科举,兴立学校,为了继续维持生计,他就在自己的私塾门上挂上了"某某高等小学堂"的牌子,而当别人问他谁来当教员的时候,他还振振有词地说:

吾先生有丈夫子五,吾长子尝在郡城读勃拉马半本,可以教英文。吾次

① 璩鑫圭,童富勇编.中国近代教育史资料汇编·教育思想[M].上海教育出版社,1997.835.
② 朱有瓛.中国近代学制史料(第二辑)上册[Z].上海:华东师范大学出版社,1989.520.
③ 顾明远.教育大辞典(第一卷)[M].上海:上海教育出版社,1990.182.
④ 于润琦.清末民初小说书系·社会卷(上册)[M].北京:中国文联出版公司,1997.81—82.

子善说《水浒》、《三国演义》，可以教历史。吾三子善治田，可以教理化。吾四子往来乡城间，路径甚悉，可以教地舆。至于体操、唱歌二科，则非吾幼子莫任。因吾幼子年虽十余岁，然居恒时时猱升树梢，入邻翁圃窃其果实，又能唱秧歌也。①

大言不惭之际，认为自己独立创建学堂，实在是功不可没，应该得到政府的奖赏，于是到省城请学司前来视察，结果学司来视学之后，看到的景象是：

未几，视学者果至。先生迎之道旁，执礼甚恭，相偕入学堂。视学者大怪叱，问先生曰："讲堂何在？"先生指茅屋对曰："此即讲堂也。"曰："教科书何在？"先生指案上《三字经》、《四书大全》对曰："此即教科书也。"曰："理化器具何在？"先生赧颜对曰："无之。"曰："图绘器具何在？"先生又对曰："无之。"视学者无语，久之忽笑，谓先生曰："君教育法甚善，吾当驰告学使，令破格奖君。"先生大喜，俯首谢。视学者去，先生遂日夕盼好音。②

结果很显然，等来的结果是取缔了他的办学资格，而且令他以后都不得再开办任何学堂，这位陆先生愧恨而死。小说揭露了以冬烘陆先生为代表的一些旧塾师的丑陋行为，也批判了当时的教育改革在很多地方都不过是应付差事之举，就像小说中所写仅仅只是换了一块招牌而已，私塾就变成了学堂。如沈颐所批评的："塾师守其十年前腐旧故智，而喜冒用学堂之名（每过私塾之门，见有悬牌作标识者，或云'四书经训速成学堂'，或云'中西论孟学堂'，其他类此者，尚不胜枚举），愚固者不识内容，亦往往送其子弟就学。然而入其室，则几案纵横，视其书，则讲章数册，涕洟满地，作辍不时。③"

① 于润琦.清末民初小说书系·社会卷(上册)[M].北京：中国文联出版公司，1997.81—84.

② 于润琦.清末民初小说书系·社会卷(上册)[M].北京：中国文联出版公司，1997.83—84.

③ 沈颐.论改良私塾[A].朱有瓛.中国近代学制史料(第二辑)上册[Z].上海：华东师范大学出版社，1989.317.

在私塾改学堂的过程中，教育领域的新旧杂陈还体现在清政府颁布的教育法令上，如光绪二十八年七月十二日颁布的《钦定小学堂章程》中规定：不论是初等小学堂还是高等小学堂的每个学科阶段都设有"读经"的重要环节，此外章程中还制定了各种规则，如：

凡开学、散学及每月朔，由总理、教习率学生诣至圣先师位前行礼；礼毕，学生向总理教习各三揖，退班。

每岁恭逢皇太后皇后万寿圣节，皇后千秋节，至圣先师诞日，仲春仲秋上丁释奠日，皆由总理、教习率学生至礼堂行礼如仪。①

之后的《奏定初等小学堂章程》中更是具体规定了"读经讲经"的要义、内容、方法、标准等，列举如下：

其要义在授读经文，字数宜少，使儿童易记。讲解经文宜从浅显，使儿童易解，令圣贤正理深入其心，以端儿童知识初开之本。每日所授之经，必使成诵乃已。

凡讲经者先明章指，次释文义，务须平正明显切于实用，勿令学童苦其繁难；其详略深浅视学生之年岁程度而定。尤不可务新好奇，创为异说，致启驳杂支离之弊。至于经义奥博无涯，学堂晷刻有限，止能讲其大义；若欲博综精研，可俟人大学堂后为之，此乃中小学堂讲经通例。

现在定以《孝经》《四书》《礼记》节本为初等小学必读之经，总共五年，每年除假期外以二百四十日计算。

第一年，每日约读四十字，共读九千六百字；

第二年，每日约读六十字，共读一万四千四百字；

① 钦定小学堂章程[A].朱有瓛.中国近代学制史料(第二辑)上册[Z].上海：华东师范大学出版社，1989.169—171.

第三四年，每日约读一百字，共读四万八千字；

第五年，每日约读一百二十字，共读二万八千八百字。

总共五年，应读十万零一千八百字。①

由此可以看出，虽然清政府主张大力兴办新式学堂，但是对孔子的推崇、对读经的坚持、对传统道德的膜拜还都是根深蒂固的观念，于是就出现了教育小说中的情节。如《冰教师》(南村，1914年)中塑造了一位老腐儒的形象，虽然身在新式的学堂之中，但是教授的还是《四书》《五经》等圣贤书，此处摘引一段以资佐证：

耕牧之民观先生之行难竞涩，如挟泰山，以为非恒人所克办，祥麟威风，当不世出欲教子弟者，舍先生固无属，于是聘之主教于市校中。先生亦慨然以怀才不遇，仁义难行，有删诗正乐老去泗滨之意。开校后董训生徒，一以圣贤相希许，规矩之严利于斧钺，沙碛中牧羊竖子，天性何其纵逸。一旦入兹网罗，所见所闻木木如嚼枯蜡，头疼脑胀时思逃逸，然又惧父兄之谴责也。……一日授论语及于三省一节，先生意大得，屋漏良知十目十手之例，曲引博征，言滔至一二小时未已。②

小说中的这位教师虽然是在小学堂教书，但是教授的内容还是封建传统教育的那一套，再加上教学方法陈旧，学生们一个个听得昏头胀脑，天天想着逃课也是情理之中的事情了。

正如清末的一位教育研究人士说道：

---

①　奏定初等小学堂章程[A]. 朱有瓛.中国近代学制史料(第二辑)上册[Z].上海：华东师范大学出版社，1989.177.

②　于润琦.清末民初小说书系·社会卷(上册)[M].北京：中国文联出版公司，1997.347.

余观今日之教初学者，多喜仍私塾之旧，与生徒作文时，所命之题率为抽象的论说体，不问生徒之程度及适用与否，总以为不若是即不能谓之文题矣。默写之法，向日私塾即用之。特其默写者，仅字句而已，与私塾无异。近日教国文者，莫不用还讲法，所还讲者，亦不过词句而已，与向日私塾之旧法无异。①

由此看出，这些所谓的学堂不过都是些挂学堂之名却行私塾之实的学堂界的"南郭先生"们，从侧面反映出当时教育领域的腐朽。

三、教育官僚的昏庸和教育投机者的贪婪

在教育改革的过程中，一些昏庸的教育官僚以开办学堂为名大发教育横财，一些贪婪的教育投机者也利用教育作为自己敛财升官的工具，此时期大量的教育小说对这种现象和人物进行了揭露和批判。

李伯元的《官场现形记》。李伯元(1867—1906)，早年应商务印书馆之邀约，主编《绣像小说》，后写出《官场现形记》《文明小史》等一系列谴责小说。前者揭露了科举的欺骗性，尖锐地抨击了封建社会末期极端腐朽和黑暗的官僚制度。

小说开篇就提到了读书和做官的关系，举人出身的王仁在村里开馆授徒，当学生问到他如果中了举人的好处时，他给学生分析了其中的关系："拉了翰林就有官做。做了官就有钱赚；还要坐堂打人；出起门来，开锣鸣道。阿唷唷，这些好处，不念书，不中举，哪里来呢？②"把读书跟做官捞钱、以权势欺压人民联系起来，可以想象得到，在这种教育思想熏陶下的学生，以后当了官也只会祸国殃民。

《文明小史》描写了西方文明引进中国后被接纳和扭曲的过程，揭露了清政府官吏的昏庸，其中叙述新办学堂的章节也很多，但是大多都是冲着"现在世界维新，要想取些名誉，只有学堂可以开得"的思想。其中周翰林的一番话揭示了当时社会上大部分人争相办学堂的真实目的：

---

① 权骅.教育实验心得[J].教育杂志，1911(2).
② 李宝嘉.官场现形记[M].北京：人民文学出版社，1957.4.

那办学堂的更是可笑，他也不晓得有什么叫做教育，只道中国没得人才，要想从这里头培植几个人才出来，这是上等的办学堂的宗旨了。其次，则为了上司重这个，他便认真些，有的将书院改个名目，略略置办些仪器书籍，把膏火改充学费，一举两得，上司也不能说他不是。还有一种，自己功名不得意，一样是进士翰林，放不到差，得不着缺，借这办学堂博取点名誉，弄几文薪水混过，也是有的。看得学生就同村里的蒙童一般，全仗他们指教。自己举动散漫无稽，倒要顶真人家的礼貌，所以往往闹事退学。①

讽刺了那些想通过办学堂这条途径捞取实惠和博得名声的个人，揭露了这些人的丑陋面目。

《东方杂志》1904 年第 9 期登载了一篇文章《论学堂之腐败》，对社会上那些以兴学为名，但是实为中饱私囊的昏庸士绅们进行了揭露，与反映这类题材的教育小说可以彼此互证。下面摘录一段：

近日我国，自上至下，均亟亟以筹款为要义。其筹款之法，政府之所以施于全国者，有三：曰抽提公款也，曰清查中饱也，曰勒捐杂税也。官绅之所以施于一隅者，有二：曰苛派铺户也，曰抄没寺院也。而其所以为口舌者，在政府，则曰练兵；在官绅，则曰兴学；而其用意，则皆以急务之名，为中饱之实，其间盖有不可知者。……今忽有此办学堂之名，则平日之蕴毒，至此而大泄矣。案办学堂之名，其可以利用者，凡数端，学堂为奉旨举办之事，故遵王一派人，不得而非之，学堂又为外人许可之事，故媚外一派人，不得而非之；学堂又为开通风气之事，故新党一派人不得而非之。于是对官吏，对外人、对报馆均有可藉之辞，取怜之道，而使之不出于反对，而乐于赞成，既有此至大之题，而据多数人许可之势，其力遂足以报平日之怨，充公勒派，惟所

① 李伯元.文明小史[M].江西：百花洲文艺出版社，2010.239—240.

欲为。……故我国之学堂,养老院也,栖流所也。庞杂废弛,不可言状,开之八七年,徒见经理者,营家宅、置田产,执事者妻妾肥泽,衣食温饱,而教成之学生,则杳然不知其何在。①

在这篇文章中,揭露了那些官僚大员们的丑恶嘴脸,不是真心为教育出力,而是通过开办学堂聚敛钱财,教学的效果也就可想而知了。

此外,曾朴(1872—1935),清末民初小说家,其长篇小说《孽海花》也对当时中国的封建科举制度极尽讽刺之能事。小说写了科举具有麻痹人心的弊端,社会上的读书人,虽然处在国势衰弱、外侮频仍的情势下,仍然丝毫不顾国政事实和民生疾苦,他们朝思夜想的只是金榜题名、高中状元,死抱着举业不肯放手,满嘴谈论的都还是科举的妙处,关心的是自己的升官发财和荣华富贵。

小说在第五回的一段描述讽刺了科举制度的荒谬,写道:

原来调墨浆这件事,是清朝做翰林的绝大经济,玉堂金马,全靠着墨水翻身。墨水调得好,写的字光润圆黑,主考学台,放在荷包里;墨水调得不好,写的字便晦蒙否塞,只好一世当穷翰林,没得出头。所以翰林调墨、与宰相调羹,一样的关系重大哩。②

考试过关与否不是看学问的高低,而是看字迹是否写得光润漂亮,字里行间充满讽刺意味。

后文又写到状元出身的金雯青,毕生尽心于"元史补证"的工作,对西北的地理情况倾全力而研究,但是他的妾傅彩云对他的研究工作认为没啥实际作用,嗤之以鼻。

---

① 李桂林,戚名琇,钱曼倩.中国近代教育史资料汇编·普通教育[Z].2007.399—400.

② 曾朴.孽海花[M].北京:中华书局,2001.28.

老爷别吹。你一天到晚抱了几本破书，嘴里咭唎咕噜，说些不中不外的不知什么话，又是对音哩、三合音哩、四合音哩，闹得烟雾腾腾，叫人头疼，倒把正经公事搁着，三天不管，四天不理，不要说国里的寸土尺地，我看人家把你身体抬了去，你还摸不著头脑哩！我不懂，你就算弄明白了元朝的地名，难道算替清朝开了疆，拓了地吗？①

但是就是这位自谓学贯中西的金雯青却上当受骗花了近千英镑买了一张假的中俄边界地图，结果白白让俄国人占去了八百里的土地还茫然不知，唐卿的一番话说明了其中的原因：

事情却从你那幅交界图惹出来的。西北地理，我却不大明白。据说回疆边外，有地名帕米尔，山势回环，发脉葱岭，虽土多硗薄，无著名部落，然高原绵亘，有居高临下之势，西接俄疆，南邻英属阿富汗，东、中两路则服中國。近来俄人逐渐浸入，英人起了忌心，不多几时，送了个秘密节略及地图一纸给总署，其意要中国收回帕境，隔阂俄人。总署就商之俄使，请划清界址。俄使说，向来以郎库里湖为界的。然查验旧图及英国，却大不然，已占去地七八百里了。总署力驳其误。俄使当堂把吾兄刻的交界图呈出，说这是你们公使自己划的，必然不会错的。当时大家细看，竟瞠目不能答一语。②

这样一位状元出身的金雯青，竟然分不清界图的真伪，他的昏庸让我们也是瞠目结舌。

这个时期的谴责小说针砭时弊，讽刺官场，批判封建教育，《官场现形记》《二十年目睹之怪现状》《孽海花》《老残游记》并列称为清末四大谴责小说。在这股潮流的影响下，由此也引发了清末民初的一系列的讽刺时政、谴责当时教育改革

① 曾朴.孽海花[M].北京：中华书局，2001.92.
② 曾朴.孽海花[M].北京：中华书局，2001.162.

的小说。

如《马屁世界》(睡狮,1911 年),小说以主人公单不信的经历为线索,抨击了官场中逢迎、巴结的丑恶现象。作品描写了京城里几位很有权势的人善拍马逢迎,位居高位。后辞官来到上海,开设了一所马屁学校,专门传授升官发财的秘诀。在该学堂的学生学期满后大多都掌握了拍马屁的要领,获得优等,独有几个农家子弟、铁匠徒弟、乡间老夫子,因卤莽操切,不堪造就,不列等,而单不信只获得了个"平等"。这些毕业的马屁学生们走上社会,个个走运,唯独单不信不会拍马,四处碰壁,最后只能卖文度日。过了一段时间,那些受了愚弄的人最终联合起来查抄了马屁学校。①

小说讽刺了马屁学校的荒谬和丑态,对他们的种种劣迹揭露无遗,尤其令人叫绝的是马屁学生毕业时齐声高唱《马屁军歌》:

天下荣,马屁助成功。天下乐,马屁最要学。拍起来,马屁莫嫌臭,你看那尝粪灭吴国。我中华,马屁最风行。大阔老,多半是名角。想起来,好不羡煞人,要快活快把马屁拍。最可笑,一种强硬性,英雄们,常被人倾覆。最可笑,一种拘执性,圣贤们,永远受寂寞。最可爱,一种依赖性,奴隶们,庸庸多厚福。最可喜,一种柔媚性,娼优们,声名倒赫濯。那怕他,唾骂当我面,一世里,好官由我作。我同学,拍马屁莫害羞,骑上了马背真快活。

小说充分讽刺了那些身处乱世,不思进取,却成为了只会一味溜须拍马之徒,虽然小说极度荒诞和夸张,但是把清末民初的上层社会丑态刻画殆尽,以此为依据,所以,这样的马屁学校的诞生,也就是可以令人理解的了。

再如《参观员》(无际,1915 年),描写了各地办教育,兴起了参观之风,五个人结伴组成参观团来上海的女校和师范学校参观,结果洋相百出。其中到了一所学校,参观团中的一人看到了校内的女学生大为吃惊,取笑说:"沪上风化,究竟

---

① 周钧韬,欧阳健,萧相恺.中国通俗小说鉴赏辞典[M].南京:南京大学出版社,1993.1328.

不堪,学校之中,乃有女郎。”[①]经同伴提示知道是所女校后,大喜改口道:“世乃有女学校耶？君辈胡弗前告,今得到此,斯行为不虚矣。”[②]在参观了解过程中,看到对方学校课程有歌唱一科,于是提出要求想听女学生唱歌:“适见课程表列歌唱一科,吾聆男生唱歌,殊不悦耳。此间之唱,当至曼妙。吾昨宵观剧丹桂荣园,妙舞清歌,令人意醉。彼中歌者,盖亦女儿也。”[③]言谈之中,把女学生比作歌伶,去到女校不是参观教育成果而是想听女生们唱歌,要求被拒绝后,惋惜不已,丑态毕露。后来又去了师范学校参观,没心思与人交流教育心得,反而对他们的糕饼大感兴趣,讽刺意味浓厚。

《试教》(剑,1918 年)揭露了一些教育投机者的丑恶嘴脸。某人想了个生财的妙招,不花钱就能聘得教员开办学校,办法就是采用试用期。所谓的试用期如下:“须试教一个月,以观学识,合则蝉联而下,不合则辞退。其再试教期间,恕不送薪。”[④]前来应聘的人很多,但是一个月期满之际,该人总能各种理由将教师辞退,结果周而复始,学校开办的第二年,该人的钱包就鼓了起来。同样的情节在《牯岭路某学校》(皇甫鹏九,1918 年)也出现过:

> 其所延聘之教员,大凡订期半年。而半年又以五个月为限。而教员之薪水,从未有全付一个月者。盖自第一月即零碎应付。一个月之薪水,或付给一半,而第二个月又到期了,于是找辞拖延,令人难以忍受,就必然辞去。这恰恰中了奸计。于是重新聘请其他教师继续教,然后又如前次一样。所以一学期中,只须两次更换教员,他这半年内,之多不过付足两个月的薪金。上海地方究竟人多,难以窥破其奸计。彼则可借兴学为名,敛钱以供其吃喝嫖赌只用,其可谓教育界之黑幕也。[⑤]

---

① 无际.参观员[A].于润琦.清末民初小说书系·滑稽卷[M].北京:中国文联出版公司,1997.252.
② 无际.参观员[A].于润琦.清末民初小说书系·滑稽卷[M].北京:中国文联出版公司,1997.252.
③ 无际.参观员[A].于润琦.清末民初小说书系·滑稽卷[M].北京:中国文联出版公司,1997.253.
④ 骆宾生.黑幕大观——旧中国军,政,匪,伶,娼之怪状[M].北京:春秋出版社,1989.143.
⑤ 骆宾生.黑幕大观——旧中国军,政,匪,伶,娼之怪状[M].北京:春秋出版社,1989.139.

再如前文提到的《学究新谈》。有学者称该部小说“堪称晚清学界面面观”，①而学者阿英也评价其为“完全是嘲笑在维新期间一些在教育方面的投机分子”②。小说以夏仰西的办学经历为主线，刻画了清末民初之际杭州、上海等地兴办学堂的场景。小说通过一系列闹哄哄办学堂的故事，揭露并抨击了在维新运动中一群戴着维新面纱的所谓教员谋取名利的卑劣做法，折射出在维新运动中教育界鱼龙混杂的混乱现状。③ 其中小说写到那些借开办蒙学堂之名却大肆广受学费发横财的毕重光等人；那些成天泡在尼姑庵里，却不给学生正经上课的蒋、沈、杨等几个塾师；对学生的问题回答不出来的陆少川、胡子春；还有结党拉派，以办学为名来谋私利的朱洪儒、朱安儒兄弟二人；一肚子草包的笑哥、沈凤林等人；大搞封建迷信的学监、巡抚等等，不一而足。④ 有了这些人把学堂弄得乌烟瘴气，所以他们办的教育就发生了很多“新”事，如上海高等学堂的学生们不上课，整日唱戏、玩耍，一些人要来参观，没有办法，校方只好赏给学生们每人三角小洋诱使学生们来上课充数；妓女们也开始集资办学堂，教学方式颇有特色，引得前来考察的专员很感兴趣；学生乘教师睡觉，开玩笑剪了老师的辫子等，总之发生了很多令人啼笑皆非的“新”事。小说集中笔墨讽刺了清末学界在兴办西式学堂大潮中的种种弊端，反映了当时社会中新旧思想交替之际教育界的诸多怪事，给读者呈现出一幅清末兴学“怪相”，发人深思。

四、普通教师的众生相

清末之际，废科举、兴学堂成为大势所趋，很多士人不能再凭借科举走上仕途之路，但多年的八股学习，使他们肩不能挑、手不能提，从商又缺乏经济头脑，多数只能进入学校充当教员。但是当时的教育界又极其黑暗，克扣教员薪俸的事情时有发生。此时，出现了大量描写学校教育及教师生活窘态的小说。

---

① 周钧韬，欧阳健，萧相恺.中国通俗小说鉴赏辞典[M].南京：南京大学出版社，1993.1332.

② 阿英.晚清小说史[M].北京：人民文学出版社，1980.179.

③ 周振甫.中外小说大辞典[M].北京：现代出版社，1990.371.

④ 周钧韬，欧阳健，萧相恺.中国通俗小说鉴赏辞典[M].南京：南京大学出版社，1993.1129.

《苦教员》(企翁,1907年),描写了高等小学校的一位国文教员黄世廉的困窘的生活。为了省家里的一顿饭,本来早上没课,却要冒着雨雪出门想赶到学校去吃早饭。妻子劝阻他时,他说道:

> 你爱惜我的心,我岂有不明白的道理?但是上月买的半石米,现在差不多吃完了。本月薪水,要月底方才可以到手,算来尚有五天咧!可知我多吃两碗粥,你们母子就要少却半日粮。学堂里又不肯通融,所有亲戚又不肯借贷,到了那断炊的时候,叫我何处设法呢?①

字里行间透露出对贫苦生活的无奈和努力维持。去学堂的路上因为疏忽走错了道,为了省几角的车钱,黄世廉强忍着冻饿,终于赶到学校,饭点也过去了。晚上回到家,又冷又饿,作者描写道:

> 那副紫巍巍的面孔,简直儿要缩到腔子里去。一个鼻头被风吹得像杨梅似的,挂着两条青白色鼻涕,颜色倒分外鲜明。左手缩在袖子里,右手提着书袋包及雨伞。那五个指头,冻得好像五条胡萝卜。已湿未干的半截棉袍,好似两块铁板,走路时却起了一种春蚕食叶的声音。②

但是即使是这般的清苦,也不能轻易舍弃了教书的这个职业,为了糊口依然在顽强地支撑着。

此外,还有对教员道德品质、德行操守方面描写的教育小说。

对教员品行的要求在1904年颁布的《学务纲要》中有明确的规定:"师生员役均禁嗜好。学务繁重细密。凡从事学堂之员绅,及各科学教员,必审择精力强

① 于润琦.清末民初小说书系·社会卷(上册)[M].北京:中国文联出版公司,1997.347.
② 于润琦.清末民初小说书系·社会卷(上册)[M].北京:中国文联出版公司,1997.350.

健,办事切实耐烦,不染嗜好者,方于教育有裨。”①但是在很多教员却置规章于不顾,在这些教育小说中也对这些不良教员进行了揭露和讽刺。在当时的一些公函中也反映出这些问题,如在1907年《直隶教育杂志》第十二期刊载的一篇调查本府中学堂的公函中称:

> 洋文教员某君,程度不过二年,无兼人之资,又不好学,任意妄为,毫无忌惮,且饮酒为淫,赌博为乐,于常狎游于前经厅某公馆,缘是经厅之子共与为奸也。彼既以夜为昼,势必俾昼作夜,致使酣睡到午时,有午饭将鼓,彼始昏昏上堂,虽至浅近之文法算术,辄形竭舌搁笔,妄自武断,将误就误。此固生等所亲见而明证者也。惟其如此,恐学生退有后言,则作威作福,稍有嫌隙,即侮辱之。②

在此时的教育小说文本中就描述了那些教师中的不良形象。如无心教学,终年流连妓馆的《风流教员》(庸人,1915年),而这位教员来到学校里任教的经历也很奇特:

> 教员自有知以来,耳目早受濡染。成年以后,也就学着走马章台。其父虽然不禁止他,只怕走到一路上去,很不好看。恰好省垣某师范学生招考,便命他去肄业。那时学堂性质,纯系官费。设额不多,投考的非常踊跃。不似现在办学堂的巴结学生,好似客栈里接江的巴结旅客一般。要论教员的程度,实在不够入堂肄业。好在乃祖乃父交游广阔,声气灵通。凭了这八个字的资格,不但入堂肄业,游刃有余,便是毕业成绩,看官也可料着,一定是大有可观的。更有一事,乍看自觉稀奇,细想却也应得的。是教员将要毕业

---

① 张百熙,荣庆,张之洞.学务纲要[A].朱有瓛.中国近代学制史料 第二辑上册[Z].上海:华东师范大学出版社,1986.89.

② 直隶高等学堂各府学生禀复各该府中学堂情形公函[A].朱有瓛.中国近代学制史料 第二辑上册[Z].上海:华东师范大学出版社,1986.512.

还未毕业之先，某县高等小学早已留出教员一席，虚座以待。①

不是因为热爱教育事业，而是被父亲逼着当了教员，虽然已为人师表，但是仍然改不了风流的习性，其言行令人作呕，试想这样的人混在教师队伍里，教育的质量也就可想而知了。

学堂中如此，私塾中的塾师也有大量不良分子的存在。《塾师现形记》(闻野鹤，1917 年)描写了一位姓胡的塾师，参加科举考试二十余次，都没有及第，于是就在村间私塾教书。这位塾师的学问到底是怎样的呢？小说中写道：

自言曾读书三十年，为文尤不下千篇，然试挟册相叩，则能背诵无遗者，仅《三字经》一书，而蔚蔚高文，又未尝有通顺之一句，以是赴童子试二十次，而终不获主司之一睐。②

后社会中广立学校，学生们纷纷入学堂读书，而他也失去了经济来源，恼怒之际大骂学堂，认为当下的学堂只会做表面文章，误人子弟，他说道：

今日之所谓学堂，务为欺人济己之用。若者为修身，若者为地理，若者为理化，巧立名目，令人堕其术而不觉。更佐以年级星期等种种名词，以炫新异，驳而不纯，泛而不约，生徒之蒙其害者，不可胜计。吾意黔驴之技，当亦尽于是矣。③

虽然痛恨学堂的设置，但是对于学堂放暑假一事感觉还是个不错的事情，他的出发点是：

---

① 于润琦.清末民初小说书系·滑稽卷[M].北京：中国文联出版公司，1997.397.
② 于润琦.清末民初小说书系·社会卷(上册)[M].北京：中国文联出版公司，1997.645.
③ 于润琦.清末民初小说书系·社会卷(上册)[M].北京：中国文联出版公司，1997.647.

是不亦偷惰之特别良方乎？以往昔言，老师有事，散学数日，则生属父母，必啧啧议其后。今公然闭塾数十日，而生徒庆喜，父母亦无他言，既若是，我何不效而行之？束脩曾不少减，而优闲之岁月得矣。①

结果孰不知是搬起了石头砸了自己的脚，等学塾重新上课之际，学生家长们纷纷退学，转而进学堂学习。万般无奈之下胡塾师只能托人寻找谋生的出路，后来觅得一职，在一富户家中当塾师，马上又得意起来。小说讽刺了这个姓胡的塾师虽然从事的是教师一职，但是对待教育的态度却是投机取巧，极尽钻营之能事。

小说中写到由于教师自身素质低下，造成师生关系紧张。如小说《教员翻筋斗》（铮铮，1915 年），描写了某学校的一位教员平时对学生过于严苛，后被学生乘其点名之际戏弄了一番：

此筋斗戏之演出并非无因，盖此班学生皆喜运动，国文教员不以为然，时禁止之。常谓学生曰："昔董子目不窥园，三年乃能成学，今校中功课繁冗，而君等不知日夜孜孜向学，乃以此有用之光阴，作此无益之游戏耶。"其上课时必令学生危坐如尸，若手足稍动即诃叱随之，学生苦之而无如何也。其黠者见其每次点名必重倚桌上，遂思得一策，以讲桌移至讲台之沿。国文教员不察，点名时上体越俯越低，重量亦渐增，桌不能支，向前一滑遂致一齐翻到。②

教师"教学"方法粗暴，引起学生反抗的事例在"近代学校史资料"中也有记载，据沈祥龙、陈伯衡《记清末广州府中学堂》一文中称：

① 于润琦.清末民初小说书系·社会卷(上册)[M].北京:中国文联出版公司,1997.647.

② 于润琦.清末民初小说书系·滑稽卷[M].北京:中国文联出版公司,1997.355.

> (广府中学)在第四学年时,曾发生一次罢课风潮,原因是依照中学堂新定章程规定,第四学年,体操一科,应习兵式体操的,当时体操教员为一将弁毕业生,是外省人,性情粗暴,训练学生如同士兵,在上课时,稍一不合,即加以拳打脚踢。当时除三数学生不加反对外,其余学生均不甘受辱,群起罢课,虽经监督陆尔奎多方劝谕,仍然坚持,陆迫于无奈,只得将不加反对之学生送入两广高等学堂预科继续肄业,其余罢课的学生则全部停学。①

同样是些师生关系的作品如《顽皮学生》(老范,1915 年),描写了一位顽皮的学生经常捉弄教师,教师就体罚他,学生更加变本加厉,教师除了更加责罚他没有别的办法,结果这个孩子后来学业荒废成了一个游手好闲的人,而这位老师经过种种的捉弄被搞得狼狈不堪,也发誓再也不教授学生。作者感慨道:

> 童之顽可谓劣矣!然致其劣者,谁之罪欤?家庭无教育,委诸塾师。塾师不善教育,日从事于挞责。挞有何益哉?屡挞则意愈仇视其师,百出其技以侮师,师莫可如何。乃辞馆,辞馆而童之顽名愈著。无有愿教之者,童遂废学。童之失学,师害之也。且师先为童所窘,童慧点实胜于其师。②

这篇小说也可以看作是我国近代较早探讨师生关系的一篇作品。

清末民初的教育小说创作最开始有很多学习西方的成分,再到后来的文人独立创作,数量繁多,但是由于作家本身的阶级局限性和所处时代的转型特点,精品并不是很多,但尽管如此,其开拓性仍然为后面教育小说的勃兴打下了良好的基础。

五、女性意识的逐步觉醒

中国传统的女学可以概括为"女子无才便是德",在这一指导思想下,女子教

---

① 朱有瓛.中国近代学制史料(第二辑上册)[Z].上海:华东师范大学出版社,1989.523.

② 于润琦.清末民初小说书系·滑稽卷[M].北京:中国文联出版公司,1997.341.

育一直未被重视，或者说，在近代以前，我国的女子教育处在一盘散沙的状态，没有专门的女子教育。在中国漫长的历史中，社会对于女子教育的态度就是“朝野上下间，拘于无才便是德之俗谚，女子独不就学，妇功亦无专司，其贤者，稍讲求女红中馈之间而已。于古人所为妇德、妇言、妇容、妇功者，有其名，无其实”①。但是在我国近代“中国封建专制主义统治的风雨飘摇之中，中国传统女学走到了崩溃的边缘”②。早在20世纪末年，一些早期改良主义知识分子就提出了施行女子教育的措施，1892年，郑观应发表《女教》一文，其中称：

通饬各省，广立女塾，使女子皆入塾读书。其美而才者，地方官吏赠匾赠物以奖荣之。各塾女师，如能教化贤才，卓有成效，咨请旌奖，以劝将来。一转移间而道一风同，利兴弊去，成周之雅化，关雎麟趾之休风，无难复见于今日亦。③

1896年，陈炽在《妇学》中写道：

令各省郡县之间，就近筹捐，广增女塾，分门别类，延聘女师。女子自四岁以上，至十二岁为期，皆得就学。才而贤者，立法赐物，准终身佩服以旌之，贫者为择贤配以奖之。俾朝野上下间，蔚然蒸为风俗，此正本清源之要术，久安长治之初基。④

同一时期的康同薇也主张：

---

① 璩鑫圭，童富勇编. 中国近代教育史资料汇编：教育思想[Z]. 上海：上海教育出版社，1997.84.

② 杨晓. 中国传统女学的终结与近代女子教育的兴起——戊戌变法时期女学思想探析[J]. 学术研究，1995(5).

③ 璩鑫圭，童富勇编. 中国近代教育史资料汇编：教育思想[Z]. 上海：上海教育出版社，1997.85.

④ 陈炽.妇学[A].朱有瓛.中国近代学制史料(第一辑)下册[Z].上海：华东师范大学出版社，1983.868.

遍立小学校于乡，使举国之女，粗知礼义，略通书札，则节目举矣。分立中学校于邑，讲求有用之学，大去邪僻之习，则道德立矣。特立大学校于会城，群其聪明智慧，广其材艺心思，务平其权，无枉其力，则规模大立，而才德之女彬彬矣。起二万万沉埋之囚狱，革千余年无理之陋风，昌我圣道，复我大同，于嗟中国，其毋才壅智而自穷。①

从这些言论中，可以看出文人学者们对女子教育的重视，这就在客观上推动了近代中国"兴女学"思想的产生。总之"中国近代女子教育的产生和发展是近代社会变革的产物，同时，中国近代女子教育的兴起和发展，又似一股洪流，冲击并瓦解着封建社会种种抑制女子才智的陈规陋习和传统观念"②。

在这些理论的倡导下，创设女子学堂成为了社会各界进步人士的共同呼声。光绪二十四年(1898)，经元善在上海创办了中国近代历史上第一所由国人自己创办的女子学校——经正女学，虽后来由于各种原因只坚持了两年即停办，但其开风气之先的意义深远。后来相继出现了一系列的女子学校，如天津严氏女塾、广东移风女学校、常州争存女子学堂、上海务本女塾、上海爱国女学、上海女子蚕业学堂、福建蚕桑女学堂、扬州女工传习所、杭州工艺女学堂、四川女工师范讲习所、北京女医学堂等③。

光绪三十三年正月二十四日(1907 年 3 月 8 日)学部颁布了《奏定女学堂章程》，其中包括《奏定女子小学堂章程》和《奏定女之师范学堂章程》，对女子入学的条件、学习内容、职员管理等都做了详细的规定。此后，全国兴起兴办女学的热潮。

据光绪三十三年(1907)全国女子学堂统计图④记载：

---

① 康同薇.女学利弊说[A].朱有瓛.中国近代学制史料(第一辑)下册[Z].上海：华东师范大学出版社，1983.879—880.

② 王美秀.中国近代社会转型与女子教育的发展[J]. 北京大学学报(社学社会科学版)，2001(3).93.

③ 朱有瓛.中国近代学制史料(第二辑)下册[Z].上海：华东师范大学出版社，1983.589—648.

④ 朱有瓛.中国近代学制史料(第二辑)下册[Z].上海：华东师范大学出版社，1983.649—650.

所在地区	学堂处数	职员人数	职员人数	学生人数
京师	12	22	59	661
直隶	121	127	168	2523
奉天	12	17	60	694
吉林	0			
黑龙江	2	1	4	90
山东	1	5	6	54
山西	5	7	15	149
山西	10	10	20	154
河南	3	4	4	84
江宁	24	61	99	803
江苏	72	197	545	3395
安徽	2	8	12	86
浙江	32	64	138	995
江西	6	15	13	155
湖北	?	12	21	477
湖南	7	13	36	412
四川	70	?	157	2246
广东	6	22	39	391
广西	17	9	26	589
云南	18	19	34	1027
贵州	5	5	24	267
福建	3	4	21	244
甘肃				
新疆				

从图表中可以看出，各地纷纷兴办女学堂，女子入学数量呈增长趋势，尤以

直隶、江苏和四川为甚。入学的女子人数也在逐年递增,“据中华教育促进社1924年刊布《中国教育统计概况》就清末学校女生作了统计:1906年是306人,1907年是1853人,1908年是2679人,1909年是12164人……进入民国时期,女子学校教育获得极大发展,据不完全统计,民国元年(1912年)女子学校有2389所,女学生人数达141130人;1913年有女子学校3123所,女学生166964人;1914年有女子学校3632所,女学生177273人;1915年有女子学校3766所,女学生180949人”①。

但是由于中国社会对女子的态度积弊很深,所以在对待女子受教育的现象也出现了很多不和谐的声音,这些我们都能在时人的教育小说中找到一二。

在中国封建社会,由于男尊女卑观念根深蒂固,大部分妇女被剥夺了受教育的权利,梁启超在其《论女学》一文中指出:

> 妇女之无业也,非天理宜然也。其始据乱之世,专尚力争,彼男子之所欲有事者,固非妇人之所能也,于是以妇人为不足轻重,而不复教之。既不教矣,其无从执业,有固然也。积之既之久,渐忘其本来,则以为是固当生而不事事,而嗷然待哺于人者也。是以男子贵而妇人贱。②

由此可以看出,梁启超认为是历史的因袭,造成对女子教育的忽视。但是近代以来,由于西学东渐的传入,很多有识之士已经看到了妇女教育的重要性。

1903年,《女界钟》(金天翮,发表时以金一这一笔名)横空出世,该作品的发表敲响了妇女解放的钟声,“该书提出女子应有交友权利、求学权利、婚姻自主权利。特别主张普及女子教育,造就女子为具有完全天赋、自由自在、思想发达、体质强壮、品性高尚,提倡革命的人。该书被誉为近代中国妇女之启蒙书籍”③。

---

① 陈景磐.中国近代教育史[M].北京:人民教育出版社,1983.271—272.

② 梁启超.论女学[A].朱有瓛.中国近代学制史料(第二辑)下册[Z].上海:华东师范大学出版社,1983.870.

③ 妇女词典编写组.妇女词典[Z].北京:求实出版社,1990.478.

《女界钟》分十节，除了篇首的引子、绪论和结尾的结论部分，其余七部分分别论述了关于女子道德、品性、能力、教育方法、权利、参与政治和婚姻进化论。书中控诉了旧时代妇女的苦难，特以缠足为例，认为“自古灭种亡国，皆由于自造而非人所能为，今吾中国吸烟缠足，男女分途皆日趋于禽门鬼道，自速其丧魂亡魄而斩绝宗祀也”①，把缠足问题和民族危亡联系起来。此外还系统论述了男女平等问题，大力倡导妇女教育，提出应把妇女培养成高尚纯洁之人、自由之人、思想发达之人、改造风气之人、体制强壮之人、德行纯粹之人、热心公德之人以及提倡革命之人。最后还倡导女子参政，明确地把女权和革命、共和联系到一起。②

此书的发表，在社会上引起了极大的反响，时人柳亚子认为此书“实为女界黑暗狱之光线，女界革命军之前驱，也是女界爆裂丸之引电”③，而林宗素更是称金天翮为：“金君，诚我中国女界之卢骚也。”④即使是今天的学者，对此书也评价甚高，认为：“在金天翮对20世纪新女性的展望中，打破了儒家传统中贤妻良母的规范，着力提倡女性应该像男子一样进入公共领域，发挥女国民作用，成为建设现代民族国家的生力军。他所鼓吹的女界革命在当时是非常激进的，也很有震撼力，对当时的一些希望打破社会性别藩篱的女子有相当大的激励。”⑤

同时期的还有教育小说《女举人》(如如女史，1903年)，描写了一位封建家庭的女性受到时代风气的感召，女扮男装参加科举考试，以其一路上的见闻为线索，批判了科举制度，同时揭露了封建官僚的丑态，借此才女之口表达了作者“教育救国的思想”，如在小说中，女主人公做梦向孔夫子哭诉：“科举制度不废，学堂就办不起；学堂办不起，人才就培养不出；人才培养不出，中国就难免灭亡！”⑥

《女子权》(思绮斋，1917年)，描写了新时代的女性冲破封建家庭的藩篱，实现自我拯救的过程，表现了她对言论自由、求学、婚姻等权利的渴望和追求。在

---

① 金天翮.女界钟[M]上海爱国女学校，1903.转引自熊月之.金天翮与《女界钟》[J].史林，2003(3).2.
② 熊月之.金天翮与《女界钟》[J].史林，2003(3).2—4.
③ 熊月之.金天翮与《女界钟》[J].史林，2003(3).4.
④ 熊月之.金天翮与《女界钟》[J].史林，2003(3).4.
⑤ 王政.社会性别与中国现代性[J].文汇报，2003年1月12日.
⑥ 周钧韬，欧阳健，萧相恺.中国通俗小说鉴赏辞典[M].南京：南京大学出版社，1993.1061.

该书的写作说明中写道：

编小说的深慨中国二百兆妇女久屈于男子专制之下，极盼望他能自振拔，渐渐的脱了男子羁勒，进于自由地步。纵明知这事难于登天，不能于吾身亲见，然奢望所存，姑设一理想的境界，以为我国二百兆女同胞导其先路，也未始不是小说家应尽的义务。①

《黄绣球》(颐琐，1905—1906 年)，塑造了一位旧时代觉醒的女性，反映了在近代中国女权主义思想的萌芽。小说中的主人公黄绣球面对丈夫的质疑，大声说出：

做女人的也不是只为梳头裹脚、做活计，是明明白白的了，怎见得我就不能扩充知识？只要你有什么知识，换与我，我也慢慢的会有知识换与你，再给两个孩子们开通些知识，这先就有了四个人了。从我们一家四个人，再慢慢的推到一个村上，那怕他风气不行。……你看我庸庸碌碌的，我将来把个村子做得同锦绣一般，叫那光彩激射出去，照到地球上，晓得我这村子，虽然是万万分的一分子，非同小可。日后地球上各处的地方，都要来学我的锦绣花样，我就把各式花样给与他们，绣成一个全地球，那时我就不叫秀秋，叫绣球了！就说没有这个大势力，我却发了一个大誓愿。②

阿英也认为此部小说“是当时妇女问题小说的最好作品”③。

这一时期，学界还出现了很多倡导女了教育的译著，如《女学生旅行记》(曼陀译，1907 年)，《醉人妻》([瑞士]贝斯达禄奇(裴斯泰洛奇——笔者注)著，1905

① 思绮斋，问渔女史，王妙如.中国近代小说大系《女子权》《侠义佳人》《女狱花》[M]. 百花洲文艺出版社，1993.7.

② 颐琐.黄绣球[M].河南：中州古籍出版社，1987.14—15.

③ 阿英.晚清小说史[M]. 北京：东方出版社，1996.121.

年)等,其中简单介绍下后者。1905年《教育世界》杂志翻译并刊登了裴斯泰洛奇的教育小说《醉人妻》,即"Lienhard und Gertrud",现在通译为《林哈德与葛笃德》(1781年),小说通过女主人公葛笃德的言行以及她对儿童教育的活动,表达了作者通过家庭教育的角度,试图透过教育革新,改善下层人民生活和提高穷苦人民子女教育水准的强烈愿望。该译文的序言写道:"《醉人妻》者瑞士贝斯达禄奇所著原名Lienhard und Gertrud,与卢骚之《爱弥耳》齐名,俱千古不朽之作也。……惟原书卷帙浩繁,文词冗漫,读者厌之。一千八百五十年美国张宁格女史参照原书数种及译本多种,摘译为一小册,推为译本中最精者。日本久保天随据张宁格译本译出,易名《醉人妻》。今则据久保天之书译出者也。"①对于此书的内容,译者也给出了很高的评价:"贝斯达禄奇为欧洲教育界第一伟人,读教育史者类能知之,而贝氏生平学说实具见此书。说者谓19世纪初等学校之完备与女子教育之盛兴,皆此书倡导之力,岂能誉哉。"②小说中的葛笃德这位母亲用自己独特的教育方式来教育子女学习语文和算术知识,同时还注意培养他们的道德情操,传达出女性在家庭教育中的重要性。

第二节　包天笑教育小说的主要教育思想评价

包天笑(1876—1973),生于苏州城内西花桥巷。原名清柱,又名公毅,字郎孙,号包山。笔名有天笑、天笑生、微妙、迦叶、钏影楼主等。③

包天笑认为其本人"写小说,可称为偶然的事"④,如果我们细细考究其创作成长历程,发现他写小说确实是逐步积累的过程。在深入探讨包天笑的教育小说文本之前,我们不妨先来了解下作家是如何走上小说创作道路。

包天笑早年接受的是传统私塾教育,1894年参加科举考试,成为一名秀才,

---

① 教育丛书:五集[C].上海:教育世界出版社,1905.1.
② 教育丛书:五集[C].上海:教育世界出版社,1905.1—2.
③ 范伯群编选.包天笑代表作[M].北京:华夏出版社,1999.418.
④ 包天笑.钏影楼回忆录[M].香港:大华出版社,1971.171.

后来因为家庭的变故中断了科举之路，转向新学。1900 年和马书良等人组织“励学会”，办起了东来书庄，1901 年，尝试自己写作和翻译，与友人杨紫麟合作《伽因小传》，在社会上引起广泛的反响，也开始首次开始使用“天笑”这一笔名。接下来的几年，又经人介绍，先后担任过山东青州府中学堂的监督(校长)，任上海《时报》的编辑，江苏省教育丁事等职务。经过多年编辑出版和教育教学经验的积累，包天笑在 1909 年出版长篇教育小说《馨儿就学记》，再次引起轰动，其中部分章节还被选入当时的小学教材。① 1915 年，由他主编的《小说大观》创刊，1917 年，包天笑又主编《小说画报》，这本杂志专门发行白话小说，由于其新颖的形式，在当时盛行一时。除了发表了大量的译作，包天笑还写作了许多小说、杂文等，毕生致力于著述，在清末民初的文化界，具有相当的影响力。②

由于包天笑丰富的教育经历做基础，也使得他的翻译和创作获得了巨大的成功，在当时的翻译界有“北林南包”之称，(“林”就是著名的小说家林纾，林琴南)。

包天笑后来在其著作《钏影楼回忆录》回忆自己如何走上小说创作道路时谈到：“我之对于小说，说不上什么文才，也不成其为作家，因为那时候，写小说的人还少，而时代需求则甚殷。到了上海以后，应各方的要求，最初只是翻译，后来也有创作了。创作先之以短篇，后来便也学写长篇。但那时候的风气，白话小说，不甚为读者所欢迎，还是以文言为贵，这不免受了林译小说熏染。我起初不过见猎心喜，便率尔操觚，谁知后来竟成了一种副业，以之辅助生活，比了在人家做一教书先生，自由而写意多了。”③

台湾著名学者梅家玲评价包天笑：“是清末民初最重要的文化人之一。他不仅先后从事《小说林》《小说时报》《小说大观》《小说画报》等多种杂志的编辑工作，亲自翻译并创作了大量不同类型的小说，更受邀在《教育杂志》《中华教育界》

---

① 栾梅健.通俗文学之王——包天笑[M].上海：上海书店出版社，1999.242—243.

② 梅家玲.包天笑与清末民初的教育小说[J].中外文学第 35 卷，2006 年(1).161—162.

③ 包天笑.钏影楼回忆录[M].香港：大华出版社，1971.175.

《教育研究》等教育性杂志上译述各国的教育小说,影响当代青年学子甚钜。”①

一、包天笑与著名的“三记”:

(一)贴合国情的《馨儿就学记》

这部小说发表于商务印书馆创办的《教育杂志》1910 年的第一期,连载刊行。这部小说的发表是应《教育杂志》的稿约要求:“写一种教育小说,或是儿童小说。”而此部《馨儿就学记》正是在这个背景下产生的。小说是篇译作,底本为意大利著名作家亚米契斯的《爱的教育》,但是客观来讲,又不完全是译作,有很多作者自由发挥的加工成分,正如包天笑本人评价该小说是:“此书情文并茂,而又讲的中国事,提倡旧道德,最合十一、二岁知识初开一般学生的口味。”②据《钏影楼回忆录》中记载:“后来夏丏尊先生所译的‘爱的教育’一书,实与我同出一源。不过我是从日文本转译得来的,日本人当时翻译欧美小说,他们把书中的人名、习俗、风物、起居一切改成日本化。我又一切都改为中国化。此书本为日记体,而我又改为中国的夏历,有数节,全是我的创作,写到我的家事了。”③

所以说,正是这种适应时代的发展要求,使得该作品贴合中国的国情,符合国人的审美阅读视野,所以一经出版,就在社会上产生了很大的反响,受到读者的普遍欢迎,并且一版再版。

如作者在小说的开篇以个人口吻勉励少年学生们:“嗟夫,余今者两鬓霜矣,回忆儿时,负革囊,随邻儿入学时,光景宛然在目。自惋百事无成,马齿骎骎加长,虽欲求如髫挟书就学之一日,宁可得耶! 顾事虽平澹无奇,然握管记之,亦足见少年兴趣。……我甚望世之少年,勿轻掷此好光阴也。”④作者宛然化身一位叙事者,写出来的文字更多贴近国人生活。

全文采用日记体写作,描写了小主人公在校一年的生活点滴。其中有展现师生之间深厚感情的,如“盖吾何先生视吾辈若小弱弟,教诲勤恳,以吾辈肉眼视

① 梅家玲.包天笑与清末民初的教育小说[J].中外文学第 35 卷,2006 年(1).157.
② 包天笑.钏影楼回忆录[M].太原:山西古籍出版社,1999.496.
③ 包天笑.钏影楼回忆录[M].香港:大华出版社,1971.386.
④ 包天笑.馨儿就学记[M].上海:商务印书馆出版,1925.1.

之,殆世界无有第二良教习如我何先生者也。何先生既视吾辈如小弱弟,吾辈亦视何先生若长兄,几忘其有教习学生之分也。每日见先生慈爱可掬之笑容,即令学生欢迎。"①也有教师对学生的谆谆教诲,如"我愿诸君敦品砺行,咸潜心于学业,他日学成为世所用,足以起我衰敝之祖国,藉与列强竞争,勿使他姓男子来蹦吾土,是岂诸君与鄙人之幸,抑亦吾国前途均蒙其福也。"②此外还有讲述各类学生的情况,如一姓周的学生见义勇为救人,还有学生们在课堂捣乱受到老师的教化,在课外集体捐资帮助丢钱的小学徒,打雪仗的场景;校长每月最后的一个周六召集学生们的讲话会,通过这种方式"为诸君立志之鉴、处世之训";号召学生召开"雏国会",就是国会的雏形,"开会于本学校之最大讲堂,俨然一小国会也"。③

书中多讲自己的见闻和经历,如跟家人参观夜校,此"专为职人劳工年长失学者而设,所以为补习计。日间从事于职业,夜有余晷,则来此半夜学堂,以补蹉跎。法良而意美,莫善于此"④;看望生病的杨先生,师生二人深情对话,感人肺腑;随父亲参观盲哑学院,见识到教师教授的巧妙和对待学生的无私;跟随父母同去扫墓;跟随母亲参观府立孤儿院;自己生病了,老师跟同学多次前来看望;与同学一起远足旅行,感受自然风光和同学们之间的友谊和乐趣;参加老师的葬礼等活动。最后以全班学生参加学期考试,迎来暑假结束全书。

据包天笑自己的回忆说:"这三部书的发行,销数以《馨儿就学记》为第一,《苦儿流浪记》次之,《弃石埋石记》又次之。《馨儿就学记》何以销数独多呢？有几个原因:一、那书的初版是在庚戌年,即辛亥革命的前一年,全国的小学正大为发展。二、那时的商务印书馆,又正在那时候向各省、各大都市设立分馆,销行他们初版的教课书,最注重的又是国文。三、此书情文并茂,而又是讲的中国事,提倡旧道德,最合十一、二岁知识初开一般学生的口味。后来有好多高小学校,均

---

① 包天笑.馨儿就学记[M].上海:商务印书馆出版,1925.4.
② 包天笑.馨儿就学记[M].上海:商务印书馆出版,1925.6.
③ 包天笑.馨儿就学记[M].上海:商务印书馆出版,1925.151.
④ 包天笑.馨儿就学记[M].上海:商务印书馆出版,1925.1114.

以此书为学生毕业时奖品，那一送每次就是成百本，那时定价每册只售三角五分。所以此书到绝版为止，当可有数十万册。《苦儿流浪记》虽然编剧演戏，也盛极一时，销售不过万余；至《弃石埋石记》，不知曾否再版（商务初版，例印三千部）。①

梅家玲对以《馨儿就学记》为代表的此类教育小说，曾评价说："对照于晚清小说家书写学界现象、教育问题时的狂想脱序，漫无边际，此类小说无疑令人眼界一新。它所召唤出的，正是源自于新式教育理念的时空构成与少年想象，与过去迥异——在此，新式学校空间取代了传统书斋；制度性、配合课程进度与时令节气而安排的各色课内外活动，为少年学子循序铭记下学历的进程轨迹。不同于过去传统孺子的规行矩步，寒窗苦读，这些小说特别突出了少年主人公于知识德行之外的多样性表现，举凡体能、才艺、机变，乃至于诸般好行小慧的行为，无不多所著墨。"②

据此，我们可以看出，在清末民初之际，中国的传统教育在外来文化的冲击下逐渐解体，伴随而来的是现代教育逐渐产生与发展。译者采用意译为主，更多注重个人情感的抒发，同时选取那些国人容易接受的题材与观念，通过对教育小说的译介与传播，就把西方教育思想以一种更容易为读者所接受的方式植入中国传统社会的机体，这对正处在新旧交替"过渡"时期的中国教育具有重大意义。这些内容丰富的教育小说不仅为青少年读者提供了具体的学习榜样，还为新教育的兴办提供了生动而又具体的理想模式，在教育儿童、启发民智、传播新思想等方面都产生了重大的意义。教育小说的译介在当时教育界引起热烈反响的同时，也促进了后来很多作家积极投身到教育小说的创作中来，这无论是在现代教育还是现代小说的发展史上都具有不可忽视的价值。③

---

① 包天笑.钏影楼回忆录[M].香港：大华出版社，1971.387—388.（笔者注：在包天笑的"回忆录"中写作《弃石埋石记》，实为《埋石弃石记》，估计为笔误或是作者老迈，记忆不清所致）

② 梅家玲.包天笑与清末民初的教育小说[J]. 中外文学第35卷，2006年(1).167.

③ 陈桃兰.观念世界的教育变革——现代小说中的教育叙事研究[D].浙江大学博士学位论文，2009年10月.

可见，这部小说不仅在文学史上占据着重要的地位，而且它里面蕴含的教育价值，也一直被人们所挖掘和学习，如著名作家巴金老先生在谈到少年时读过《馨儿就学记》的感受时说："书中叙述师生间的感情和同学间的感情非常动人。"并且还说："办儿童教育，首先就应当在学校中培养尊师爱生、同学互助的感情。"[①]应该说该小说不论是在文学史，还是在教育史上都占据着重要地位。

(二)勇敢少年的想象——《苦儿流浪记》

《苦儿流浪记》的原作者是法国作家艾克多·马洛，包天笑是据日译本转译而来的，最初在《教育杂志》的第4、5、6卷连载，后来1915年经由上海商务印书馆出版单行本。该小说叙述了主人公弃儿可民，小小年纪四处流浪，一直过着流离失所的生活，期间历经被拐卖、跟着卖艺老人流浪，老人死后又和花匠西利亚一同生活，又再度流浪等艰辛的生活遭遇，可谓历经坎坷，最后终于找到了亲生母亲，找到了幸福的故事。

文中描写可民艰辛经历的遭遇随处可见，如写到他和卖艺老人雨夜投店，竟没有一户人家愿意收留：

> 以老人稚子与夫狺狺之犬拖泥挟水，大似极迫守落魄狼狈之状，故乍启其门，即复内阖曰："此间无处足以容身。"老人遍历数家，均无肯容纳者，然而欲诣卯濑，则尚有四里之遥。日暮天黑，身体为冻雨所逼，而我则两足欲僵，如缚重铅。幸而最后乃得一家许我辈以暂宿一宵，第下禁火之令，并老人身畔之火柴亦搜索以去，又约明日清晨即行。我辈得避风雨足矣，奚敢与之争竞。于是老人群狗列坐墙阴，而屋外雨声浪浪不止，顾屋内漆黑尚有他室余光。

在跟老人卖艺的过程中，也是遭到种种的刁难：

① 巴金.随想录(第五集:无题集)——三说端端[M].北京:人民文学出版社,1986.156.

此时,警察忽越吾绳网而入,直趋至余傍,余方退让,间而遽以巨掌掴吾面,时我乃眩晕而仆,而时斗有一人疾趋而入,即抱住其人之腕,余自地上起立视之是非,我主人美登里老人耶。……警察脱手即立揪老人之胸襟,老人倒地复力挣而起,举拳直抵警察之面,究之老人年衰力弱,何能与此年壮之警察格斗。

据包天笑在回忆录中所写:"我是从日文书中转译得来的,日本译者用了何种书名,是何人所译,我已记不起来了。不过我所定名为'苦儿流浪记',颇合原著意味。后来闻章衣萍曾译此书,定名为'苦儿努力记';徐蔚南又译之曰'孤零少年',均在我所译的十年以后,我均未读过,想他们均在法文原本中译出的了。这'苦儿流浪记'还曾编过电影,在还不曾有过有声电影的时代,已经在欧西有出品了。这电影到过上海,我错过了没有看到,后来有友人告诉我的。"①

从这段叙述中,我们可以看出,此书的译作影响深远,为当时的少年儿童树立了一个可资学习的榜样,所以后来还受到许多教育界学者如蔡元培、陈鹤琴和陶行知等人的大加推崇,后来还出现了一系列的苦儿形象的作品。

这类小说的最大意义就在于,以可民为代表的少年儿童,多数生来孤单困苦,命运坎坷,但是后来经过自己一番艰苦不懈的努力,最后得到了自己的幸福。显然,这一系列的小说在翻译之初,所被文人作家们所看重的就是那些注重伦理,提高儿童修养,锻炼少年意志品质方面的富含教育意义的情节。

据我国台湾学者梅家玲分析说:"'苦儿论述'的'教育'意义,自当不止于一般的修身伦理励志而已。无论是个人情感的开发,抑或是对国族未来的激情与憧憬,它都与前述《馨儿就学记》系列的小说一般,为清末民初的'教育小说',开展出迥异于过去的崭新视界。"②

---

① 包天笑.钏影楼回忆录[M].香港:大华出版社,1971.385.

② 梅家玲.包天笑与清末民初的教育小说[J].中外文学第35卷,2006年(1).

(三)优秀教师的典范——《埋石弃石记》

这是包天笑翻译的一部日本人写的教育小说,据包天笑自己回忆说:"作者何人,已不记得,总之是一位不甚著名的文学家。其中关于理论很多,是日本人对于教育的看法。好像关于师生的联系,有所论列,那也对于我们中国尊师传道的统绪,若合符节。①"小说在《教育杂志》的第3卷的1、3、4、6、7、8和11、12期进行了连载,(1911—1912),共十二章。

小说叙述了某师范学校的毕业生沈宝铨在某沿江乡村小学任教,爱护学校,关心学生,努力工作,并孝顺老母亲,受到村民的一致称赞和敬重,后当了校长,最后在农村安家,终身从事教育事业的故事。

小说中随处可见对师德的推崇和强调,还描写了师生之间的深厚情意,沈宝铨始终认为和孩子们朝夕相处是"精神上快乐之事也②"。如在为沈宝铨等一行二十人举行的毕业欢送宴席上,师范学校的校长对他们语重心长地说:

> 诸君今日所任小学教员,则即各国之所谓国民教员,为吾辈后一代之国民造就一班有益于国家之人材,其责任良匪轻也。盖凡国体之尊严,国家之降运,均操诸君之掌握,窃谓教育家者犹之建筑屋宇时埋入土中之礎石,更如筑堤时投入水中之弃石也,此决非人目所能显见,而屋宇之坚牢防堤之完密,则直视此埋石与弃石之功,是则虽未显见于世人,终不之湮没。今者觥觥,诸子将役此埋石弃石之事,以博万世之叹赏,则双肩之担荷不轻。③

所以小说在一开始就借校长之口明确了教育的责任重大和强调了教师职业的重要性。在沈宝铨担任小学期间,她的母亲认为是自己拖累了儿子,不能让他去更广阔的社会中去大展宏图,而将才学都埋没在这村舍荒草之中,但是沈宝

---

① 包天笑.钏影楼回忆录[M].香港:大华出版社,1971.387.
② 包天笑.埋石弃石记[M].上海:商务印书馆,1931.98.
③ 包天笑.埋石弃石记[M].上海:商务印书馆,1931.8.

铨的回答却是：

> 愿日夕与小儿曹为伴侣，此实为精神上至快乐之一端故，一生为此小学教师，良所甘也。我若卒业于高等师范，复何能来此村舍之小学校。人人均持此志，小学教师一席不且将绝踪于天壤，与此中自有乐地。

这里赞扬了一位年轻教师心甘情愿投身于教育事业的奉献精神。

此外小说中还叙述了沈宝铨在洪水冲击校舍的时候，奋不顾身抢救学校的财产，在水患过后看望生病学生的母亲、积极修缮校舍，当有人对教育事业产生困惑的时候据理相劝等。

作者给我们塑造了一位热心教育事业，没有任何私利的优秀教师形象，从其对沈宝铨的评语处处可见：

> 沈宝铨者，以彼半生何尝有光怪陆离之历史、壮快古鼓雀跃之事，实不过平凡庸常之行，然而温醇敦厚足为举世楷模，夫豪杰魁硕，世不多出，非所望于一般之国民，惟此庸德庸行人人可以企及。宝铨年缠弱冠，即为人之师表，今且又为一校之长，其前途之进步良不迟滞，然彼固非有希荣求达之心者，随遇而安，知足不辱，加以和蔼之气溢于家庭。上有贤母，聊奉菽水之欢，而左顾孺人，右弄稚子，此乐何易南面王哉。在学校中，则天真熳烂之儿童、切磋勤勉之友朋，皆具一片至诚，无伪之心。呜呼，读者诸君，我著是书，未敢以豪杰魁硕望我国民，特描摹此小学教师之模范，以贡献于青年，脱人人能以弃石埋石为心，则国家之基础乌有不坚者乎？

我们常说，教师的德行对学生起着潜移默化的作用，教师可以用自己的知识和能力等多种手段，对学生进行教育，但是最重要的是要有一颗热爱教育事业，关心学生的心。而且教师自己也要加强自身学习。正如小说中的沈宝铨一样，只有注重身教，用身教感动学生，才会让他们更加地努力学习，成为国家的栋梁之才。

二、包天笑教育思想评价

包天笑是近代著名的文化人之一，人们熟知的是他创作了大量的市井小说，从而把他归入“鸳鸯蝴蝶派”，但是包天笑在其早年也翻译并创作了大量的教育小说，在开启民智方面做出了突出贡献。下文拟从包天笑早年投身于创办刊物、译著西方小说的活动中挖掘其教育思想。

（一）倡导西学，开民智

包天笑自幼受到了良好的教育，青年时代受到国际上大事的冲击，“那正是中日开战，有些士子，都很激愤，而变法自强之说，一时群起①”。而包天笑本人也被时代氛围所感染，也很“醉心于维新党，以为除非是这样，方足以救中国②”。于是和几个留学日本的友人一起相约办起了杂志——《励学译编》，这个杂志也是维新变法运动时期的最早杂志之一，也是我国最早的翻译杂志之一。

创刊之时，中国正经受着外国列强的欺压，有志之士纷纷寻求救国之道，而日本经历过明治维新变法逐渐富强起来，而且同为亚洲国家，和我国又是一衣带水的关系，取法方便。包天笑等人创刊的目的也是因为：“日本之盛也，其书足以资我，其学足以师我……将采东西政治格致诸学，创译本以饷天下。”③

该刊创办之时，由于资金短缺，采用木刻的形式，而且靠大家的热心捐款才陆续发行下去，作为杂志的创办者，包天笑也是克服了重重困难，而这种动力也正是来源于他对国家和民族命运的担忧，对社会时局的焦虑，对大众积极进行教育和启蒙等爱国思想紧密相连的强烈的社会现实责任感所驱使的。④

《励学译编》的内容共分六种栏目：欧洲近代史、印度蚕食战史、普通地理学、

---

① 包天笑.钏影楼回忆录[M].香港：大华出版社，1971.147.
② 包天笑.钏影楼回忆录[M].香港：大华出版社，1971.147.
③ 励学译编第一册，光绪二十七年(1901年).
④ 沈庆会.包天笑及其小说研究[D].华东师范大学博士论文，2006.26.

化学初桄、日本政体史、迦因小传。①

从该刊物的内容栏目来看,其重在编译宣传西方国家的社会科学和自然科学,这是基于包天笑及友人们认识到西方政治制度的进步、科学的先进对一个国家综合国力的提升有决定作用,于是,包天笑等人也希望能借助报刊的力量达到对国人思想启蒙的作用。但是仅发行了三期,到第四期开始,《励学译编》就面临到资金短缺的困境。后虽然登载出求助说明:“惟本译编每月出书,同人绵力存款不多,全仗收回书价以资摘清,尚望各同志及代派处早日将款收齐见付,俾得源源不绝,是为至祷。②”但是仍然没有得到良好的解决办法,最后只能在十二期的时候无奈停刊。

虽然以包天笑和其友人创办的杂志没有坚持太长的时间,但是他们对西方先进文化制度的介绍和宣传打开了国人的视野,初步达到了早期社会改良学者们提出的“开民智”的目的。有学者分析这段历史说道:“(包天笑等人)创办刊物时停留在介绍西方思想文化而不能更深地触及中国传统痼弊的层面,再次表明了他们过于功利和浮躁的心态,以及对古老中国传统思想文化的肤浅、简单的认识。③”

包天笑还曾经翻译了大量的科学小说来宣传西学,认为:西方的先进科学同中国的传统美德相结合,中国就会实现富国强民,摆脱落后挨打,这是基于“科学救国”的观念,出于启蒙大众、提倡科学的目的。④ 如他翻译的《铁世界》《秘密使者》《无名之英雄》《法螺先生谭》《千年后之世界》等在社会上引起了巨大的反响。对科学小说的翻译介绍工作,表现了包天笑对于西方科学文化的推崇。但由于包受自身思想观念和翻译水平的限制,在阐释西方小说时,还带有浓厚的封建旧道德的教化性质。但是我们也可以这样理解,在传统向现代转型的过程中,让中国的读者们一下子接受西方的审美文化传统,是应该有一个过程的,而包天笑所

---

① 励学译编第一册,光绪二十七年(1901 年).
② 励学译编第一册,光绪二十七年(1901 年).
③ 沈庆会.包天笑及其小说研究[D].华东师范大学博士论文,2006.28.
④ 沈庆会.包天笑及其小说研究[D].华东师范大学博士论文,2006.66—67.

做的翻译，正是试图让“中国的旧道德”和“西方的新意识”相结合，成为中国和西方、传统和现代不断调和的桥梁，在此过程中，西方的先进科学和现代的思想观念也会逐渐被国人所接受，所以说，“保守旧道德”和“宣传新意识”的结合成为那个时代引进西方现代文明最快捷的手段和途径，此种做法也为后人多有仿效。①

(二)提倡儿童启蒙教育

包天笑在其教育小说中塑造了众多少年儿童鲜活生动的形象，希望通过文学作品的意义生成向儿童传达一种新的教育理念和教育范式，达到对儿童启蒙的作用，探求一条培养新一代国民的教育途径。

教育小说《馨儿就学记》就力图实现这个目的。小说赞扬了那些少年儿童热心帮助同学、努力摆脱家庭困境、克服生活中困难的精神品质，给当时的少年读者以极大的启发。如小说中描写了为了救护低年级同学而受伤的周邦杰，虽家贫但是处之泰然的滕家望，性格活泼的铁匠之子小铁，身患残疾但是自强不息的小吴生，眉清目秀、学问优越的高景明，擅长数学、沉默寡言的田振实，失去母亲但仍然坚强的张公霖等，这些可爱的孩子们所传达出来的优良品质正可以被少年儿童所学习和借鉴。

再如《苦儿流浪记》中的小主人公可民的形象，可民为了寻找亲人四处流浪，经历了种种困苦，在磨难中锻炼了自己的意志品质，最终找到了母亲，过着幸福的生活。而可民努力奋斗、不屈从于命运的形象也成为对中国少年儿童进行教育的理想范式，对少年儿童起到良好的启蒙作用。

(三)塑造献身教育事业的教师形象

古人云，师者，是“传道、授业、解惑”的人，如果没有一颗热爱学生的心，不能成为一名优秀教师。清末经历了私塾改学堂，引进西方的班级授课制，教师的作用在教学中也日益被强调，教师注重学习新的教育改革方法，加强与学生的互动。如《馨儿就学记》中就记录了很多优秀教师的事迹，令读者受到极大的教育意义。

---

① 沈庆会.包天笑及其小说研究[D].华东师范大学博士论文，2006.67.

当班上有学生欺负那些身有残疾的同学时，老师发出谆谆教诲：

君等举手足完具之人也，以手足完具之人而乃侮辱身体不具之人，我实为君等耻。夫君等皆有志之少年，他日将为伟大之国民，而乃为此卑怯之行为，我为君等不取。①

小说中的明德小学校的校长以校为家，为学校的发展贡献了自己宝贵的青春，二十年如一日地工作在教育岗位，没有任何怨言。小说中写到：

校长尽力于此学校且二十余年，牺牲一身之利益与幸福，而矻矻于此，其热心教育令人感诵。彼常揽其霜雪之发，拊膺太息曰："二十余年之流光，乃飘瞥如电耶，忆自我初戾此学堂时，是苍苍者，无半星须白也。"校长每日晨起至学堂，以待学生之来，午后必待他教习咸归，校长尚一人独留巡视校中，乃归途中并常注意学生有无跳踯街衢，不即归者，或为人窘，校长时时留心故行，时恒闪目作左右顾也。②

当校长痛失爱子，身体健康情况每况愈下，于是萌生了辞职的愿望，但是经过友人的劝说，更因为仍然舍弃不下热爱的教育事业，而发出肺腑之言，让人读之不禁动容："我今决不去此校，我将与此校共生死矣。我拼此一身，无论如何，此身乃属诸明德小学。虽我自问为生无几，譬诸风中之烛，顾此烛一日不熄者，当一日尽瘁于此，至于瞑目始已。③"

还有那位为了教育事业呕心沥血、积劳成疾的杨震亚老师，小说中叙述道：

① 包天笑.馨儿就学记[M].上海商务印书馆，1935.14—15.
② 包天笑.馨儿就学记[M].上海商务印书馆，1935.48.
③ 包天笑.馨儿就学记[M].上海商务印书馆，1935.50.

十五日，杨先生病矣，盖自昨晚课毕后，先生即发寒热，惫不能起。先生之病，乃以从事于学校中，精神过疲劳也，先生每日担任课程五小时，事务三小时，夜间又有两小时之半夜学校，此为义务教授，例不受俸，盖所以为老大失学者资补助也。先生既热心于教育，则终日覃覃，思所以发达儿童之心性，增亦儿童之学问为己任，而于一身之快乐与利益，均牺牲焉。职是之故，遂足害先生身体之健康，顾先生虽疲劳，不敢旷一日之课，渠恒言："勿以我一人之故，乃令诸生荒学。"今日病不能起，尚欲扶病以上讲堂。校长力阻之，强劝其休息也。①

小主人公馨儿去看望病重的杨先生，先生所想到的不是自己的病体，挂念的却是馨儿的学业，杨先生对馨儿说："馨儿，汝他学科尚强人意，惟数学良欠缺，嗣后宜注全神于数学，天下无难事，以一颗诚挚之心，足以战胜百难，惟坚固不拔之精神为成功之秘诀耳。②"

除了杨老师，还有带病授课，终于一病不起，最后病逝的曾先生，一言一行同样令人感动：

曾先生以去岁之秋天，得心痛疾，今乃不起，昨日校长语同学曰："诸生中受曾先生之教育者居其大半，当知先生之为人，其对于学生何等亲切，盖彼直视之均如小弱弟也。先生之罹此心痛疾也，几及一年有半，顾先生难病，曾未有一日之旷课。彼恒言：'不能以我之耽逸使诸生虚掷光阴也。'我观先生形容憔悴，病体日增，以为长此辛勤，病且日笃，乃强令休课。绕四五日，又至学校，曰：'我家居岑寂，转不如与儿童辈日日相处之，足以解吾愁烦也。'呜呼，曾先生爱学生也，殆不能一日相离。"③

① 包天笑.馨儿就学记[M].上海商务印书馆，1935.119—120.
② 包天笑.馨儿就学记[M].上海商务印书馆，1935.122.
③ 包天笑.馨儿就学记[M].上海商务印书馆，1935.164.

躺在病榻上的曾先生最后的遗言中也没有任何考虑到自己,而是心里装的都是对学生们的爱和不舍,他说:"凡诸书籍及画卷编物等,除分颁学生以为记念外,余此者均留学堂。①"

教师为了学生们就像蜡烛一样燃烧自己,照亮别人,同样学生也对教师充满了爱戴和感激。在《馨儿就学记》中这种浓厚的师生情感随处可见。当学校的曾静宜先生病逝了,学生们去给老师送殡,回忆起先生生前对同学们的关心和爱护,很多学生悲痛万分:

> 二十五日,今日我学堂为送殡之期,盖吾曾静宜先生,已于昨日之晨去世。……而大吴生在寻常科时,与曾先生尤爱戴,不禁呜咽而泣,余亦以面著几不能仰首。②

而这些鲜活的形象也为我们研究近代学校教师群体提供了一个个生动的借鉴。除此之外,还有《埋石弃石记》中的乡村小学教师沈宝铨,前文已作详述,此处不再赘述。

---

① 包天笑.馨儿就学记[M].上海商务印书馆,1935.165—166.
② 包天笑.馨儿就学记[M].上海商务印书馆,1935.163—164.

第三章　民初至抗战前教育小说揭示的教育问题

自鸦片战争以后，中国人民经历了对外抵抗外国侵略和对内反对清政府腐朽统治的不屈不挠的斗争，1911 年 10 月 10 日，武昌起义的一声枪响，标志着辛亥革命的全面爆发，这次起义具有划时代的意义，沉重动摇了清王朝的统治，为此后中华民国的成立创造了条件。辛亥革命推翻了封建帝制，最终取得了建立民国的胜利，但是由于资产阶级革命派的软弱和妥协，导致胜利的果实落在了以袁世凯为首的大军阀和地主买办的手里。后组建的北洋军阀政府倒行逆施，大讲封建道德教育，并且是执行卖国路线的政府。1919 年，中国政府作为战胜国出席巴黎和会，提出的正当要求被否决，而且会议要求让德国把在中国山东的权益转让给日本。此消息一经传出，全民激愤，以学生为代表，联合全国工商业者及教育界等众多爱国人士，举行大规模游行活动，斥责日本的无耻行径，并且要求中国政府拒绝在合约上签字，要坚持国家主权，五四运动爆发。1915 年 9 月，陈独秀在上海创办了《青年杂志》，第二年改为《新青年》。该杂志的创刊，标志着反封建的新文化运动正式拉开了大幕。

《新青年》杂志在社告中表明创刊的原因："国势陵夷，道衰学弊，后来责任，端在青年。本杂志之作，盖欲与青年诸君商榷将来所以修身治国之道。①"

陈独秀在《新青年》创刊号上发表了著名的发刊词《敬告青年》，这也可以看

---

① 陈独秀.敬告青年[J].青年杂志，1915.第一卷第一号.

做是一则纲领性的政论文章,对青年人们提出了六点要求:"自主的而非奴隶的""进步的而非保守的""进取的而非退隐的""世界的而非锁国的""实利的而非虚文的""科学的而非想象的"①。当时就有人评价说,陈独秀的这篇文章,"惊醒了整个时代的青年。他们首先发现自己是青年,又粗略地认识了自己的时代,再来看旧道德,旧文学,心中就生出了叛逆的种子。一些青年逐渐地以至于突然地打碎了身上的枷锁,歌唱着冲出了封建的堡垒。②"

第一节 教育小说图谱中的教育启蒙历程

这段时期的教育小说创作顺应时代的要求,反映社会中诸多的教育问题,呈现出一片百花齐放的局面。下文拟以教育小说中反映的教育问题及变革为依据,具体从两方面进行展开论述。

一、对封建旧教育的批判

民国初期,经历了辛亥革命的洗礼,青年学生精神饱满,人民群众民智尚开,但是由于封建文化流毒甚远,也由于历史厚重的积淀,大部分国民对新教育仍然是抱着观望的态度,尤其是在一些偏远的地方,国民普遍呈现出一种麻木的心态,社会问题严重。但是"社会的变革,决定了文学与时代同步前行,一批青年作家站在时代的前列,拿起笔来,开始对中国黑暗苦难的社会现实以及各种尖锐的社会矛盾进行思考,于是问题小说应运而生,并成为文学界的一种写作风尚③"。

(一)揭示封建旧教育的实质

鲁迅率先扛起了批判旧教育的大旗,他在《呐喊·自序》中表达了自己的想法:"凡是愚弱的国民,即使体格如何健全、如何茁壮,也只能做毫无意义的示众的材料和看客,病死多少是不必以为不幸的。所以我们的第一要著,是在改变他

---

① 陈独秀.敬告青年[J].青年杂志,1915.第一卷第一号.

② 中国社会科学院近代史研究所编.五四运动回忆录(上)[M].中国社会科学出版社,1979.第260.

③ 鹿琳,骆雁.社会的记录,深邃的思考——读冰心的问题小说[J].齐齐哈尔大学学报,2005(1).

们的精神，而善于改变精神的是，我那时以为当然要推文艺，于是想提倡文艺运动了。①”而教育，作为能够使社会向前发展的巨大推手，理所当然地受到了文人学者们的普遍重视。而轰轰烈烈的五四新文化运动本身，就是一项以广大国民为教育对象、以文学作品为教育手段的运动。教育小说这种形式由于其直观性和时效性，受到了民众的广泛欢迎。

鲁迅的一篇《狂人日记》(1918 年)，揭开了现代小说的序幕，从狂人所记载的十三篇日记中，我们可以看到“正是他所处的社会和所生活的家庭对他精神上的一步步戕害，而且他所受迫害的程度一次胜过一次。他在宗法制社会和礼教以及封建家庭的桎梏下受到的种种折磨、虐待，令人颤栗，令人发指！②”鲁迅并借狂人之口喊出了：“你们要晓得将来是容不得吃人的人。……救救孩子”的呼声。此后发表在 1919 年的《新青年》中的《孔乙己》一文，揭露并批判了封建的旧教育，而孔乙己的悲剧也正是旧教育发展的必然结果。

继鲁迅开创的现实主义文风之后，相继出现了一系列批判封建旧教育的小说，代表人物如叶圣陶、冰心、老舍等，下面分别进行分析。

叶圣陶是我国现代著名的文学家、教育家。早年的教书经历给了他很多创作的灵感，又由于常年与教育界的人物打交道，所以他对社会教育问题具有天生敏锐的嗅觉。他的很多教育小说都紧扣那个特定年代的时代主题，对社会问题进行冷峻的思考，提出相应的解决办法。1921 年叶圣陶加入文学研究会，该会的宗旨倡导“为人生”的文学，所以他们的创作大都以现实人生问题为题材，产生了一系列的“问题小说”，其中有很多人致力于教育小说的创作，叶圣陶是表现得最为突出的一位作家。

在 20 世纪 20 年代，叶圣陶先后出版了几个短篇小说集：1922 年由商务印书馆出版的短篇小说集《隔膜》，收录了顾颉刚所做的《序》和二十篇作品，茅盾在《中国新文学大系・小说一集导言》中指出：“冷静地谛视人生，客观的、写实的描

---

① 鲁迅.鲁迅全集[M].北京：人民文学出版社，2005. 439.

② 张盛如，康锦屏主编.鲁迅名篇分类鉴赏辞典[M]. 北京：中国妇女出版社，1991. 17.

写着灰色卑琐人生的,是叶绍钧。他的初期作品(小说集《隔膜》)大多有点儿'问题小说'的倾向。"1923 年由商务印书馆出版的短篇小说集《火灾》收录顾颉刚《序》和二十篇作品。其中《乐园》一篇反映了到了适学年龄的迈儿因为找不到合适的学校入学(当地的学校或者校舍残破,或教师不务正业),父母两人为难不已,揭露了旧教育的腐朽;再如《饭》,描写了一位乡村小学教员吴先生因为被生活所迫,在学务委员的压榨下只能容忍,揭露了当时教育界的黑暗,同时也揭示出"落后的教育是反动腐败的政治统治的必然结果,从而大大深化了教育问题小说的现实主义内容[①]"。1925 年由商务印书馆出版的短篇小说集《线下》,收录作品十一篇。总之,叶圣陶写了大量的教育小说,是:"他自己对于教育,从他表现的看去,他是这样的不信任。何以造成这样的结果? 这就不能不进一步去看他所暴露的教育界的黑暗了。[②]"所以,揭露教育界的黑暗是叶圣陶写作的主要内容。

(二)控诉旧教育对人的束缚

五四时期,陈独秀等人以《新青年》、《每周评论》和北京大学为主要阵地,积极提倡民主与科学,提倡文学革命,反对封建的旧思想、旧文化、旧礼教。他说:"青年如初春,如朝日,如百卉之萌动,如利刃之新发于硎,人生最可宝贵之时期也,青年之于社会犹新鲜活泼细胞之在人身。[③]"他把中国的希望寄托于中国的新鲜活泼的青年。但是旧式教育犹如枷锁束缚了青年人的成长,当时很多作家纷纷在教育小说创作中控诉了旧教育对人的束缚。

同时期写作大量教育小说的还有冰心,她是 1919 年踏入文坛,据冰心自己说,是五四运动的一声惊雷,把她引领上了写作的道路。此时她创作的大量小说,代表作有《斯人独憔悴》(1919 年),最初发表于《晨报》,描写了来自封建家庭的两个青年颖铭和颖石两兄弟受到五四运动的感召,积极投身爱国学生运动,但

---

① 仁天石.叶圣陶小说论[M].江苏教育出版社,1988. 18.
② 刘增人,冯光廉编.叶圣陶研究资料[M].北京十月文艺出版社,1988.380.
③ 陈独秀.敬告青年[J].新青年第 1 卷第 1 号,1915.1.

是却受到身为军阀政府官僚的父亲的阻止，最后还停止了他们的学业，将他们关在家中，后又以局势混乱为由，让他们两个去当了办事员。而两人也只能在房中吟诵“冠盖满京华，斯人独憔悴”的诗句。小说通过一个家庭中父亲和孩子对待学生运动的不同态度，反映了两种思想的矛盾冲突，一方是腐朽落后的顽固势力，一方是勇于进取的新生力量，最后在较量中，前者占了上风。所以，这不仅仅是一种家庭矛盾，它更是个普遍性的社会问题。所以，小说也告诉我们，五四运动反帝反封建任重道远，青年要想真正投身到社会大潮中，必须从传统的封建文化心理状态中彻底觉醒，彻底打破封建的精神枷锁，在实际的斗争中，锻炼身心，真正肩负起反帝反封建的重任。[①] 此外还有《去国》，描写了学成归国的青年学子英士满怀报国的宏愿，但是看到国内处处是腐败的景象，竟然没有用武之地，无奈之下只能再次离开祖国，并发出感叹：“可怜呵！我的初志，绝不是如此的。祖国呵！不是我英士弃绝了你，乃是你弃绝了我英士啊！[②]”探讨了当时万恶的社会葬送了以英士为代表的一大批青年学生的满腹经纶，“这样看来，岂不是一国人才消长，全与那社会的善恶，国家的措施，有莫大的关系吗？[③]”而英士的遭遇也是非常有代表性的，当时的中国，政治腐败、社会黑暗，多少有识之士投身报国的愿望最后都只能化为一种幻想。所以这篇小说也启示人们去思考，要想真正寻求强国富民之路，就必须首先革新国家政治、改革社会制度，否则教育救国、科学救国只能是一种可望而不可即的梦想。

如果说，叶圣陶解决社会问题的办法，是从教育救国的思路转变为依靠革命的力量，与叶圣陶不同的是，冰心的文章提出解决社会问题的办法是通过“爱”的教育。她强调对社会开出“爱”的良方，认为人性中的爱可以消解社会中的一切矛盾。如小说《超人》，青年何彬是个不善与人交际的人，由于早年失去了母亲的庇护，让他的心肠硬了起来。但是小男孩禄儿给他送花的这一细微的关爱打

---

① 鹿琳，骆雁.社会的记录，深邃的思考——读冰心的问题小说[J].齐齐哈尔大学学报，2005(1).77.

② 冰心.冰心选集第一卷[M].成都：四川人民出版社，1983. 47.

③ 鹃魂.读冰心女士的《去国》的感言[J]. 晨报，1919 年 10 月 4 日.

开了他尘封多年的心。正如阿英所评价的那样:"她认为在人与人之间,是有不可分离的关联。……谢冰心,也不可避免的用了无限的热情来温暖人类……感觉着被损害的伟大的爱可以如死灰之能复燃。①"

再来看老舍,他是中国著名的小说家、文学家和戏剧家。作为一名伟大的现实主义作家,老舍的一生都在描绘着普通人的生存状态和精神困惑,关心着社会发展的方向。而对于改造社会,老舍开出的药方是"改造国民精神"和"通过改革教育重塑国民人格"。如果说在20世纪描写教育小说非常成功的作家要首推叶圣陶,那此时在20年代后期的老舍可谓扛起了这面大旗。在他的小说中多次提出,要想改革成功,必须依靠国民意识的觉醒。如《赵子曰》中的青年爱国学生李景纯谈到:"打算作革命事业是由各方面作起。学银行的学好之后,便能从经济方面改良社会;学商业的有了专门知识便能在商界运用革命的理想。同样,教书的,开工厂的和作其他的一切职业的,人人有充分的知识,破出命死干,然后才有真革命出现。各人走的路不同,而目的是一样,是改善社会,是教导国民;国民觉悟了,便是革命成功的那一天。设若指着吹气冒烟,脑子里空空如也,而一个劲说革命,那和小脚娘想到运动会赛跑一样,无望,梦想!②"所以,要想救国必须改革教育,重塑国民的个人品格。同时老舍认为:"须知群众的愚昧、麻木、不觉悟,这在客观上对于反动统治阶级乃是一种莫大的支持,而对于自己的彻底解放则是一种无形的羁绊。因此,正视现实、揭露这种精神病态,以引起疗救,就不能不说是一项十分重要的思想启蒙任务。③"从批判旧教育对人民的毒害入手,提出了国民教育的重要性。

二、新教育理念初步形成

五四时期是中国人的政治、思想和学术观念发生巨变的历史时期。这种巨变的发生是内因和外因共同作用的结果。其内因在于人们对于辛亥革命未予彻

---

① 阿英.阿英全集(2)[M].合肥:安徽教育出版社,2003.302.

② 舒济,舒乙编.老舍小说全集(第一卷)[M].武汉市:长江文艺出版社,1993.306.

③ 陈震文.应该怎样评价老舍《猫城记》[J].辽宁大学学报,1982(12).61.

底改造的旧思想、旧意识形态的不满，其外因在于西方哲学和社会科学知识的大量引入。在这种历史背景下，随着一批批留学人员的归国和翻译事业的兴起，以及杜威、孟禄等欧美教育大家先后来华进行学术宣传和讲演，大量西方近现代教育学说也被介绍到中国。这些教育学说往往与中国传统教育思想和实践大相径庭、格格不入，引起了中国教育和文化界对传统教育方式方法的反思，并开始出现了根据西方教育科学原理改造中国旧教育的思想和实践。这一时期的很多文学作品包括小说在内，都对这种教育思想和实践的变革进行了描写和记述，及时反映了各种新式教育理念的内涵和影响。

(一)关心儿童发展，关注青年成长

1.家庭教育的重要性

五四新文化运动带来了对儿童的发现。儿童教育专家陈鹤琴在《家庭教育》一书中指出："小孩子生来是无知无识的，不知什么是好，什么是坏。他的一举一动可说一方面受遗传的影响，一方面受环境的约束，受教育的支配。小的时候，环境中最重要的因素是父母，教养中最重要的因素，恐怕也是父母。"①小孩子的"知识之丰富，思想之发展与否，良好习惯之养成与否，家庭教育实应负完全的责任。"②

儿童的早期家庭教育在人的一生成长发展过程中起着奠基的作用。陈鹤琴在《家庭教育》中说到："幼稚期(自生到 7 岁)是人生最重要的一个时期，什么习惯、语言、技能、思想、态度、情绪都要在此时期打一个基础，若基础打得不稳固，那健全人格就不容易形成了。"③因此，在这个人生发展的最重要时期，必须给儿童的健康成长创造良好的内外部环境。

这个时期的很多作家在其教育小说中探讨了对儿童的关注，如鲁迅很早就认为，儿童的教育首先应从家庭开始，父母对儿童具有养育和教育的双重责任。

---

① 北京教育科学研究所.陈鹤琴教育文集(上卷)[M].北京：北京出版社，1983.583.

② 北京教育科学研究所.陈鹤琴教育文集(上卷)[M].北京：北京出版社，1983.595.

③ 陈鹤琴.陈鹤琴全集(第二卷)[M].南京：江苏教育出版社，1989.674.

如鲁迅在文章《热风·随感录二十五》中批评旧式中国的父母不注重对儿童的家庭教育,他说:

> 中国的孩子,只要生,不管他好不好,只要多,不管他才不才。生他的人,不负教他的责任。虽然"人口众多"这一句话,很可以闭了眼睛自负,然而这许多人口,便只在尘土中辗转,小的时候,不把他当人,大了以后,也做不了人。①

据此,鲁迅提出家长要做到尊重儿童,以民主的方式对待儿童。要掌握正确对待儿童的办法,对旧式家庭对待儿童的两种错误方法——"任其跋扈"和"冷遇呵斥"——进行了批判。同时代的很多作家也在教育小说中实践着鲁迅的理念。

叶圣陶多年的执教生涯使他对"旧中国少年儿童身心不得健康发展有了越来越深切的感受和理解。他在借文学手段以反映这黑暗现实的冷酷、自私和不平的同时,更加增进了对儿童、青少年一代的深情厚爱"②。在他的小说中,对那些不懂儿童教育的家长进行了批判。如他的教育小说《祖母的心》反映了在养育孩子方面,代际发生了矛盾。年轻夫妇接受了先进的现代教育理念,但是古板的祖母一定要用自己的旧式方法逼迫孙儿死读书,表现了孙儿在祖母的高压下被迫认字的苦楚;《义儿》中的义儿在疼爱自己的母亲面前为所欲为,而在总是斥责自己的三叔面前则十分规矩,反映了不同的教育方式造成他两面的性格,而且不管是母亲的溺爱还是叔叔和教师们的恫吓,都是要把义儿培养成一个温顺、服帖的孩子,而全然不顾儿童的情感和尊严;《阿菊》中的父亲是个酒徒,母亲只会一天到晚不停地搓麻绳,家庭教育的缺失使他变成了一个"低能儿"。如此多的篇幅反映了叶圣陶对待儿童的基本观点:"他认为儿童不是供我们游戏和消遣的;也不是给我们防老的,他们应有他们自己的地位。他们有他们的权利和生活,我

---

① 鲁迅.鲁迅全集[M].北京:人民文学出版社,2005. 311—312.

② 刘增人,冯光廉编.叶圣陶研究资料[M].北京:北京十月文艺出版社,1988.219.

们不应该嫌恶他们，也不应将他们当作我们的具体而微看。①”

冰心的很多小说也把着眼点放在了儿童教育的角度，如她的小说《两个家庭》，描写了在两个不同家庭环境下成长起来的孩子的表现完全不一样。一个家庭杂乱无章，母亲忙于应酬，孩子的言行得不到任何正确的引导；另一个家庭，到处整齐洁净，和谐温馨，孩子有良好的教养，性格天真活泼。由此冰心得出结论，家庭教育对孩子的发展有着非常重要的作用。

老舍的儿童教育也值得重视，他曾多次坦诚自己写作的心情：“我爱孩子，他们是光明，他们是历史的新页，印着我们所不知道的事儿——我们只能向那里望一望，可也够痛快的了，那里是希望。②”他还说：“我对小孩子是非常感觉趣味的，而且最有同情心的。我的脾气是这样：不轻易交朋友，但是只要我看谁够个朋友，便完全以朋友相待。至于对小孩子，我就一律看待，小孩子都可爱。③”基于此，老舍创作了很多以儿童为题材的作品，来宣传他的儿童教育思想。如《牛天赐传》《小坡的生日》《小木头人》《新爱弥儿》《抢孙》等。

《牛天赐传》叙述了家庭中家长忽视儿童的天性，对儿童强行灌输成人的思想，把儿童培养成了一个性格扭曲的人的故事。小说中的牛老太太按照自己的意愿来抚养牛天赐，全然没有考虑到孩子的想法。牛天赐小的时候，为了防止他长大后是个罗圈腿，就把他的手脚捆了起来，“他的手脚可都被捆了个结实，一动也不能动，像一根打着裹布的大兵的腿，牛老太太的善意，唯恐他成了罗圈腿；后来，天赐的磕膝拧着，而脚尖彼此拌蒜，永远不能在三分钟内跑完百米；这个，牛老太太没想到。没有思想的善意是专会出拐子腿的。④”天赐的手脚被绑了个结实，只能哭闹，着急的得了病，就被牛老太太摁着灌药，“一病就灌！对什么她都

---

① 刘增人，冯光廉编.叶圣陶研究资料[M].北京：北京十月文艺出版社，1988.411.

② 老舍.我怎样写《小坡的生日》[A].曾广灿，吴怀斌.老舍研究资料[Z].北京：北京十月文艺出版社，1985. 538.

③ 老舍.我怎样写《牛天赐传》[A].曾广灿，吴怀斌.老舍研究资料[Z].北京：北京十月文艺出版社，1985. 560—561.

④ 舒济，舒乙.老舍小说全集[M].武汉：长江文艺出版社，1993. 26.

有办法，天赐唯一的抵抗就是不抵抗①"，所以，这样的结果就是：

天赐认了命。一天到晚，吃了睡，睡了吃；睡不着的时候翻翻白眼。吃吃自己的拳头，踢踢腿，他满不敢希望。这么一来，他反倒胖了，这是多么体面呢！不止于体面呀，老太太还叫他"胖乖子"呢！刀把儿在别人手里拿着，你顶好是吃得胖胖的；人家要杀你呢，肉肉头头的，也对得起人；人家要不杀你呢，你也怪体面。天赐教给了我们这个办法，他似乎是生而知之的。②

这样培养的结果就是"手脚口鼻都得有规矩，都要一丝不乱，像用线儿提着的傀儡"。③对这样的教育方式，老舍是持批判态度的，总之老舍把儿童教育的重要性放在了首位。

2.学校教育要顺应儿童的身心发展

五四时期，出现了很多有代表性的教育思潮，其中美国著名教育家杜威的思想被广泛接受，他的基本主张是提倡实用主义教育，注重对儿童个性的关注。在五四前夕，中国的一些教育团体，如江苏省教育会、北京大学等联合邀请杜威来华讲学。作为邀请人之一的胡适曾经说："我们可以说，自从中国与西洋文化接触以来，没有一个外国学者在中国思想界的影响有杜威先生这么大。④"虽然字里行间充满了溢美之词，但是也可考见当时杜威在中国演讲所宣传的理论确实成为了全国影响范围很大的思潮。

杜威注重对儿童个体的关注，认为儿童是一切活动的中心，"唯一的真正教育是通过对儿童能力的刺激而来的，这种刺激是儿童自己感觉到所在的社会情景及各种要求所引起的"⑤。强调儿童的"从做中学"，认为"儿童的社会生活是

---

① 舒济，舒乙.老舍小说全集[M].武汉：长江文艺出版社，1993. 26.
② 舒济，舒乙.老舍小说全集[M].武汉：长江文艺出版社，1993. 26.
③ 舒济，舒乙.老舍小说全集[M].武汉：长江文艺出版社，1993. 47.
④ 胡适，杜威先生与中国[A].胡适文存(二)[M].合肥：黄山书社，1996.533.
⑤ 赵祥麟，王承绪编译.杜威教育论著选[Z].上海：华东师范大学出版社，1981. 1.

他的一切训练或生长的集中或相互联系的基础”①。杜威还提出“学校即社会”，杜威认为在学校里采用一些手工训练、工场作业以及家庭技艺等，“我们必须按照这种作业的社会意义把它们看作是社会自身赖以前进的各种过程的模式；看作是使儿童确实感到社会生活的一些基本需要的手段；看作是使这些需要由于日益发展的人的理解力和创造力而得到满足的方式。总之，把它们看作是一些方法，通过它们，学校自身将成为一种生动的社会生活的真正形式，而不仅仅是学习功课的场所”②。

当时很多的小说家在自己的作品中接受了这种思想并通过文本传达出来，而对于那些不顾学生自身发展规律，不关心儿童的成长，采取错误教学方法的教师也给予批判，如《小铜匠》(叶圣陶，1923 年)，描写了老师对学生缺乏耐心，最后这个学生选择了退学，成为了一名小铜匠。而作为教师的反省却是认为只有像匠人教授徒弟一样责罚学生，学生们才能更听话，这样的结论显然是错误的。

3.关爱指导青年知识分子成长

五四时期是个性解放的年代，青年知识分子在时代的大潮中努力拼搏，由于其生活阅历相对简单，许多青年学生表现出忧郁、迷茫和苦闷的复杂心态。冰心的教育小说《一个忧郁的青年》很好地抓住了这一特点，描写了五四时期青年学生对社会、家庭和人生的思考，并进一步提出了知识分子出路的问题，强调对青年个体的发现。小说通过忧郁的青年学生彬君之口道出了反映这类青年心理状态的自白：

从前我们可以说都是小孩子，无论何事，从幼稚的眼光看去，都不成问题，也都没有问题，从去年以来，我的思想大大的变动了，也可以说是忽然觉悟了。眼前的事事物物，都有了问题，满了问题。比如说：“为什么有我?”——“我为什么活着?”——“为什么念书?”下至穿衣，吃饭，说话，做事；

① 赵祥麟，王承绪编译.杜威教育论著选[Z].上海：华东师范大学出版社，1981.6.
② 赵祥麟，王承绪编译.杜威教育论著选[Z].上海：华东师范大学出版社，1981.18.

都生了问题。从前的答案是:"活着为活着"——"念书为念书"——"吃饭为吃饭",不求甚解,浑浑噩噩的过去。可以说是没有真正的人生观,不知道人生的意义。——现在是要明白人生的意义,要创造我的人生观,要解决一切的问题。所有的心思,都用到这上面去,自然没有工夫去谈笑闲玩,怪不得你们说我像一个"方外人"了。①

彬君的形象代表了五四时期大多数青年人在时代浪潮的激荡下,对理想的追求和对现实生活的苦闷。

这段时期,大量的思想家、文学家提出了自己的教育主张,如陈独秀在比较了中西文化之后指出,中国国家本位的价值观造成了一些恶果,有:"一曰损害个人独立自尊之人格;一曰窒碍个人意思之自由;一曰剥夺个人法律上平等之权利;一曰养成依赖行,戕贼个人之生产力。②"据此,他主张教育必须从改变人的思想观念入手,要求以人的本位来取代家族本位的思想,认为教育应该注重对青年人自主、自由人格的培养,关爱青年人的成长。再如李大钊,他在谈到对青年人的培养目标时要求青年人应具备创新精神,要以"自由之精神、奇僻之思想、敏锐之直觉、活泼之生命,以创造环境、征服历史"③。同时他还要求青年人应该树立"坚忍不拔、百折不挠之志气","青年之字典,无'困难'之字;青年之口头,无'障碍'之语"④。这些教育主张都体现了对青年的关爱和指导。

(二)关注女性地位,提倡妇女教育

在小农经济时代,人力是生产劳动的主要动力来源,男女天然体质和体力决定了男子在生产中的优势地位,从而也决定了男子在家庭中的经济优势地位。同时,由于教育资源极为有限,不但大多数普通平民的男性后代被排除在学校教育之外,几乎所有的女性也当然与学校无缘。中国传统学校教育乃至晚清以来

① 冰心.冰心小说[M].杭州:浙江文艺出版社,2000. 78.
② 陈独秀.独秀文存[M].合肥:安徽人民出版社,1987.29.
③ 喻本伐,熊贤君.中国教育发展史[M].武汉:华中师范大学出版社,1991.557.
④ 喻本伐,熊贤君.中国教育发展史[M].武汉:华中师范大学出版社,1991.557.

的“新教育”,一向是将女子排除在外。1898年,梁启超、经元善等人在上海设立经正女学,是近代国人自办的第一所正规女子学校,起到了开风气之先的作用,此后各地不同形式的女学相继出现,如严氏女塾(1902年)、上海务本女塾(1902年)、爱国女学(1902年)等。当时的思想界也在关注女子教育,如维新人物多有提倡女子教育的言论。但清末新政时期的教育改革中,仍没有女子教育的地位,如1904年颁布的“癸卯学制”,章程中明确规定:“所谓教者,教以为女、为妇、为母之道也。惟中国男女之辨甚谨注,少年女子断不宜令其结队入学,游行街市。且不宜多读此书,误学外国习俗,致开自行择配之渐,长蔑视父母夫婿之风。故女子只可于家庭教之,或受母教,或受保姆之教,令其能识应用之文字,通解家庭应用之书算、物理及妇职应尽之道,女工应为之事,足以持家教子而已。其无益文词,概不必教;其干预外事,妄发关系重大之议论,更不可教。”①广大妇女被排除在学校教育之外,仍由家庭承担传授妇德、女工等传统内容。但此举甚不得人心,振兴女学已成为时代潮流,于是,1906年,慈禧太后面谕学部,开始兴办女学;1907年学部颁布《女子小学堂章程》《女子师范学堂章程》,女子教育从此有了突破。至1912—1913年的“壬子癸丑学制”时,女子已经享有与男子平等的法定教育权。

在五四时期,随着社会经济性质逐渐转变以及西方男女平等思想传入,女子教育也越来越被更多人重视。然而女子受教育的范围仍受到种种局限,如大学尚未向女子开放。1919年10月在《第五次全国教育会联合会决议案》中,曾专门提出改革女学决议案,指出:

> 男女教育理论上实际上均不应为严格之区别。况共和国家,男女皆有受平等教育之权利,教育者不宜歧视之。特以社会习惯,制度未能骤更,兹一面遵教育原理,一面应世界潮流,一面参酌国内情况,拟改革女学制度弊

① 荣庆,张百熙,张之洞等:奏定蒙养院章程及家庭教育法章程[J].(光绪二十九年11月20日).

端，敬请大部采择施行。①

1920年秋，北京大学开始正式招收女生，开我国公立大学招收女生之先例。

然而，由于整个社会的思想观念还处于转型时期，接受新教育的女性们遭遇也各不相同。这一时期的很多教育小说对这方面实际情况有深刻反映和反思，其内容主要表现在两个方面，一是展现女性欲通过求学，施展抱负，服务社会的志向；一是反映当时封建观念、势力对女性求学的阻挠。

在著名教育家杨振声《女子的自立与教育》(1932)文章中，他对当时教育界讨论现实中的种种教育问题，唯独女子教育问题没人提及，表示难以理解：

我只疑心现在大家放大了声音来讨论教育问题，而女子教育独独没有问题。这是不是因为棺材没预备好，所以不敢开口？或者是女子教育不成问题，反正是附属于男子教育的。有了男女同学，也就各得其所了。②

他没有闪避当时女子教育问题的复杂性，而是提出自己的见解。他认为女子应该自立，而且这种能力、资本要靠教育来获得，但当时的女子教育脱离了中国社会的实际需要，走偏了方向，对女子的发展、家庭的建设反而造成了困扰。

首先，关于什么是男女平等。

杨振声认为，不是男子学采矿，女子最少也得学冶金；也不一定是男子学政治，女子必得学经济，才是男女平等了。平等要在贡献于人类需要上找，自由是因为她的贡献而得到自立的地位。真正的男女平等，是“女子对于人类生活的需要，也负起一部分贡献的能力”，而这种能力的获得，需要教育，“养成女子体力与脑力之所宜，以及在某种社会里所带要的这种贡献能力，就是女子的教育”③。

① 璩鑫圭.中国近代教育史资料汇编·学制演变[Z].上海教育出版社，1991，845—846.
② 杨振声.杨振声选集[M].北京：人民出版社，1987.201.
③ 杨振声.杨振声选集[M].北京：人民出版社，1987.202.

但当时根据男女平等自由所立的教育制度，以及女子自身所走的平等自由的方向，都还是像中国人作“对子”的一套把戏，什么“天对地，雨对风，大陆对长空”，由男女平等所发生的一切制度与观念，都和这对子一模一样刻板机械。

男女平等问题的症结，就在于中国的社会并未进步到工业化阶段，基础还在家庭制度上，而女子教育早已脱离家庭制度，进步到工业化社会去了。

他认为只要对于人类生活的需要上有所贡献，无论是担粪扫土，或是挑水洗衣，都是人生最正当的工作。反之，终日暖衣饱食，无所事事，都是寄生，都是人类的废物。所以，在社会的演化上，家庭若仍是社会的重要单位时，则家庭总要有人管理，否则便谈不上社会的秩序与发展。在儿童未能公育之前，必须由家庭来承担教育的责任，那如果女子留在家中教育子女，应该受到礼敬与佩服，这不是一件羞耻的事。换作男子去相妻教子，道理也是一样的。所以女子留守家庭养护孩子，杨振声认为，这并不代表男女不平等。在社会还在以家庭为基础单位的时候，管家务也是社会贡献的一种，男女平等不能脱离这个现实来高谈阔论。

第二，女子如果要离开家庭，就应接受职业教育。针对那些不愿在家里承担家务、照顾儿童的女子，要走进社会，必须要有职业上的准备，就需要接受职业教育。

那些有财力、有能力者，不妨与男子平等地进入大学，以求将来在学术或政治上做出贡献。

那些不能或不愿入大学者，在高小或初中毕业后，则不妨学习家事或其他与自己相宜的职业。文中指出当时国内除了教堂与美国人在中国办的看护班与图书馆班，养成几个有职业能力的女子外，中国的女子教育办了这些年，似乎并未注意到这方面。让女了和男了学一样的学问，而毕业后却没有机会与男子做一样的工作，四顾茫茫，不知所之，这是教育不适合社会的需要，这是对女子的祸害。因此，他主张多办女子职业学校——正牌的职业学校(有名无实之职业学校不如不办)，“不但如家事，刺绣，缝纫可为专科；而蚕业，产科，护士，师范，以至图书馆,商业,医学等皆可作为专修"①。这样,女子有了职业上的能力,经济独立,即使离开家庭,也不会变为"留女"了。

下文拟结合具体教育小说来挖掘其中蕴涵的女子教育思想:

1.女性接受教育以服务社会的追求

此时的教育小说中也不乏对理想女性的呼唤,很多的女性作家在小说创作中投入了大量热情。"到了五四时期,女性文学才第一次大量表现了妇女对社会生活的干预和思考,构成了一个具有广泛意义的文学母题。介入公共生活,共肩政治责任,这是女性社会属性的恢复,同时也是其找回自我、完成人格自塑的一个前提。女性创作中表现出来的民族意识、国家意识、政治意识、阶级意识等,为她们的文本涂抹上了一层政治色彩。"②冰心、庐隐等人的作品中,描写了多位有志于学以服务社会的女生形象。

《庄鸿的姐姐》(冰心,1920年),描写了封建旧式教育对女子受教育权利的剥夺,庄鸿的姐姐本来是非常有发展前途的一个女孩子:

> 她们学校里的教员,没有一个不夸她的,都说像她这样的才质,这样的志气,前途是不可限量的。我姊姊也自负不凡,私下里对我说:"我们两个人将来必要做点事业,替社会谋幸福,替祖国争光荣。你不要看我是个女子,我想我将来的成就,未必在你之下。"因此每天我们放学回来,多半在一块研究学问谈论时事。我觉得她不但是我的爱姊,并且是我的畏友。我的学问和志气,可以说都是我姊姊帮助我立好了根基。③

庄鸿的姐姐已读到高小了,自信、有远大志向,巾帼不让须眉,对弟弟的成长也产生了积极的影响。

---

① 杨振声.杨振声选集[M].北京:人民出版社,1987.206.

② 卢长春.五四女作家创作综论[D].曲阜师范大学,2001年硕士学位论文,3—4.

③ 乐齐,郁化选编.冰心小说[M].杭州:浙江文艺出版社,2000. 43.

冰心的小说《秋风秋雨愁煞人》(1919 年)描写了一个叫英云的女高中生:

英云是我在中学时候的一个同班友,年纪不过比我大两岁。要论到她的道德和学问,真是一个绝持的青年。性情更是十分的清高活泼,志向也极其远大。同学们都说英云长得极合美人的态度。①

英云性格外向,在欢送毕业班的集会上,她参加演出,扮演了希腊女王,非常精彩,同学们都异口同声地夸奖她有着"宛若游龙翩若惊鸿"的态度。而且在英云心中有着中学毕业继续学习的理想:

这时一阵一阵的凉风吹着,衣袂飘举,英云一面用手撩开额上的头发,一面笑着说着:"冰心!要晓得明年这时候,便是我们毕业了。"我不禁好笑,便道:"毕了业又算得了什么。"英云说:"不是说算得什么,不过离着服务社会的日子,一天一天的近了。要试试这健儿好身手了。"我便问道:"毕业以后,你还想入大学么?"英云点首道:"这个自然,现在中学的毕业生,车载斗量,不容易得社会的敬重。而且我年纪还小,阅历还浅,自然应当再往下研究高深的学问,为将来的服务上,岂不更有益处吗!"②

英云一心想求学,学了本领,服务社会,小小年纪,多值得人敬佩啊!像这种对未来充满憧憬的女生,不在少数。

庐隐《胜利之后》(1925 年)通过数封已分居各地的女同学之间的书信往来,表达这些已经受过高等教育的女子,毕业后结婚生子,对人生的种种困惑与挣扎。社会上有种观点说:"现在我国的女子教育,是大失败了。受了高等教育的女子,一旦身入家庭,既不善管理家庭琐事,又无力兼顾社会事业,这班人简直是

① 乐齐,郁化选编.冰心小说[M].杭州:浙江文艺出版社,2000.18.
② 乐齐,郁化选编.冰心小说[M].杭州:浙江文艺出版社,2000.22.

高等游民。”[1]文琪、肖玉等相互鼓励，她们不甘于人生的平淡，想用摇摇篮的手来摇动天下。如沁芝说：“我觉得女子入了家庭，对于社会事业，固然有多少阻碍，然而不是绝对没有顾及社会事业的可能。[2]”表达了作者对当时社会中女子教育问题的反思。

2.封建势力对女性求学的种种阻挠

虽然经历了清末女性意识的觉醒，辛亥革命洗礼和五四运动时期女子解放的潮流，但是由于封建观念根深蒂固，在很多家庭中对女性的看法还是旧式的观念，而女子求学的道路也异常艰难。活跃在五四文坛的女作家苏雪林回忆自己早年求学生涯时在文章中写道：

> 第二年听说安庆省里女子师范恢复，本科在招考插班生，预科在招新生。……于是请求家人让我去考这学校。这不算是请求，简直是打仗，费了无数的眼泪、哭泣、哀恳、吵闹，母亲虽然软化了，但每回都为祖母或乡党间几位顽固的长辈，轻描淡写两三句反对论调，便改变了她的初衷。愈遭压抑，我求学的热心更炽盛地燃烧起来。当燃烧到白热点时，竟弄得不茶不饭，如醉如痴，独自跑到一个离家半里名为“水口”的树林里徘徊来去，几回都想跳下林中深涧自杀，若非母亲因为对儿女的的慈爱，战胜了对尊长的服从，带我和堂妹至省投考，则我这一条小命也许早已结束于水中了。[3]

再如女作家白薇在其《我投到文学圈里的初衷》一文中谈到了自己的求学经历，曾经为了读书哀求父亲，没有结果，年纪轻轻被逼着嫁人，在婆家受尽了虐待，逃了出来进入师范学校读书。毕业计划留学，但计划被父亲知道，派人将学校包围，无奈只得从“出粪的旧孔道”逃走，“两手空空六块钱，上了由长沙开到汉

---

① 肖凤，孙可.庐隐选集[M].天津：百花文艺出版社，1989.260.
② 肖凤，孙可.庐隐选集[M].天津：百花文艺出版社，1989.260.
③ 苏雪林.苏雪林文集[M].武汉：安徽文艺出版社，1996.59.

口的轮船”。辗转到了日本手里只剩下两角钱,受尽了人们的白眼和蔑视。经过一番努力考进了日本女子最高学府,并取得了留学的官费。后来的处境更加悲惨,她的弟弟也来到日本,生了重病要开刀,但是父亲埋怨他给自己丢脸,分文不给,无奈只能“卖光所有的书籍、衣服,又忍饥受饿,数月不尝菜米油盐,只吃红薯豆汤延命,省出钱来好救弟弟。苦饿的结局,她竟一病逾年,再病不已,官费掉了,要进贫民医院。……真是惨淡如丧家的病狗”。①

由此可以看出,当时女性要冲出家庭的藩篱走上求学的道路,都是经历了一番艰苦斗争的。

教育小说中描写的女子,大多聪颖好学,成绩优异,如《是谁断送了你》(冰心,1920年)中的怡萱。怡萱是因为叔叔的支持,才得以入学。但父亲却对女子接受教育很不以为然:

> 学问倒不算一件事,姑娘家只要会写信,会算账,就足用了。最要紧的千万不要学那些浮嚣的女学生们,高谈“自由”、“解放”,以致道德堕落,名誉扫地,我眼里实在看不惯这种轻狂样儿!②

怡萱父亲的话,代表了封建旧式家庭对女子的要求,对当时入学女子的歧视。

在冰心的另一短篇《秋风秋雨愁煞人》里,那个充满朝气的英云,放暑假回家不到一个星期,就被迫出阁了,嫁给表兄,一个养尊处优、对新知识一窍不通的游民。家中庶出弟妹也有十几个,只在家里念一点汉文,作些诗词歌赋,姨父都不准英云和他们谈论新派的话。姨母要求她学会打牌饮酒,浓妆艳抹,使唤婢子,以后好做女主人。她提到长辈喜欢自己的原因:

---

① 白薇.白薇作品选[M].长沙:湖南人民出版社,1985.8.

② 乐齐,郁化选编.冰心小说[M].杭州:浙江文艺出版社,2000.73.

第一是说我美丽大方，足以夸耀戚友。第二便是因为我的性情温柔婉顺，没有近来女学生浮嚣的习气。①

当时对女子的审美，一是在相貌，二是在性情。对入学的女子，大抵印象定格在"浮嚣"上。她没有能力和勇气改变这一切，只有被动地接受、生活着。婚后的英云以还有一年就毕业、以后再不上学为借口，在开学后又得以回到学校，但像变了一个人似的，瘦削、孤僻、消极、成绩下滑，凄凄惨惨毕业离开。临走之前留信给冰心，希望她记得她们"牺牲自己服务社会"的目的。在学校里有着青春憧憬的女生，最终还是被旧家庭消磨得黯淡无光了。

《庄鸿的姊姊》中，姐弟俩因父母早亡，跟随祖母和叔叔生活。叔叔也是一个小学教员，薪水刚够家用。因中交票跌落，薪水又月月拖欠，经济受了大损失，便辞退了仆妇，让姐姐停学，做点家事，也节省学费。祖母认为：

你姊姊一个姑娘家，要那么大的学问做什么？又不像你们男孩子，将来可以做官，自然必须念书的。②

祖母男女有别的观念，使得叔叔也没有开口为姐姐说话了。单弱的身子，终日的劳累，失学带来的精神悒郁，姐姐生活得不愉快，但一直都在勉励弟弟用功，实现夙志。后来弟弟考上唐山工业专门学校，学费很贵；欲在京上一中学，省下一半的学费，让姐姐复学，又遭到祖母的反对：

自然是你要紧，并且你姊姊也荒废了好几年了，也念不出什么书来。③

① 乐齐，郁化选编.冰心小说[M].杭州：浙江文艺出版社，2000.27.
② 乐齐，郁化选编.冰心小说[M].杭州：浙江文艺出版社，2000.43.
③ 乐齐，郁化选编.冰心小说[M].杭州：浙江文艺出版社，2000.44.

姐姐的希望又一次破灭。当弟弟放假回家得知姐姐的死讯，伤心之余，也在不停地思考：为什么中交票要跌落？为什么教育费要拖欠？女子为什么就不必受教育？他不明白。

虽然女子已经取得了合法接受教育的权利，但女子教育的开展并不顺利。一方面由于女子无才便是德的传统观念的阻挠；另一方面还有女子从学校毕业后并没有多少机会像男子一样参加工作，仍旧要回到家庭的尴尬，使得社会对当时女子求学的意义、效果有了怀疑、不满，导致有的家庭对女子接受教育由支持变得犹豫。当然，这并未阻止女子教育的向前发展，有疑问，就会去思考解决的对策，因此，社会对女子教育的关注并未减退，探索仍在继续。

(三)塑造教师形象，挖掘其角色担当的多面性

此时期的教育小说也把关注视点放在了教师身上，而综观写作教育小说的作家们，鲁迅、叶圣陶、老舍、冰心等，都有过教书的经历，所以，在他们的笔下也塑造了很多鲜活的教师形象，为我们研究现代社会教师群体提供了很好的借鉴。

1.揭露不良教师的所作所为

五四时期，教育上处在新旧交替的过渡时代，兴办学堂虽然已是大势所趋，但是一些守旧的教师不善于改变教育理念，仍然拿着封建教育的一套方法来教导学生；还有一些教师早年也有积极投身教育的宏愿，但是在残酷的现实面前败下阵来，教书也成了随意应付的差事；更有甚者，把开办学堂做为买卖来从事，使得教育事业沾上了浓厚的铜臭味。下面我们就看看在这些作家笔下不良教师的形象。

鲁迅认为教师要有崇高的品质，要有对教育工作的热情，要有和谐的师生感情。[①] 但是在社会上的很多教师由于社会大环境的原因，由于自身因素却并不能做到这样，于是他们就在鲁迅的笔下成为了被批判的对象。《头发的故事》(1920 年)里从日本归国担任教师的 N 先生对现实的失望，从而对教育失去了兴趣，表现出小资产阶级知识分子在面对封建传统势力的无奈。N 先生早年在海

---

① 顾明远，俞芳，金锵，李恺.鲁迅的教育思想和实践[M].北京：人民教育出版社，2001.181.

外留学，因为辫子的去留问题让他吃尽了苦头。N先生在外留学为了适应周围环境剪掉了辫子，不料却惹怒了监督，威胁他要停掉官费，送他回国去。回国后为了谋生买了条假辫子，结果有位本家见此情况又要去报官。宣统初年，他在本地的中学校找了个监学的职位，“同事是避之惟恐不远，官僚是防之惟恐不严”①，让N先生“终日如坐在冰窖子里，如站在刑场旁边，其实并非别的，只因为缺少了一条辫子！”②过了一阵子，有学生来问他是否要剪掉辫子，在现实面前屡次受挫的N先生建议他们观望一阵，最好不要剪，但是学生没有听从劝告，跑去剪了头发，最后被学堂开除。当社会上兴起女子寻求解放，号召女子剪发的风潮时，N先生早已经是丧失了早年求学时代的热情，说的都是丧气话：

> 现在你们这些理想家，又在那里嚷什么女子剪发了，又要造出许多毫无所得而痛苦的人！现在不是已经有剪掉头发的女人，因此考不进学校去，或者被学校除了名么？改革么，武器在哪里？工读么，工厂在哪里？仍然留起，嫁给人家做媳妇去：忘却了一切还是幸福，倘使伊记着些平等自由的话，便要苦痛一生世！③

曾经胸怀远大理想的青年在无情现实面前束手待毙，可想而知这样的教师教给学生们只能是妥协和投降。

《在酒楼上》(1924年)的吕纬甫，早年曾胸怀革新国家的宏伟志向，但是在现实面前被撞得头破血流，岁月磨平了他的棱角，“那上来的分明是我的旧同窗，也是做教员时代的旧同事，面貌虽然颇有些改变，但一见也就认识，独有行动却变得格外迂缓，很不像当年敏捷精悍的吕纬甫了”。④ 在无情的现实面前败下阵来，最后只能重新捡起旧课本——《孟子》或《女儿经》——糊里糊涂地教了几个

① 鲁迅.呐喊[M].北京：人民文学出版社，2005.65.
② 鲁迅.呐喊[M].北京：人民文学出版社，2005.65.
③ 鲁迅.呐喊[M].北京：人民文学出版社，2005.66.
④ 鲁迅.彷徨[M].北京：人民文学出版社，1956.21.

学生起来。面对"我"的疑问,吕纬甫无奈地回答道:"你还以为教的是ABCD么?我先是两个学生,一个读《诗经》,一个读《孟子》。新近又添了一个,女的,读《女儿经》。连算学也不教,不是我不教,他们不要教。①"他已经完全把教书当成了勉强糊口的手段。

叶圣陶在小说中讽刺了很多混世知识分子的形象,如《脆弱的心》里的某学校里的徐先生和莫先生对于做小学教师没有任何兴趣,不知道教育的意义何在,糊涂地混日子。《席间》描写了很多教师没有责任心,成天沉湎于打麻将、抄讲义、花天酒地地过生活。《潘先生在难中》揭露了那个胆小、麻木的潘先生,大战在即,在军阀混战中逃难,不想着如何为国家尽一份力,而是想着怎样保全自己。还有《倪焕之》里的采用粗暴教学的体育教员陆三复,死守着旧式教学方法,不愿意接受新鲜事物的徐佑甫等。

在老舍的笔下,则对那些品质低劣的教师采取了讽刺揭露的态度。在老舍的小说中,那些本应该为人师表的教师常常表现出人格卑下,如《老张的哲学》里的老张,办学堂完全是为了赚钱,先来看看他所谓学堂的样子:

> 北方三间打通了隔断,足以容五十多个学生,土砌的横三竖八的二十四张书桌,不用青灰,专凭墨染,是又黑又匀。书桌之间列着洋槐木作的小矮脚凳:高身量的学生,蹲着比坐着舒服;小的学生坐着和吊着差不多。北墙上中间悬着一张孔子像,两旁配着彩印的日俄交战图。西墙上两个大铁帽钉子挂着一块二尺见方的黑板;钉子上挂着老张的军帽和阴阳合历的宪书。门口高悬着一块白地黑字的匾,匾上写着"京师德胜汛公私立官商小学堂"。②

学堂里的摆设既有孔子像,还有交战图,还有宪书,可谓新旧杂糅,也反映了

① 鲁迅.彷徨[M].北京:人民文学出版社,1956.29.
② 舒济,舒乙编.老舍小说全集(第一卷)[M].武汉:长江文艺出版社,1993.5.

当时很多地方的学堂大部分都是换汤不换药,挂着学堂的牌子,讲的是传统封建的内容,如《三字经》《大学》《中庸》之类。

前来视察的学务大人南飞生也是满脑子旧思想,看到老张的讲台砌的有问题:“你的讲台为什么砌在西边,那是‘白虎台’,主妨尅学生家长。教育乃慈善事业,怎能这样办呢!①”披着所谓兴办教育的外衣,反映出来的都是封建旧思想,他也只是一个混入教育界的只想着如何捞钱的寄生虫,最后凭着要手腕做到了县知事的职位。

而《大悲寺外》里的手工老师为了谋取学监的位子,竟然号召学生用砖头把善良憨厚的大学监打死等等。而手工老师的为人又是怎样的呢?

在教室上他曾说过,有人给他每月八百圆,就是提夜壶也是美差。有许多学生喜欢他,因为上他的课时就是睡觉也能得八十几分。他要是作学监,大家岂不是入了天国。②

但是更令人感到心痛的是,这种人在教育界的存在并不是某种个别现象,而在整个昏聩的社会上,这样的教师大有人在。

彭家煌小说《莫校长》,塑造了一位名为办学实为捞取利益的教师形象,揭露了其丑陋的本质。小说中的莫校长认为办学跟做买卖没两样,他的办学理念就是:

亭子间里办大学都行,只要办得认真!如果要办得奇巧一点,不一定向办教育的标准上进行,那么,将亭子间装饰得精致一点,辟一个小小的店面,里面置一张睡椅,自己翘着大腿坐着,学生一个个或两三个一排,站在店台前面听讲。铜元五枚一次或十枚一次,价钱随意定,交多少钱给多少货,当

---

① 舒济,舒乙编.老舍小说全集(第一卷)[M].武汉:长江文艺出版社,1993.16.

② 舒济,舒乙编.老舍小说全集(第十卷)[M].武汉:长江文艺出版社,1993.34.

面交易，出门不换。一天真可教百把个学生的，这多经济而且实惠！①

按照这样的办学理念办出来的学校根本就不讲求教学方法的革新，而更看重的是学生是否能缴纳学费，呈现出一派乱象：

在学校青黄不接的时候，房客担任教授，不过正式教员却总共一位，就是莫校长自己；学监兼听差就是他的父亲，顶上盘着辫子的；舍监兼娘姨是他的母亲，擦桌子的那位；招生的期限没一定，以无人纳费为截止；招生的手续只考验学生缴费的能力，能一次缴足或分期缴足，便“进”，若仅缴一月的费而读过了三天未缴费的，便“滚”。莫校长教课很严，学生不听号令便罚跪罚站，甚至打，他的教育方针是采设计教学法，中国式的，他拿着书本照着讲，学生呆呆的坐着仰着头听就是，没有错，书，纸，笔墨大概用不着。②

2.书写贫困教师的无奈生活

在中国现代社会的教育体制下，因为制度的不完善，在历史的很多阶段都伴随教育经费的缺乏和教师薪酬的不稳定状况，即使是一些名校也不例外。学校中经常发生教师索薪风潮，其中有罢课、追讨、示威等手段，这也从侧面反映出了当时贫困教师无奈的生活。

1917年2月6日，教育部明文规定了小学教育的俸给，规程中提到：

国民学校、高等小学校校长及教员之俸给，除别有规定外，依本规程行之；

国民学校、高等小学校校长、教员月俸，如下面的图表所示：③

① 彭家煌.彭家煌小说选[M].长沙：湖南文艺出版社，1987.234.
② 彭家煌.彭家煌小说选[M].长沙：湖南文艺出版社，1987.237.
③ 中国第二历史档案馆编.中华民国史档案资料汇编[Z]，南京：江苏古籍出版社，1991.494.

职别 级别	1	2	3	4	5	6	7	8	9	10	11	12	13	14
校长及正教员	60	55	50	45	40	35	30	26	22	18	15	12	10	8
专科正教员及专科教员	40	35	30	26	22	18	15	12	10	8	6			
助教员	22	18	15	12	10	8	6	4						

同年5月3日,教育部还公布了国立大学职员的薪俸规程,规程中规定了职员的薪俸等级,以下面的图表说明①:

	正教授	本科教授	预科教授	助教	讲师	外国教员
第一级	400	280	240	120	每小时二元至五元	薪数别以契约定之
第二级	380	260	220	100		
第三级	360	240	200	80		
第四级	340	220	180	70		
第五级	320	200	160	60		
第六级	300	180	140	50		

从后者的图表中我们可以看出,如果按照规程,若薪俸全部兑现,国立大学职员也算得上是富裕的阶层。但是,国家规定的薪俸数额并不能如期足额发放到教授手中。此处以北京国立高校为例加以说明,据资料显示:1921年北京国立高校有两个半月未发放薪俸,1922年薪俸积欠高达4个月以上,1923年积欠达8个月以上,到1927年2月初,积欠已高达20个月以上。平均算下来,1921至1927年的这5年多时间里,每年至少欠3—4个月薪俸。加上各种各样的克

① 中国第二历史档案馆编.中华民国史档案资料汇编[Z],南京:江苏古籍出版社,1991.166.

扣,国立高校教师的实际收入不仅偏低,而且没有保障,生活上非常困窘的。①再加上由于常年的战乱,地方军阀经常擅自挪用教育款项,教育当局的腐败无能等,拖欠教员的薪水是时有发生的事情,于是经常发生学校欠薪讨薪的事件,在教育小说中也多有表现。

鲁迅小说《端午节》(1922 年)里描写了教员集体讨薪的事情,结果在讨薪的过程中和政府的国军起了一场混战。

> 待到凄风冷雨的这一天,教员们因为向政府去索欠薪,在新华门前烂泥里给国军打得头破血出之后,倒居然也发了一点薪水。方玄绰不费举手之劳的领了钱,酌还些旧债,却还缺一大笔款,这是因为官俸也颇有些拖欠了。当是时,便是廉吏清官们也渐以为薪之不可不索,而况兼做教员的方玄绰,自然更表同情于学界起来,所以大家主张继续罢课的时候,他虽然仍未到场,事后却尤其心悦诚服的确守了公共的决议。②

小说描写了北京军阀政府对教师待遇低下,教师传统的职业尊严感在不断地遭到践踏。这些教师群体大多处于被损害的处境,这些形象的塑造也折射出鲁迅更深层次的心理因素。

而这篇小说中描写的教职员索要薪酬事件就是历史上真实发生过的事件,是以 1921 年 6 月 3 日"北京八校教职员发动索薪运动"为蓝本进行的真实历史再现,而索要薪酬的运动频繁发生的原因,也表明了当时国立学校教师的待遇极其低下,教员们寻求出路的无奈之举。

叶圣陶笔下也有很多贫苦教师的辛酸生活描写,如《饭》(1921 年)里面的吴先生,面对学务委员的层层盘剥只能默默忍受。因为不是师范毕业,只能拿六元钱,但是就是这微薄的六元钱,还要被拖欠十天,而且还被迫写了个借款 10 元的

---

① 萧超然.北京大学纪事本末[M].北京大学出版社，1997.83—150.

② 鲁迅.鲁迅全集(第一卷)[M].北京:人民文学出版社,2005.562.

借据,后来在检查过程中因为迟到问题,又被扣除两元。面对层层盘剥,小说里的吴先生也只能默默忍受。

张资平的小说《小兄妹》(1925年)描写了底层教员困窘的生活。对于他们来说,工资拖欠是常有的事情:

> 因为生活问题,每餐上准备了功课后,他总想写点东西去换稿费。在中国政府办的学校当教员是不能完全维持生活的。薪额上说来很好听,二百元三百元,但每月所能领的只有十分之一二。他既不能决绝地辞职,所以每天对功课不能不稍事敷衍。他最以为痛苦的也是这种敷衍。他早就想辞职,但再想一回,辞了职后半年半月是很难找相当的职业的,所以也就忍气吞声的受学生们的揶揄,决意再挨半年苦。①

妻子临产在即,家里却没有住院的费用,小说里的主人公只能连夜去向同乡借钱:

> 他决意向几个做生意的同乡告贷了。由十点钟起奔走了两个钟头,拜访十几家商店,零零星星共借到了二十八块钱。他虽然穷,但他的同乡们还相信他,相信他是个读书人,相信他是个烂大学的穷教授。他想到他自身的价值只能向他们借二十八块钱,他心里觉得异常的悲哀,几乎掉下泪来。②

身为高等学府的教师,薪金难以维持一家的生活,还要去四处借账,看别人的脸色,这样的形象成为了那个时期大多数教师的群像,从另一个侧面揭露了教育当局的腐败和无能。

从以上教育小说中描述的内容中可以看出,五四之后,教师索薪风潮时有发

---

① 李葆琰选编.张资平小说选[M].广州:花城出版社,1994.295.

② 李葆琰选编.张资平小说选[M].广州:花城出版社,1994.300.

生,原因是“教育经费积欠日多,教育界感着生存的需要,常常用罢课停职种种方法对待政府”①,据此,1920 年,全国教育联合会提出了教育经费独立的决议案,规定:

> 应由中央先行划清教育经费,并令行各省区长官督饬财政、教育机关妥筹办法,统计每年该省区教育经费共需若干,于最短期内妥为区处专款存储,按时发放。无论遇何紧要事情发生,均不准挪用,以示限制。庶经费确定,教育可期进步。②

但是拖欠教员薪酬的形势并没有随着“决议案”的提出发生根本性改变,随之而来的是 1921 年北京国立八大高校集体索要薪酬的运动,其规模在当时的社会和教育界都产生了巨大的影响。

1921 年 3 月 17 日发布的《国立教职员停职宣言》中鲜明地表示了教职员们为索薪罢课的原因:

> 添聘教员没有钱,购买书籍没有钱,购买仪器没有钱,购买试验用的化学药品没有钱,乃至购买一切用器都没有钱,学生终日惶惶,觉得学校停闭就在旦夕,不能安心求学。教职员终日惶惶,迫于饥寒,没有法子维持生计,亦不得安心授课。试问教育机关困穷至此,还有何法可以维持下去?③

但是对于教职员们发出的呼喊,当时的教育最高部门却置若罔闻,当时的教育总长范源廉甚至说:

---

① 舒新城.近代中国教育史[M].上海:上海书店,1992.258.
② 舒新城.近代中国教育史[M].上海:上海书店,1992.259.
③ 国立教职员停职宣言[J].晨报,1921.3.17.

教育为立国之本,彼等皆身任高等教育之责,有钱则上课,无钱则罢课,试问此等教育精神,灌输青年心理中,中华民国之基础,将建立于何处,言念及此,殊为寒心,此等教育,若再办下去,讵非罪恶。①

在鲁迅的教育小说《端午节》(1922 年)中也出现了类似的片段:

他(方玄绰)虽然也缺钱,但从没有加入教员的团体内,大家议决罢课,可是不去上课了。政府说"上了课才给钱",他才略恨他们的类乎用果子耍猴子;一个大教育家(此处指的是范源廉)说道"教员一手挟书包一手要钱不高尚",他才对于他的太太正式的发牢骚了。

随着斗争的深入,北京政府无奈接受了八所国立高校教师们提出的条件,并颁布了决议办法,但是这只是缓兵之计,北京政府并没有兑现任何一条决议中的内容,无奈之下,八所高校的教师只能再次发表《辞职宣言书》,提出:

京师教育经费困难,不自今日始,学校苟延残喘,学术自难进步。建筑无费,购书无费,置备仪器及一切学校行政无费,设备不全,学生求学,徒恃形式,具学校之形式,乏学校之精神。阁议 4 月 30 日数条办法,由于政府无意遵循和维持,只是徒具形式,各校教职员奔走两月,毫无成果,至此,只好辞职。②

而北京政府对此的应对意见却是:

京师高等专门以上各校经费前经议定办法原为维持各校刻日开课,以

① 范源廉之愤慨语[J].申报,1921.4.30.

② 京学潮不可收拾[J].申报,1921.5.19.

> 免诸生旷误事业。兹经国务会议之决，以该八校迄无开课，所有八校教员薪费应暂行停发，由财、交两部查照前议，储款以待，俟各校实行开课，再行照发。至从前积欠经费，仍照原议，分月陆续发给，其中小学校，现均照常上课，其经费自应仍由部按期拨发。①

北京政府这一公函的出台无疑是火上浇油，直接导致了随后6月3日北京国立八所高校教职员和学生请愿团与政府之间的冲突，北京政府逮捕了进步的教职员和学生，并且登报声明，意图弯曲事实。面对这种情况，全国的各进步团体和机关对北京教育界的人士所遭到的非人待遇予以声援，在各方的舆论压力下，北京政府不得不作出让步，答应解决教职员的薪酬拖欠问题，至此，这次声势浩大的教师索薪风潮暂告一段落。而这段时期社会上发生的这样重大的教育事件，也被写入了当时的教育小说，更加印证了史料的真实性。

3.歌颂进步教师的教育追求

即使在当时动乱的年代，也阻挡不了大部分进步教师对教育事业的追求，很多作家就把笔触延伸到那些热爱教育事业、倡导教育革新的进步教师代表，歌颂了他们对教育工作的热情，展现了他们的高尚情操。

《古庙敲钟录》(陶行知，1933年)，借乡村教师朱先生之口说出了作者自己对理想教育的展望。小说中认为生活中随处都能学到知识，如可以跟铁匠学打铁，可以跟泥瓦匠学砌墙，可以跟农夫学种菜，强调知行合一，主张“行是知之始，知是行之成”。认为：

> 我们是要在行动中追求真知识。行动遇着困难便不能不思想，思想贯通便取得了真知识。运用真知识以行动，便走上了创造之路。今天之学校是行以求知的地方。有行动的勇气，才有真知之收获，才有创造之可能。②

---

① 中国第二历史档案馆编.中华民国史档案资料汇编[Z].南京：江苏古籍出版社，1991.536.

② 陶行知.陶行知全集(第二卷)[M].四川教育出版社，1991.512—513.

叶圣陶也非常渴望那些有高尚道德和热爱教育事业的教师出现，并在作品中对这样的形象加以热情赞扬。如《一篇宣言》中的王咏沂，《城中》的爱国进步青年丁雨声，《抗争》里努力争取自身权益的郭先生，《倪焕之》中的有理想有抱负的知识分子倪焕之。从这些人物身上，我们可以看到坚定的教育信念和高尚的人格。这些不同形象的塑造，也丰富了现代教育社会教师长廊的影像。

刘薰宇在小说《一个被"光复"掉的学校》中塑造了多位一心为学生着想的优秀教师群象：

> 教师对着我们，虽然也有时用很严的惩罚，但却有父兄对待子弟的精神。我们每天早晨到学校去，若遇见了他们，他们总是用笑脸迎我们，有时还要摩摩我们的头。①

其中有学校的创办者S先生，是一个极其善良和有耐心的人，对待学生和蔼可亲，关爱之情总是溢于言表，当学生上数学课走神时，他会温和地对学生说："现在虽是做不好，只要做下去就会好的，总要不间断。"在周日休息的时候，学生们和老师一起做游戏，场面十分温馨：

> 躲猫猫也是极有趣的。我们在星期日的下午，常常三五成群地跑到教师家去。去的目的自然不是为找教师谈点儿什么。因此就是教师不在家或在家而正有事，都没有关系。我们一到了那里，先是天一句地一句地乱讲一会。大约最多经过头二十分钟，躲猫猫就开始了。一个人蒙了眼睛装猫猫，其余的人散在四处藏躲着静候他来找。首先被找着的一个便是下一次的猫猫。我们藏躲的地方，可以说无所不到了。坐着的太师母的身后，师母的床上，做着事的教师的面前的桌下，他们总是笑着。每次这种翻天覆地的

---

① 刘薰宇.一个被"光复"掉的学校[J].教育杂志，1926.(10).2.

斗闹，总要延续一两个钟头，大家都倦了才散。散时，脸污了的，头发乱了，都是靠着太师母和师母们帮收拾；她们还笑着说："下星期再来呀。"①

著名的教育家苏霍姆林斯基在《给教师的建议》一书中谈到："所谓关心儿童的生活和健康，关心他的利益和幸福，关心他的完满的精神生活，这首先是意味着要爱护儿童对你的信任这朵娇嫩的花儿。儿童信任你，因为你是教师、导师和人性的榜样。你必须严格地、坚持地关心儿童，毫不妥协地反对我们的教育工作中那种对儿童漠不关心、冷酷无情地现象。②"在上文的描述中，可以看出，通过学生和教师一起进行躲猫猫的活动，培养了师生之间的情感，体现了教师对学生的关爱，也表现了学生对教师的依恋。

当S先生病入膏肓之际，关心的不是一己的痛苦，而还是学校的发展和学生们的进步。在其生命的最后时刻还不忘嘱咐学生要"好好地用功"。

此外还有受学生喜爱的教国文课的C先生，他总能教给学生们很好的学习方法，如在写作课上鼓励学生们推陈出新，当学生们想不出来时，他鼓励大家出去走走，想好再回来写，灵活多样的教学方式深受学生们的欢迎。

还有喜欢种花的教数学的G先生，是一位非常有童心和爱心的老师，在教课之余，小说中是这样描写的：

他喜欢讲戏文上的本事给我们听，他喜欢说谜给我们猜。他有时用一根条子教我们打结。……有时，他又用几根青草叶，教我们编蜂窠和小虫。菊花丛中是我们的新天地，比一切地方都有趣味。G先生呢，只要没有事，总是在里面踱来踱去的。③

---

① 刘薰宇.一个被"光复"掉的学校[J].教育杂志，1926.(10).2.

② (苏联)B.A.苏霍姆林斯基. 给教师的建议[M].北京：教育科学出版社，1984.316.

③ 刘薰宇.一个被"光复"掉的学校[J].教育杂志，1926.(10).10.

这些老师对孩子的教育都是无声的教育，往往能达到此处无声胜有声的效果。可以说爱是成功进行教育的基础，只有学生真正喜爱教师，才愿意聆听教师的教诲，才能使教育工作顺利开展。

第二节　个案研究——叶圣陶的教育小说

叶圣陶(1894—1988)，原名叶绍钧，字秉臣，现代著名作家、教育家。叶圣陶的创作历程与他本人的教育经历密切相关，可谓展现了教育和小说的完美结合。学者彦火曾经评价叶圣陶说："叶圣陶在中国的教育史上是功不可没的，所以我们称之为教育家，是十分贴切的。"①

笔者拟以分析他的生活经历入手，试图揭示其小说创作内容中的教育特色。

叶圣陶六岁时(1900 年)在私塾中接受开蒙教育，十一岁那年(1905 年)在父亲的劝导下参加科举考试，没有考中。后来根据那段经历写成短篇小说《马铃瓜》。(原载 1923 年 10 月 10 日上海《时事新报·双十节增刊》)十二岁(1906 年)考入苏州第一公立小学，在平日学习中开始萌发对文艺的喜好。十三岁(1907 年)因为成绩优秀，跳级考入苏州公立第一中学堂。在中学阶段，叶圣陶经常和一些好友填词作句，抒发抱负；还和同学一起创办杂志，十七岁那年(1911 年)在《妇女杂志》上发表第一篇关于儿童文学的教育论文《儿童之观念》，在这篇文章中，叶圣陶就儿童的教育问题提出一个观点：家庭教育在对孩子的影响中产生的功效有时候比学校教育更重要。由此可以看出，叶圣陶在早年就非常关注教育的问题。

叶圣陶十八岁时(1912 年)，由于家庭贫困，无力升学，为维持家计，开始去小学校担任教员，在此过程中，逐渐积累创作素材。在此后数年间，叶圣陶辗转几个学校，仍陆续担任教员的职务，在任教期间"他与同事一起，饶有兴趣地自编课本，创办农场、书店、博览室，建造礼堂、戏台，举行恳亲会、同乐会、远足郊游

① 刘增人，冯光廉编.叶圣陶研究资料[M].北京：北京十月文艺出版社，1988.164.

等,实施教育改革的主张”。[①] 同时,叶圣陶也看到了很多教育界的腐败,这些都为他以后创作大量教育小说奠定了基础。除教书之外,叶圣陶还做过很多相关的工作,如和友人一起编订教材,为杂志积极投稿,加入文学研究会,自己还亲身创办杂志,后来还主编过《小说月报》。知名作家赵景深在《文人剪影》中评价叶圣陶说:“叶圣陶代编《小说月报》,主编《妇女杂志》和《中学生》,几乎没有一次不是用全力对付的,一切琐碎的事,甚至校对,都由他自己动手。投稿人有信给他,如果是需要答复的,他也亲自写回信去。他的字迹圆润丰满,正显出他那谦和而又诚实的心。”[②]字里行间流露出对叶圣陶做人态度的严谨和对待工作的细致的折服。

1923 年,二十九岁的叶圣陶“应邀任上海商务印书馆国文部编辑”[③],开始从事编辑出版工作,同时有了大量的时间继续其文学创作,随之发表了长篇小说《倪焕之》和大量的短篇小说,很多作品收录在《叶圣陶集》中。在叶圣陶一生的创作生涯中,他也一直坚持真实地记录生活。叶圣陶曾经回忆说:“在记忆中,我似乎从来没有撰述过自己有些模糊或者不甚清楚的知识。换句话说,我不能写那些只是通过想象得来的东西,但我也没有失掉想象力。我生活在城市里,乡镇和农村,我写在那些地方观察到的事物。作为一名老师,我了解一些教育圈的生活,我也记录下来。在一些相当基础和浅显的层面,我关注着中国革命逐渐的发展,同时,我也记录下这些事情。”[④]叶圣陶长期从事教育事业,所以“暴露旧中国教育界黑暗的内幕,并透过教育界而把批判的矛头指向整个旧社会”[⑤]也成为其“教育小说”的主要基调。“他以身临其境般的感受和同情,反映了下层知识分子贫穷悲苦的生活状况。与此同时,他对作为知识阶层一部分的教员,也有着严峻

---

① 仁天石.叶圣陶小说论[M].南京:江苏教育出版社,1988.2.
② 刘增人,冯光廉编.叶圣陶研究资料[M].北京:北京十月文艺出版社,1988.31.
③ 刘增人,冯光廉编.叶圣陶研究资料[M].北京:北京十月文艺出版社,1988.22.
④ 夏志清.中国现代小说史[M].复旦大学出版社,2005.59.
⑤ 百度百科名片——叶圣陶.http://baike.baidu.com/view/34089.htm

的解剖与审视。”①

所以，综观叶圣陶的成长历程和创作经历，我们会发现“惨淡的家世，辍学的辛酸，催动着叶圣陶思想的早熟，赋予他以敏感、清醒、愤慨的性格；为了谋生，他到处奔波，备尝倾轧争斗之苦，这更使他洞察和憎恶‘世人的面目’”②，同时，他多年担任小学教员的经历，使他能“亲自感知小市民、知识界和农民的痛苦与不幸，从而能站在劳苦民众的立场上观察与反映生活”③。于是，在他的笔下，教育和文学得到了完美的融合。以小说这种形式来承载教育事件，反映教育问题就成了很好的一次实践，也为我们以“教育小说”为切入点进行中国教育史研究带来全新的角度。

一、叶圣陶教育小说倾向——教育问题小说

“历史转变时期往往是社会问题百出的时期。五四时代的中国，社会矛盾异常复杂，思想界极为活跃。‘社会改造’的强大思想洪流，犹如‘洪水猛兽’，猛烈地冲击着几千年封建主义的思想桎梏和军阀政府的反动统治。”④在特定的时代，作为一个知识分子的叶圣陶身处其间，在感受社会动荡的同时，也在思索着自己的使命和分析着所看到的问题，茅盾曾经评价他说：“他的初期小说作品集《隔膜》大都有点‘问题小说’的倾向。”⑤而教育问题，是叶圣陶在小说创作中最为关心的一个方面。他“深感教育问题的严重和自己的无能为力，促使他通过小说创作把它们宣示于众，以引起革新者的注意。可以说，无论在此以前或在此以后，还没有一个作家对教育界内部的弊病了解得这样的深透，表现得这么真切，这是既是教育家又是文学家的叶圣陶对中国现代文学的独特贡献”⑥。

用小说的形式来反映教育问题，引起读者对一些事件的认识和思考，可以说

---

① 百度百科名片——叶圣陶.http://baike.baidu.com/view/34089.htm

② 仁天石.叶圣陶小说论[M].南京：江苏教育出版社，1988.3.

③ 仁天石.叶圣陶小说论[M].南京：江苏教育出版社，1988.3.

④ 仁天石.叶圣陶小说论[M].南京：江苏教育出版社，1988.10.

⑤ 茅盾.导言[A].中国新文学大系编辑委员会主编.中国新文学大系小说一集[M].上海：上海文艺出版社，1985.1.

⑥ 仁天石.叶圣陶小说论[M].南京：江苏教育出版社，1988.16.

那个时代很多作家成功的尝试，叶圣陶在这方面做出了突出的贡献。著名的文艺评论家钱杏邨在其文章《叶绍钧创作的考察》中曾经对叶圣陶的创作作出如下评价："依据创作的取材的一方面说，叶绍钧写的教育小说最多，截止 1927 年止，他写了六十八篇，取材于教育的有二十几篇，他可以说是现代中国文坛上的教育小说作家。……他的教育小说的成就，在他的创作中是最好的。他洞察到教育的各方面，精察的解剖着教育界人物的心理，同时还注意到学生的生理状态及其环境。他是完全的站在教育家的立场上去表现教育的实际及其各方面。他是完全的很冷静的在开他自己所体验到的教育病症的脉案。他是在写着自己厕身教育界时所观察的事件的回忆录。"①

如前所述，叶圣陶有丰富的生活体验，在早年的授课教学和编辑杂志的过程中，他非常关心教育界生活，关注教育问题，努力用现实主义创作方法来反映真实的感受。正如叶圣陶自己所说的："我似乎没有写自己不怎么清楚的事情。换句话说，空想的东西我写不来，倒不是硬要戒绝空想。我在城市里住，我在乡镇里住，看见一些事情，我就写那些。我当老师，接触一些教育界的情形，我就写那些。"②据此，我们以《中国现代名作家名著珍藏本——教育小说》为底本（该书收录了叶圣陶在 1920—1940 年间写作的教育小说共 19 篇），笔者据此拟试图挖掘出其小说中反映的教育问题。

（一）家庭中儿童教育的缺失

1919 年 5 月 4 日，在北京爆发了一场轰轰烈烈的爱国运动——五四运动。五四运动揭开了中国新民主主义革命的开端，对中国的思想文化、政治方向、教育等很多方面，都产生了不可估量的影响。一些学者在研究时发现，五四时期，同时也是一个"儿童发现"的时代，吴效马说："在致力于思想启蒙和文化变革的过程中，新文化倡导者基于个性主义的理念，将'儿童的发现'也即儿童个性解放和儿童文化重建视为'人的发现'、'个性的发现'中不可或缺的重要环节，打破否

① 刘增人，冯光廉编.叶圣陶研究资料[Z].北京：北京十月文艺出版社，1988.380.

② 叶圣陶.叶圣陶选集[M].北京：开明书店，1951.8.

认儿童独立人格、漠视儿童个性发展的封建父权主义儿童观,树立了以尊重儿童主体人格、关注儿童个性发展为核心精神的新型个性主义儿童观,并将其贯彻、运用于教育领域,在教育理论、观念的更新和教育改革的探索两个层面上,有力地推进了中国教育的近代化变革。"①于是,在当时的社会思潮背景下,很多新文化的倡导者将对儿童的教育改造看做是解放儿童个性的根本途径,并通过文学创作试图打破旧式的儿童观,致力于儿童教育的近代化革新。叶圣陶就是其中的一份子。

如发表于1920年的《阿菊》(原载1921年2月《小说月报》12卷2号),原名《低能儿》,讲述的是一个贫苦人家的八岁男孩阿菊在学校一天的感受和经历。阿菊的父亲是给别人家做仆役的,经常喝醉后才回家;母亲是搓麻绳的,从早到晚,总像机器人不停地工作,"伊不像有思想,不像有忧乐,似乎伊的入世只为着那几捆草绳而来的"②,而阿菊的生活环境又是怎样的呢?

除了一间屋子和门前的一段街道,他没有境遇;除了行人的歌声,小贩的叫卖声,母亲的咳嗽声,和自己的学语声,啼哭声,他没有听闻;除了母亲,他没有伴侣——父亲只伴他睡眠;他只有个很狭窄的世界。③

当阿菊的父亲把他送到学校的时候,学校里的一切都让他感到陌生和恐惧,但是又感受到"一种微妙的醉心的感动",这种感动是从来都没有过的。老师的慈爱让他"全然无法应付",同伴的喧闹让他"现出怅惘的愕顾",在美妙的歌声中,"刚才的窘急,惶恐,怯懦……他完全和它们疏远了",总之这是一种全新的他从来没有感受到的感觉,不由得让阿菊猜想"人和人的爱情这么浓郁吗?"但是回到家,一切就都结束了,就像做了一场梦一样,他仍旧回到他的"旧的狭窄的世

① 吴效马.五四"儿童的发现"与中国教育的近代化[J].学术研究,2005(7).101.
② 叶圣陶.中国现代名作家名著珍藏本——教育小说[M].上海:上海文艺出版社,1994.2.
③ 叶圣陶.中国现代名作家名著珍藏本——教育小说[M].上海:上海文艺出版社,1994.2.

界”，母亲仍然在搓着麻绳，父亲跟往常一样醉酒回家。他又成了一个怯弱的“低能儿”。作者通过所谓的“低能儿”阿菊这样一个形象表现了对旧中国旧式儿童教育的批判和反思，同时呈现出旧式家庭教育和社会教育对儿童教育忽视带来的恶果，表明了家庭教育对儿童个体发展有着非常重要的意义。家庭是儿童出生后要面临的第一个生活环境，家庭给予了儿童最初的必要生活经验，培养其个人行为习惯以及促进其个性发展。尽管伴随着儿童年龄的增长，儿童的心理发展会受到来自学校和社会双重的影响，此影响也在逐渐的与日俱增，但是家庭对一个孩子个体发展的影响总是长期而又深刻的。据此，我们可以看出，儿童阶段是其人生发展的非常重要的阶段，而阿菊的父母从未意识到他是一个有思维、有情感的活生生的个体，在阿菊的生活体验中，没有父母的关心和爱护，陪伴他的只有“破草窠”和“黑暗的尘垢的屋板”，于是长此以往，他无法应对生活的变化，成了一个“低能儿”。

（二）旧式教育的陈腐和枯燥

叶圣陶很早就看出旧式教育的落后，认为旧式的教学方法已经不能满足学生的需要，枯燥的内容已经跟时代脱节。转录一段叶圣陶对旧式教育的看法：

> 旧式教育是守着古典主义的：读古人的书籍，意在把书中内容装进头脑里去，不问它对于现实生活适合不适合，有用处没有用处；学古人的文章，意在把那一套程式和强调模仿到家，不问它对于抒发心情相配不相配，有效果没有效果。旧式教育又是守着利禄主义的：读书作文的目标在取得功名，起码要能得“食廪”，飞黄腾达起来做官做府，当然更好；至于发展个人生活上的必要的知能，使个人终身受用不尽，同时使社会间接蒙受有利的影响，这一套，旧式教育根本就不管。因此，旧式教育可以养成记诵很广博的“活书橱”，可以养成学舌很巧妙的“人形鹦鹉”，可以养成或大或小的官吏以及靠教读为生的“儒学生员”；可是不能养成善于运用国文这一种工具来应付生

活的普通公民。①

从这段话可以看出,叶圣陶是反对旧式教育的教学内容和教学方式的。其教育小说《一课》就反映了这个观点。文章描写了一个小孩子在课堂上浮想联翩,念念不忘自己上课前带到学校里的小蚕,一会儿想着去给蚕摘桑叶,一会儿想着去河里泛舟嬉戏,要不就是看窗外的白蝴蝶,他眼睛里看到的是"窗外的树经风力吹着,似乎点头似乎招手地舞动,那种鲜绿的舞衣,优美的姿势,竟转移了他心的深处的相思"②,耳朵里听到的是"那些树还似乎正唱一种甜美的催眠歌……小鸟复音的合唱,蜂儿沉着而低微的祈祷"③。而老师则全然不顾学生的感受,在讲台上只顾得意洋洋地夸夸其谈,对此叶圣陶得出的结论是:这样的教育"是损害的,是摧毁了儿童的动的生命,是笨伯"④。叶圣陶认为:"儿童的天性本是注重事实的,欢喜自己去做的,凡是合乎他们天性的,他们就愿意知道它,学会它;与他们的天性不相侔合的,他们就不想知道,不高兴学。"⑤小说中那个爱幻想的孩子就是这样,所以"教师教各种科目,教各种教科书,并不是教过就完事了,还要以教育的价值为出发点,适应着学生的天性,拣那学生需要的给他们指导。教师日常教的虽是某科某书,然而心思力量必须集注在这个出发点上,那么所有的设施才有根基,没有茫无目的的弊端。"⑥但是正如小说中所批判的那个老师,在旧式教育下,更多教师一味依赖陈旧的教学手段,不知道变化,对此,叶圣陶发出这样的感慨:"教育事业原是教师做的,教师不能只等旁人来'觉我',要靠自己觉悟。"⑦

---

① 叶圣陶.认识国文教学——《国文杂志》发刊辞[A].叶圣陶语文教育论集(上册)[M],北京:教育科学出版社,1980.87—88.

② 叶圣陶.中国现代名作家名著珍藏本——教育小说[M].上海:上海文艺出版社,1994.14.

③ 叶圣陶.中国现代名作家名著珍藏本——教育小说[M].上海:上海文艺出版社,1994.14.

④ 钱杏邨.叶绍钧的创作的考察[A].刘增人,冯光廉编.叶圣陶研究资料[Z].北京:北京十月文艺出版社,1988.380.

⑤ 叶圣陶.叶圣陶教育名篇[M].北京:教育科学出版社,2007.10—11.

⑥ 叶圣陶.叶圣陶教育名篇[M].北京:教育科学出版社,2007.11.

⑦ 叶圣陶.叶圣陶教育名篇[M].北京:教育科学出版社,2007.14.

再看小说《义儿》，描写了一个喜欢画画的孩子受到家庭和学校的双重制约，压制了他热爱生活的美好情感，束缚了他个性的健康发展。义儿跟普通的孩子一样，喜欢玩闹甚于在课堂上学习，回答老师的问题总不能给出完整的答案，于是在老师的心里，义儿成了“愚笨懒惰”的代名词，他的母亲也对他很失望，生气的时候就拿尺子责打他，他的叔叔也经常斥责他。终于有一天，义儿在英语课堂上和老师的对抗激化了矛盾，学校和家长联合起来对付他，但是义儿仍然是老样子，过着自己的生活，没有改变。这篇小说同样批判了旧式教育的陈腐，对儿童采取的教导是应疏还是该堵的问题。教师应该顺应儿童的本性采取恰当的教育，这样才能取得良好的效果。顾颉刚曾经写道：“《义儿》一篇，很可与第一集的《一课》合看。明明是很有趣，很能自己寻出愉快的小孩，但社会上一定要把他们的生趣和愉快夺去了，甚至于最爱他的母亲，也受了社会上的暗示，看着他的生趣和愉快，反而惹起了她的恼怒和悲感。义儿的叔父自诩他处置义儿的秘诀，就是永远不将好颜面对他。”①。所以，良好的教育要顺应儿童的兴趣，而不能压抑儿童的天性，正如叶圣陶所批判的：“以前的小学教育，较好的也不过求教授有趣味，至于儿童是否真有兴趣，他们就不管了。”②叶圣陶所推崇的理想教育模式，即教育者和儿童的关系应该是：

教育者须要扩充自己的兴趣范围，更须要真切了解儿童的兴趣可能及到的范围。要使儿童经常有求知识的动机，须要根据他们的本能、欲望和兴趣，想方法来引导他们的本能，顺应他们的欲望，扩充他们的兴趣。教育者要尽这许多义务，仿佛戏台上值场面的人，把种种事物都安置妥当，但是怎样表演怎样说白，还要让演员自己去做。③

① 顾颉刚：《火灾》序[A].刘增人，冯光廉.叶圣陶研究资料[Z].北京：北京十月文艺出版社，1988.359.

② 叶圣陶.叶圣陶教育名篇[M].北京：教育科学出版社，2007.31.

③ 叶圣陶.叶圣陶教育名篇[M].北京：教育科学出版社，2007.31.

即教师要抓住儿童的兴趣点施以适当的教育，只有这样才符合教育的本旨。

(三)教师形象的塑造

由于叶圣陶早年做教师的生活经历，所以，在他的小说中，出现了很多知识分子的形象，其中大量的人物角色恰是教师。正如叶圣陶所说："小说里的人物差不多全是知识分子跟小市民，因为我不了解工农大众，不了解富商巨贾跟官僚，只有知识分子跟小市民比较熟悉。"①在他的小说中，既有对那些热心教育事业的优秀教师的歌颂，也有对那些不称职教师的批判。叶圣陶是在借对教师生活场景的描述和对他们情感的挖掘，归根结底是要挖掘出造成这种现象的社会因素，达到批判教育现实，批判黑暗的社会的目的，同时也传达出对那个时代小知识分子教育改革艰辛和应对社会无奈的同情。正是通过这一个个鲜明的教师形象的塑造，给我们描绘出在20世纪20年代的社会教育改革大浪潮下，各色教师的众生相，引发人们无尽的思考。

1.糊涂的混世者

小说在教师群体中塑造了一群混世者的形象，对他们来说，担任教师仅仅只是一个在社会中混饭的手段，这些教师也曾经有过很高的人生理想和追求，也在努力追求并力图实现自己的人生价值，但是在残酷的现实面前，他们非但没有实现自己的人生抱负，并渐渐融入到历史的洪流中，成了一名糊涂的混世者。

如《脆弱的心》中的莫先生，认为自己的教学生活毫无趣味，面对同事徐先生的劝说，不由发出这样的感慨："我觉得一个人没有这么伟大的力量。我极端承认我的微小。我们当了十多年的教师，我们的成绩在哪里？止目送一班一班的毕业生跟着社会的步调走去！谁能说这个不是确实且普遍的事实？我们纵不甘心屈服，然而事实使我们屈服了。"②后来当听了大学者许博士的演讲后，心灵受到震荡，当时也能够领会他讲的意义，然后事后转念一想到自己"先前已为且现在正为小学教师"，他的"怀疑和烦闷的细菌又侵入他身体的不论哪一部分，兴奋

① 叶圣陶.叶圣陶选集[M].北京：人民文学出版社，1959.8.

② 叶圣陶.中国现代名作家名著珍藏本——教育小说[M].上海：上海文艺出版社，1994.18.

是退败了”。小说题为“脆弱的心”,那这原因究竟是什么造成的呢？我们说一方面有个人的软弱和懈怠在作怪,但一方面可以归咎为社会的原因,是当时社会中的那种急功近利思想作祟,是“爱”的精神的缺乏。

再如《饭》里面的乡村小学教员吴先生也愿意为教育出一把力,但是微薄的薪金确实难以维持基本的生活。每个月只有六块钱的薪金,因为不是师范毕业生,所以又被县学务委员以此为借口强行扣除了一半。小说中是这样描写的：

一个月后,他遇见一桩不可解的事情:他到学务委员家里领薪,拿到了三块钱,还有三块须待十天以后,可是学务委员叫他写了一张十元的收据。“何以数目不符呢?”他这么想。自馁和满足的心使他不敢开口问。“我不是师范生呵！外边师范生多着呢。六块钱比较以前处馆地优裕得多了。”他就把疑念埋藏在脑子里,带着三块钱回去。①

而在后来因一次学务委员前来巡视的时候,上街买菜没有及时回来,得到一顿怒斥还又被罚扣了两元的薪金。小说中的这位吴先生因为被生活所迫,在学务委员的压榨下只会容忍和颤抖,这样一位知识分子已经沦为一个只知赚钱吃饭却丧失了基本教育理想的“糊涂的混世者”。正如著名文学评论家钱杏邨所说的:“谁也不曾为着教育努力,只是为着生活经济的骗取。这样,教育当然收不到良好的效果。一切的事业,既已变成了生活的机械,学校的建立的结果,只不过是多安插些‘吃饭的人’而已。”②再如《乐园》里的那位学务委员,对治下的学校疏于管理,对那些“身体虽然在教室里,心却在‘机会之流’的旁边迫切地等待”的教员们放任自流,试想一下,如果教育界全是这样的教员,孩子的乐园在哪里呢?

---

① 叶圣陶.叶圣陶选集[M].北京:人民文学出版社,1959.26—27.

② 钱杏邨.叶绍钧的创作的考察[A].刘增人,冯光廉编.叶圣陶研究资料[Z].北京:北京十月文艺出版社,1988.381.

2.茫然的寻梦者

叶圣陶在小说中批判着那些腐朽的教育制度和丑陋的教育现实,给人们带来很多思考,但其中不仅仅是讽刺和揭露,也不乏歌颂和赞扬,但对于那些有理想,致力于教育改革的知识分子后来由于种种原因最后走向妥协道路的行为又给予了同情和无奈。比如"作家在许多小说里表现出,在教师中间有不少正直的人,他们认识到自己的职业重要、高尚,尽力去改变现状。……这是符合历史真实的,因为中国革命形势在发展,越来越多的知识分子投身到反对旧制度的斗争中去。诚然,远不是每个人都有勇气和决心始终不渝地维护自己的原则"①,于是就有了作者笔下的教师队伍中"茫然的寻梦者"形象。

如《校长》中的叔雅,他的理想是好的,他认为:"许多学生的托付,何等重大,岂能让他们吃了亏! 而且,自己的孩子们总要有个好学校(好学校不容易找呢),比较有把握的自然是亲手办的学校,岂能随随便便把它弄糟了! 倘若不曾觉察,或者已觉察而找不到病源,那也没有法子。现在是觉察了,而且找到根本的病源了,如果再因循下去,岂不是我一个人的错失么? 良心指导着我,这种错失是不该而且不愿担负的。"②所以,当他接任本地高等小学校的校长职务时,也是很有一番宏愿的。如"他任职以后,预定了一种新的方针,规划了好些新的办法,正如一艘航海的船鼓轮启程,预料前途有种种的佳境,有丰富的收获,便满心地高兴起来。"③在教学管理的过程中,他经常组织教师们谈谈实际的教授法,努力丰富学生们的业余生活,如:让学生们自动地组织体育会、编辑校报、开垦学校的空地等,颇有一番改变学校旧貌的决心。但是当面临要辞退几个坏教员的时候却下不了决心,"在'社会舆论'的压力下退却了,终于放弃了改造学校的打算。崇高的理想在同现实的第一次交锋时便被碰得粉碎"④。最后的结果是,在他学期末

① (苏联)索罗金著,理然译.叶圣陶和他的作品[A]. 刘增人,冯光廉编.叶圣陶研究资料[Z].北京:北京十月文艺出版社,1988.781—782.

② 叶圣陶.中国现代名作家名著珍藏本——教育小说[M].上海:上海文艺出版社,1994.71—72.

③ 叶圣陶.中国现代名作家名著珍藏本——教育小说[M].上海:上海文艺出版社,1994.63.

④ (苏联)索罗金著,理然译.叶圣陶和他的作品[A]. 刘增人,冯光廉编.叶圣陶研究资料[Z].北京:北京十月文艺出版社,1988.782.

给老师们写继任书的时候，又下意识地写上了几位道德败坏老师的名字，虽然期间也充满了茫然无措的思绪，但还是败给了现实。

著名学者范伯群在《叶绍钧论》中谈到：

> 叶绍钧认为道德败坏的教员和自私无能的校长都是使学校教育陷于腐败的原因。作者所写的这些情形，勾勒出旧中国学校的一个侧面。学校是整个社会肌体的一个组成部分。叶绍钧在他的小说里，从各个方面揭露了旧中国学校教育存在着的严重问题，虽然这种揭露还不够有力，但从这个局部却也暴露了旧社会整个肌体的腐败，这在当时是具有进步意义的。[①]

再如《搭班子》中的新任校长泽如，泽如在就任之前，怀有崇高的理想和美好的希望，他认为："一个小学校，一个容纳两百多学生的小学校，将要隶属在一个人的管理之下，孩子们在里头生活着，发展着，这实在不是一项细小的事业。这里头可以倾注无限量的心力，从一个孩子的一啼一笑到全体孩子的长育进步；这里头也可以得到无限量的愉悦，从每时每刻的努力工作到三年两载的颇有成绩。宝贵的生命要消费得有意义，做这事业不是大有意义吗？"[②]抱着这样的理想，他开始了谋划，计划要找一些既懂得教育学的，还得要对教师这个职业抱有自信心、热爱教育事业的人，于是，他按照这个标准打算要搭建一个新班子。但是旧教员为了维持生计登门向他求情，县议员和教育局长也纷纷来举荐他们的亲戚及友人，正所谓教育未至，人情先至，世风腐化，何谈教育！最后，在复杂的人际关系下，泽如也终于妥协。正所谓"辞退教员，在旧的社会里有种种的危机；创新的基础罢，旧的力量也不肯容许存在，除非有百折不挠的精神。旧的势力是要从各方面来破坏的。……现代教育仍旧被根深蒂固的旧的力量在支配着。这是从

---

① 刘增人，冯光廉编.叶圣陶研究资料[Z].北京：北京十月文艺出版社，1988.675.
② 叶圣陶.中国现代名作家名著珍藏本——教育小说[M].上海：上海文艺出版社，1994.91—92.

办教育的人的一方面表现着教育的病症”。① 这些例子都说明了,要想在那个时代进行教育变革,革新者必须要有坚定的意志,要能顶住来自各方的压力,否则即使有再多的抱负和理想,也终会在各方面的破坏下沦为“茫然的寻梦者”,梦醒了,曾经的宏愿也都化为了乌有。

此处转录一段裘汉康和郑明标两位学者对这类知识分子形象的解读,以供参考:

> 他们都为艰窘的生活所迫,要求改善生活条件、经济待遇;他们开始思考社会问题,但多数仍处于初步觉醒的幼稚阶段,政治思想尚较模糊。他们虽然倾向或投身革命,但大都没有真正成为革命者。他们同情和接近工农,但很多没与工农真正结合起来。他们具有反帝反封建的观点,但又被封建末期的许多思想桎梏束缚住手脚,或在各种令人眼花缭乱的新思潮面前无所适从。他们热衷于传播社会主义的哲学和教育等方面的理论,但又分不清社会主义、自由主义、无政府主义的良莠好坏。他们中有的人是最先接受无产阶级革命理论的人物,他们对革命和新生事物很敏感,对一切反动势力持痛恨态度,对美好理想敢于大胆追求,不愧是“五四”时代思想解放运动中一代新人的形象。他们在“五四”时期曾经是冲击封建牢笼的新型知识青年,但由于单身独往地寻求新的出路,最终只能陷入惆怅、迷惘甚至绝望的地步。②

由此可以看出,叶圣陶对这些知识分子是同情的态度,同时也揭露和批判了这些人的软弱性,而在他们身上呈现出来的教育事件也为我们了解 20 世纪前期的学校教育改革提供了鲜活的资料,丰富了教育史的研究。

---

① 钱杏邨.叶绍钧的创作的考察[A].刘增人,冯光廉编.叶圣陶研究资料[Z].北京:北京十月文艺出版社,1988.381.

② 裘汉康,郑明标.论叶圣陶小说中知识分子形象的塑造[A]. 刘增人,冯光廉编.叶圣陶研究资料[Z].北京:北京十月文艺出版社,1988.652—653.

3.积极的探路者

叶圣陶在 20 年代后期,逐渐认识到知识分子的觉醒,在小说中也更多地描绘了知识分子们奋斗的过程。“1924—1927 年的大革命对中国现代文学的整个发展进程产生了深刻的影响。许多作家以言论和行动响应了郭沫若‘从文学革命到革命文学’的号召。抗争的情绪也在叶圣陶的作品里越来越明显地反映出来。”①小说塑造了很多在教育道路上努力前行,积极探路的知识分子形象。

如小说《抗争》就塑造了一位意志坚定的郭先生的形象。小学教员郭先生在得知学校当局要继续欠薪,且第二年或是薪酬打对折或是学校关门的消息非常气愤,决心要寻一条生路,面对妻子提出的让他与校方商量的建议,更是激愤地反驳:

生路不是没有,就在乎不再同他们商量。是软弱的东西才商量,是没出息的东西才商量!商量由你,不睬你由他们,还不是吃一辈子的亏?现在做梦做醒了,没什么商量!……还商量什么:只有教员一齐联合起来,去同他们算账!②

于是他提议召开教职员联合会,号召大家推选代表跟教育当局去联合讨薪,并强调了团结的力量,他倡导:

我们出来说话,应该坚强我们的力量。融合各人的意思,结成个团体的意识,这是再坚强不过的。如果各自分散,你就是满腔悒悒,也终于满腔悒悒而已。唯有团体的意识,到底必能贯彻,化各人的悒悒为全体的欢畅。教职员联合会,不是我们的团体吗?兄弟要召集今天的会,就希望诸位各表意

---

① (苏联)索罗金著,理然译.叶圣陶和他的作品[A].刘增人,冯光廉编.叶圣陶研究资料[Z].北京:北京十月文艺出版社,1988.783—784.

② 叶圣陶.中国现代名作家名著珍藏本——教育小说[M].上海:上海文艺出版社,1994.104.

见,结成个团体的意识,来应付我们眼前生活上事业上的问题!①

最后各校商定以罢课为对抗的手段。但是在最后的斗争中,由于教师们之间都只关心各人的利益,彼此不团结,与当局的对抗以失败告终,郭先生也被学校免职了。通过这个故事说明了,单凭各人的单打独斗是不能取得斗争胜利的。然而,虽然讨薪的斗争失败了,但是我们却看到一个意志坚定、性格坚毅的知识分子的新形象,这与之前《饭》里面的吴先生判若两人,并且,他也终于从劳动者身上看到了新的希望,那些打铁的工人引起了他的赞美:

啊,他们是神圣的!要买钉子的,要买铲子的,自然跑来求他们;而他们绝不求人家。他们只须运用自己的经历,制成有用的东西,就什么问题都解决了。②

小说中的人物形象虽然大多都是虚构的,但是我们常说,艺术来源于生活,却又高于生活。于是,我们会发现,作家所赋予小说人物身上的精神特质却是那个时代真实事件的生动写照,他们的生活处境和人物命运都为我们留下了很多研究那个时代教师群体、教育制度和教学方法可资借鉴的资料。

二、现代教育小说的经典——《倪焕之》解读

1928 年,叶圣陶创作出长篇教育小说《倪焕之》,小说一经面世,就在社会上引起了强烈的反响。小说最初连载于 1928 年的《教育杂志》二十卷的一号到十二号,由上海商务印书馆刊行,随后,开明书店在 1930 至 1949 年又相继刊行了十三版,足见其影响深远。

著名的文艺批评家钱杏邨先生评价该文是“一部很有力量的反封建势力的教育小说”,著名作家夏丏尊先生也盛赞该作品为“实是划时代的东西”。此外,

① 叶圣陶.中国现代名作家名著珍藏本——教育小说[M].上海:上海文艺出版社,1994.109.

② 叶圣陶.中国现代名作家名著珍藏本——教育小说[M].上海:上海文艺出版社,1994.121—122.

这部小说也被茅盾誉为“扛鼎”之作，可以看作是叶圣陶的代表作。此处摘录一段茅盾对该作品意义的评价：

> 这样有目的，有计划的小说在现今混沌的文坛上出现，无论如何，不能不说是有意义的事。这样“扛鼎”似的工作，如果有意识地继续做下去，将来我们大概可以说一声：“五卅”以后的文坛倒不至于像“五四”时代那样没有代表时代的作品了。①

小说塑造了一位小资产阶级知识分子的形象，以小学教员倪焕之的教育改革为主线，勾勒出自辛亥革命前后到“五四”运动、再到“五卅”运动，最后到大革命失败这十余年间的社会概况和时代思潮的变迁，并在这个时代大背景下再现了以倪焕之为代表的进步知识分子为了探求社会的进步，积极进行教育改革的艰辛历程。可以说，《倪焕之》这部小说是那个时期包括教育状况在内的整个中国社会的一面镜子。虽然最后倪焕之在失望和痛苦中死去，但是他所作出的努力对每一位热心教育革新的人以极大的启示，而叶圣陶本人也借主人公倪焕之的奋斗历程，寄托了个人的人生理想和价值追求，同时，这部小说也对我们研究20世纪20年代的教育改革内容、方式，以及探求教育界人物的心灵动荡有着非常重要的意义。

厦门大学潘懋元教授曾评价《倪焕之》这部作品为：“从中国现代教育史的角度来看，它不但现实地反映了从‘五四’运动前后到大革命时期的教育情况，而且生动地描绘了当时的教育活动和形象地刻画了当时的教育思想斗争。所以，这部作品应当在中国现代教育史上有它一页的地位。”②

下文拟五个方面分析教育小说《倪焕之》中反映出来的教育理念：

---

① 刘增人，冯光廉编.叶圣陶研究资料[Z].北京：北京十月文艺出版社，1988.374.

② 潘懋元.从中国现代教育史的角度看《倪焕之》[J]. 厦门大学学报 1963(1).85.

(一)教育工作者对待教育事业要充满热忱

辛亥革命爆发后,推翻了清政府的封建统治,年轻的倪焕之有热情,有力量,"这一天,焕之放学回家,觉得与往日不同,仿佛有一股新鲜强烈的力量袭进身体,遍布到四肢百骸,急于要发散出来——要做一点事。一面旗子也好,一颗炸弹也好,一支枪也好,不论什么,只要拿得到,他都愿意接到手就往前冲。①"但是好景不长,革命最后以失败告终,在失望之余,"他开始感觉人生的悲哀。他想一个人来到世间,只是悲角登场,捧心,皱眉,哀啼,甚而至于泣血,到末了深黑的幕落下,什么事情都完了"②。倪焕之甚至想到了去死,但是想到年迈的父亲,最后打消了这个念头。在朋友的劝说下,决定去做小学教员,但是学校的残破和同事的陈腐作风又让他心生迷惘,"人间的苦趣,冠冕的处罚,就是教师生活了!什么时候脱离呢?什么时候脱离呢!③"就这样又辗转换过几个学校,期间的一位同事教育学生的事件深深震动了他,让他重新拾起热爱教育的信念。

他受到好友金树伯的邀请,去当地公立高等小学任教,与金的对话中,可以看出倪焕之对未来要进行的教育工作是充满信心的,他说道:

> 譬如木匠,做一张桌子,做一把椅子,用不着理想;或者是泥水匠,他砌墙头只要把一块一块砖头叠上去就是,也用不着理想。教育事业是培养"人"的,——"人"应该培养成什么样子?"人"应该怎样培养?——这非有理想不可。④

而之后在与校长蒋冰如的对话中,更是看出两人对教育事业都是充满着热忱。蒋冰如认为,热爱教育事业的前提首先要爱学生,他说:

---

① 叶圣陶.倪焕之[M].北京:人民文学出版社,1953.15.
② 叶圣陶.倪焕之[M].北京:人民文学出版社,1953.16.
③ 叶圣陶.倪焕之[M].北京:人民文学出版社,1953.25.
④ 叶圣陶.倪焕之[M].北京:人民文学出版社,1953.4.

要认识儿童就得研究到根上去。单就一个一个儿童看，至多知道谁是胖的，谁是瘦的，谁是白皙的，谁是黝黑的，那是不行的；我们要懂得潜伏在他们里面的心灵才算数。这就涉及心理学、伦理学等等的范围。人类的“性”是怎样的，“习”又是怎样的，不能不考查明白。明白了这些，我们才有把握，才好着着实实发展儿童的“性”，长养儿童的“习”。同时浓厚的趣味自然也来了；与种植家比较起来，有同样的切望而含着更深远的意义，哪里再会感得干燥和厌倦？①

对这种看法，倪焕之也是深表赞同，由此可以看出，此时的倪焕之对于“教育救国”理想的追求是执着并炽烈的。

文章中也批判了那些对待教育事业得过且过，把教育工作当做应付差事的老师形象，如小说中的徐佑甫。他认为：

对于学校的观念，就把它看作一家商店。学生是顾客，教师是店员，某科某科的知识是店里的商品。货真价实，是商店的唯一的道德，所以教师拆烂污是不应该的。至于顾客接受了商品，回去受用也好，半途失掉也好，甚而至于才到手就打烂也好，那是顾客自己的事，商店都可以不负责任。……他这样做也有十四五年了；他相信这样做就是整个的教育。此外如还有什么教育的主张，教育的理论，不是花言巧语，聊资谈助，就是愚不可及，自欺欺人。②

这样的教师对教育事业缺乏热忱，讲课照本宣科，是作者批判的对象。

教育者在社会中生活，不可能完全没有自己的私利，不可能完全不受权力的影响，惟有超越私利的羁绊和权力的诱惑，全身心投入到教育事业中，才有可能

---

① 叶圣陶.倪焕之[M].北京：人民文学出版社，1953.33—34.

② 叶圣陶.倪焕之[M].北京：人民文学出版社，1953.35—36.

成为一个真正的教育家。小说中的这些优秀教师不仅是旧中国教育工作者中杰出的道德典范,也是今天社会主义市场经济条件下中国千千万万教育工作者的道德楷模。

(二)教育要顺应儿童的本性

20世纪20年代,正是杜威的理论在中国盛行的年代,叶圣陶也不可避免受到其影响,并把其内容展现在其创作中。杜威推崇“儿童中心论”,表明教育要以儿童的活动为中心来进行。小说中的倪焕之就是这一理论的坚决拥护者,在对儿童的教育方面,他主张:

> 我们不能把什么东西给与儿童;只能为儿童布置一种适宜的境界,让他们自己去寻求,去长养,我们就从旁给他们这样那样的帮助。现在的教育太偏重书本了,教着,学着,无非是文字,文字!殊不知儿童是到学校里来生活的;单单搞些文字,就把他们的生活压榨得又干又瘪了。①

儿童的本性是活泼好动的,如果一味地关注课本知识而忽略其他内容,则会磨灭儿童的天性,所以,对于那些违反儿童发展规律,忽视儿童个性的教员,倪焕之是持批判态度的,他认为:

> 有的是学校,少的是教育。教育是一件事情,必须得由人去办,办教育的人当然是教员。教育界的黑暗就在于教员!多数的教员只是吃教育饭,旁的不管;儿童需求于他们的是什么,他们从来就不曾想过。②

所以,对于在实际的教学中,倪焕之也特别注意顺应儿童的个性,注重发挥学生学习的自主性,强调“开源式”的教育方式。下面摘录一段,可以看出倪焕之

① 叶圣陶.倪焕之[M].北京:人民文学出版社,1953.49.
② 叶圣陶.倪焕之[M].北京:人民文学出版社,1953.99—100.

的把其理念贯穿在教学中的表现：

> 这里的一切规划，像分区，筑路，造亭子，种这种那种植物，不单是我们教员的意思，完全让学生们一同来设计。那意义是理想的教育应该是"开源的"；源头开通了，流往东，流往西，自然无所不宜。现在一般的教育却不是这样，那是"传授的"；教师说这应该怎么做，学生照样学会了怎么做，完了，没有事了。但是天下的事物那么多，一个人需要应付的情势变化无穷；教师能预先给学生一一教会么？不能，当然不能。那末何不从根本上着手，培养他们处理事物应付情势的一种能力呢？那种能力培养好了，便入繁复变化的境界，也能独往独来，不逢挫失；这是开源的教育的效果。我们要学生计划农场的一切，愿望原有点儿奢，就是要收这样的效果。计划云云无非借题发挥，所以非农家子弟也不妨用心思，将来不预备进农业学校的也可以用心思。这正像练习踢足球，粗看起来，好像只求成为运动会中的健儿；但练习久了，却在不知不觉之间，养成了公正勇敢合群等等的美德。①

我国明代著名学者和教育家王守仁认为，快乐是人心本体，儿童的本性，儿童教育应从积极方面入手，顺应儿童性情，鼓舞儿童处于乐学的氛围之中。他说："大抵童子之情，乐嬉游而惮拘检，如草木之始萌芽，舒畅之则条达，摧挠之则衰萎。今教童子，必使其趋向鼓舞，中心喜悦，则其进自不能已。譬之时鱼春风，沾被卉木，莫不萌动副越，自然日帐月化。若冰霜剥落，则生意萧索，日就枯槁矣。②"他认为儿童的心理特点就是喜欢"嬉游"而害怕"拘检"，如刚萌芽的草木，使它自然地生花就很茂盛，摧残它就衰萎。因此，他主张儿童教育要顺应儿童喜乐之真情，以积极的教育方式促使其"趋向鼓舞"、"中心喜悦"，就能收到事半功

---

① 叶圣陶.倪焕之[M].北京：人民文学出版社，1953.140—141.

② 王守仁.训蒙大意示教读刘伯颂等[A].王文成公全书卷二，孙培青.中国教育史[M].上海：华东师范大学出版社，2000.245—246.

倍的效果。他在教育内容上主张给儿童以“歌诗”、“习礼”与“读书”三方面的教育,陶冶儿童的思想和性情,促使儿童在德、智、体、美诸方面都得到发展。他认为,对儿童“诱之歌诗”,不仅能激发儿童的志向,还能使其情感得到正当的宣泄,有助于解除他们内心的忧闷和烦恼,使他们开朗活泼起来;“导之习礼”,不仅能使儿童养成一定的礼仪习惯,而且通过“周旋揖让”、“拜起屈伸”等礼仪动作,“动荡其血脉”、“固束其筋骸”,达到锻炼身体、健壮体魄的作用;“讽之读书”,不仅能增长儿童的知识,开发其智力,还能“存其心”、“宣其志”,形成儿童一定的道德观念和理想。①

新中国成立前就声名卓著的儿童教育家陈鹤琴在长期的观察实践中,总结出儿童的主要心理特点是:好游戏的、好模仿的、好奇的、喜欢成功的、喜欢野外生活、喜欢合群、喜欢称赞等,家长一定要根据儿童的心理特点,针对性地施加教育。父母应根据孩子的不同年龄,提出正确的行为规范要求,对孩子的正确行为和点滴进步,父母应给予积极的鼓励和肯定,使孩子产生向上的心理。总之,“待孩子不要姑息,也不要严厉。姑息养奸的教育在家庭里是常看见的,会使孩子养成利己害人的坏思想,成为很倔强很刚愎的小孩子。相反,规矩很严、事事秉承父母意志,以父母意志为意志以父母性情为性情,也会损害孩子的发展。应该一方面予以充分的机会以发展自己的能力和健全的意志;一方面限以自由范围,使他不得随意乱动,以免侵犯他人的权利,如此,小孩未有不受其惠的。”②

针对旧教育对学生的种种禁锢,陶行知提出要打破囚禁儿童的“地狱”,创造儿童的“乐园”,以消除一切影响儿童创造力发展和发挥的障碍。为此,他提出了“六大解放”的主张。一要解放儿童的头脑,使儿童能够自由、独立地思考;二要解放儿童的眼睛,不要给他们戴上“封建的有色眼镜”,“使眼睛能看事实”③;三要解放儿童的双手,让他们能自由探索。因为“中国对于小孩子一直是不许动

① 孙培青.中国教育史[M].上海:华东师范大学出版社,2000.246.

② 北京市教育科学研究所.陈鹤琴教育文集(上卷)[M].北京:北京出版社,1983.620—621.

③ 江苏省陶行知教育思想研究会,南京晓庄师范陶行知研究室.陶行知文集[Z].南京:江苏人民出版社,1981.784.

手,动手就要打手心,往往是摧残了儿童的创造力"①,结果,"中国的爱迪生"往往因此而"夭折";四要解放儿童的嘴,让他们敢说敢问。因为"小孩得有言论自由,特别是问的自由,才能充分发挥他的创造力"②;五要解放儿童的空间,让他们自由接触自然和社会。"创造需要广博的基础。解放了空间,才能搜集丰富的材料,扩大认识的眼界,以发挥其内在之创造力"③;六要解放儿童的时间,使他们有足够的精力去自由创造。课堂、书本和考试占用的时间太多,儿童不可能形成创造的习惯和能力,结果,"到成人时,即使有时间,也不知道怎样下手去发挥他的创造力了。"因此,"儿童创造力的培养教育,首先要为儿童争取时间之解放"。④

倪焕之的言行代表了叶圣陶、陈鹤琴、陶行知等老一辈教育家对儿童教育进行改革的思考与探索。

(三)学校教材要结合实际

杜威认为:"我们由于给儿童太突然地提供了许多与这种社会生活无关的专门科目,读、写和地理等,而违反了儿童的天性,并且使最好的伦理效果变得困难了。⑤"由此可以看出,杜威强调教育内容的实用性。

据此,倪焕之反对那种空疏的教育,认为只有贴合实践的教育才能培养出国家需要的人才。所以倪焕之和蒋冰如就对当前的一些书店出售的偏离生活实际的教材深表不满,认为他们只是把出版教材当做普通的商品来对待,一些书店出版教材的情况却是:

---

① 江苏省陶行知教育思想研究会,南京晓庄师范陶行知研究室.陶行知文集[Z].南京:江苏人民出版社,1981.752.

② 江苏省陶行知教育思想研究会,南京晓庄师范陶行知研究室.陶行知文集[Z].南京:江苏人民出版社,1981.753.

③ 江苏省陶行知教育思想研究会,南京晓庄师范陶行知研究室.陶行知文集[Z].南京:江苏人民出版社,1981.753.

④ 江苏省陶行知教育思想研究会,南京晓庄师范陶行知研究室.陶行知文集[Z].南京:江苏人民出版社,1981.753—754.

⑤ 赵祥麟,王承绪.杜威教育论著选[C].上海:华东师范大学出版社,1981.6.

雪景的课文要叫南方的学生研摩，乡村的教室里却大讲其电话和电车，是因为教本须五万十万地印，不便给各地的学生专印这么几十本几百本之故。至于精神生活方面，隐遁鸣高与生存竞争，封建观念与民治思想，混和在同一本书里，那可以拿做菜来打比方，各人的口味不同，就得甜酸苦辣都给预备着。①

所以说大多数的书店只是单纯地把教材当做商品来经营，完全忽略了学生们感受和实际接受能力。对此倪焕之决心自己动手编订适合学生水平的教材。

为什么不自己编撰呢？最懂得学生的莫过于教师，学生需要什么，惟有教师说得清；教师编撰的教本，总比较适合于学生智慧的营养，至少不会有那种商品的气息。焕之和冰如这样想时，就决意自己试行编撰。因为国文一科没有固定的内容，可是它所包含的比算术、理科、历史、地理之类有一定范围的科目来得繁复，关系教育非浅，书店的商品最没有把握的也就是国文教本，所以他们想先从试编国文教本做起。②

比如要选择适合学生阅读的文章，选用白话文教学等，这些在当时也可以算得上是“破天荒”的事了。

与叶圣陶同时期著名的教育理论家杨贤江认为，“教育的发生，就植根于当时当地人民实际生活的需要；他是帮助人营社会生活的一种手段。”③教育从出现之初，就是与人类的实际生活紧密相连的，课程从一开始就是人们的实际生活需要在教育领域的反映。反过来说，任何时候，如果脱离人的社会生存与生活、脱离人的实际需要来进行课程的安排与设置，是违背课程“初衷”的。当代课程

① 叶圣陶.倪焕之[M].北京：人民文学出版社，1953.186.

② 叶圣陶.倪焕之[M].北京：人民文学出版社，1953.186—187.

③ 杨贤江.新教育大纲[M].任钟印.杨贤江全集 第三卷[Z].郑州：河南教育出版社，1995.266.

改革理论中“向学生生活世界回归”、“促进学生社会化”和“把人培养成人”等理念，正是针对现代课程在发展过程中偏离实际生活、脱离学生实际需求的弊端而提出来的。

教材是进行课程教学的所有材料和信息，是课程实施的主要媒介，其质量的好坏直接影响教学任务的完成情况。要想编写出一部优秀的教材，仅确立正确的目标导向还不够，还必须弄清什么类型和难度的材料以何种方式呈现给学生才最有利于教材目标的实现。否则就会圆凿方枘，教材的效果会大打折扣。

人对未知事物的理解是以自身已有的经验为基础的。从理论上讲，任何学科的任何知识点，都有无数的材料可以作为理解和掌握的桥梁。但对特定年龄阶段和特定知识背景的学习者来说，有的材料能够与他先前的经历和体验联系起来，因而是可以理解的并有助于将新知识整合到内部知识结构中去；而有些材料自身可能是论证新知识点的绝好材料，但由于超出学习者已有的经验，因而只能被视为一堆毫无意义的文字符号。如果编撰者将后者纳入教材，将不仅不能帮助学习者掌握新知识，而且会使他们产生挫败感，丧失继续学习的兴趣。

一部好教材，“内容包含个人生活、家庭生活、学校生活、市乡生活、国家生活以至国际生活”①，不仅应该大量联系学生的日常生活，以学生的直接经验为出发点，而且要能够注意到前后经验之间的密切联系，也就是使前一阶段的学习中掌握的间接经验转化为进一步理解新知识的基础。倪焕之等人为代表的中国早期现代教育工作者，已经开始认识到直接经验和间接经验的区别，注意到教材应该和学生的现实生活相联系，是叶圣陶等中国教育家课程与教材改革思想和实践的文学化反映。

(四)教育内容要贴近社会

倪焕之受杜威“生活教育”理论的影响，认为学校里的学生也应该把学业和生活准备经验相结合。杜威认为“教育即生活”“生活即教育”“学校即社会”“社会即学校”，在杜威的思想指导下，倪焕之也在学校里认真实践着这个理念。如

---

① 杨贤江.新法公民教科书[M].任钟印.杨贤江全集(第六卷)[Z].郑州:河南教育出版社,1995.785.

他号召学生在校园后面的荒地开辟农场，在实际的操作中感受到的不仅仅是学会了种植，更深的含义是领会到了学习和实践合一的价值所在。

开始是一颗种子，看它发育，看它敷荣，看它结果；还可以看它怎样遭遇疾病，怎样抵抗天行。从这里头领悟的，岂只是一种植物的生活史；生命的秘奥，万物的消息，也将触类而旁通。……学习与实践合一，就是它的价值。而且，劳动把生活醇化了，艺术化了；试想，运用腕力，举起锄头，翻动长育万物的泥土，那个时候的心情，一定会喜悦到淌眼泪。①

除此以外，在蒋冰如和倪焕之的倡导下，学校里还将"陆续增添种种设备：图书馆，疗病院，商店，报社，工场，农场，乐院，舞台②"这与杜威所认为："我们必须把木工、金工、纺织、缝纫、烹调看做是生活和学习的方法，而不是各种特殊的科目"的观点是一致的。

杜威倡导儿童获得的教育就是"经验的改造和改组"，他认为"这种改造或改组，既能增加经验的意义，又能提高后来经验进程的能力"③。从而杜威提出：

教育始终有一个当前的目的，只要一个活动具有教育作用，它就达到这个目的，即直接转变经验的性质，婴儿期、青年期、成人生活，它们的教育作用，处于相同的水平，就是说，在经验的任何一个阶段，真正学到的东西，都能构成这个经验的价值，也就是说，任何一个阶段的生活的主要任务，就是使生活过得有助于丰富生活自身可以感觉到的意义。④

在内忧外患还没有解决的社会条件下，教育应该是把青年培养成能够改造

---

① 叶圣陶.倪焕之[M].北京：人民文学出版社，1953.102—103.
② 叶圣陶.倪焕之[M].北京：人民文学出版社，1953.79.
③ 赵祥麟，王承绪.杜威教育论著选[C].上海：华东师范大学出版社，1981.159.
④ 赵祥麟，王承绪.杜威教育论著选[C].上海：华东师范大学出版社，1981.159.

社会、救国救民的有用人才，这样的青年必须是德、智、体各方面协调发展的，三者不可偏废。

因此，学校教学内容必须以有利于学生身心发展、满足学生个人实际需要、适应社会发展实际需要为原则。翻看课程史，直至今日，世界范围内历次课程与教学改革无不是以这种原则为出发点和依据的。

（五）对待学生要诚意感化

让人信服的教育向来讲究的是“动之以情，晓之以理”，因为，教育活动是属于人的精神层面，涉及到思想文化方面的交流活动，对学生的强制管理，只会引起学生的反感。

小说中描写了对待学生的两种态度，一种是：

> 学生是什么？学生像块铁，要它方，要它圆，要它长，要它短，总得不吝惜你手里的锤子；锤子一下一下打下去，准会如你的意。他们却说要感化！感化譬方什么？不是像那水——那柔软到无以复加的水么？要把铁块铸成器，却丢开锤子用水，你想是多么滑稽可笑的事！①

以这种态度对待学生，若是碰到一般的学生，表面上会漠然接受，但是如果遇到顽劣的学生，虽然犯了错，但是仍然会傲慢不堪，取得的结果只会让教师自取其辱，而倪焕之却是另一种做法：

> 那一派的主张是诚意感化。无论学生怎样顽皮，闯下天大的祸，总不肯严厉地惩罚，给一顿打或骂。却只善意地开导，对于犯过的学生表示怜惜，劝慰。以为这样做的时候，迷昧的良心自然会清醒过来；良心一清醒，悔悟，迁善，当然不成问题了。那一派最宝贵的是学生犯过以后的眼泪，承认一滴

---

①　叶圣陶.倪焕之[M].北京：人民文学出版社，1953.82.

眼泪比一课修身课文还要有力量。①

所以,当班里的问题学生蒋华在体育课上欺负另一位学生方裕的时候,倪焕之的做法是:用柔和的声音呼唤他,用手轻轻拉住他紧握的拳头,耐心地跟他讲道理,在倪焕之的劝说下,蒋华的表现是:"心情与肢体原来都紧张,听了焕之的一番话不由得都松弛了;他似乎受着催眠术,一种倦意,一种无聊,慢慢地滋长起来,遍布到全身。他的右手早已放开了拳头,汗湿的手指搭在焕之温暖的手心里。②"

以上分析了小说中呈现出来的教育理念,当然小说还反映了倪焕之教育理想的演变过程,从最初的改良主义到后来的革命主义萌芽,展现了在五四前后和大革命前后他的思想的动荡。其中尤其是塑造了革命知识分子王乐山这样一个形象对倪焕之的影响。王乐山政治上敏锐,意志坚强,对于教育有自己独特的见解,同时也对反动派的认识很深刻,随时做好了为革命献身的思想准备。在他的鼓舞下,两人计划实行"乡村师范教育",但是随之而来的"四·一二"大屠杀,王乐山牺牲了,计划也随之泡汤。在一个又一个打击下,倪焕之陷入到极端痛苦的境地,并在绝望中抱病死去。

叶圣陶在后记中写道:"当时的青年要寻找真理多么难呵! 倪焕之是个小资产阶级知识分子,免不了软弱和动摇。他有良好的心愿,有不切实际的理想,找不到该走的道路。在那大变动的年代里,他的努力失败了,希望破灭了,只好承认自己不中用,朦胧地意识到:将来取得成功的'自有与我们全然两样的人'。"③

厦门大学潘懋元教授在评价《倪焕之》的教育意义和时代影响时谈到:

把它作为现代中国教育史的一页来阐述与评价,从而引起研究或学习教育史者的重视,却还是有意义的事。因为,从五四运动前后到大革命前后

① 叶圣陶.倪焕之[M].北京:人民文学出版社,1953.82.
② 叶圣陶.倪焕之[M].北京:人民文学出版社,1953.73—74.
③ 刘增人,冯光廉编.叶圣陶研究资料[M].北京:北京十月文艺出版社,1988.165.

这个历史时期，中国教育界在革命意识的激荡下，新旧变化、矛盾斗争是激烈的，对于其后的教育发展影响也极大。这部小说恰恰反映了这个时期的教育；并且，这部小说出版后，又以它的自身参加到教育思想斗争的行列中，起了积极的作用。①

所以我们说，虽然小说中的倪焕之的“理想教育”的实验最后是以失败告终，“在倪焕之、蒋冰如那个时代，不去致力于变革社会制度，而搞什么‘理想教育’等等，无疑是一种奢望；要通过这种所谓‘理想教育’，去影响和改变社会制度，更属异想天开，画饼充饥！②”但是作者叶圣陶寄托在倪焕之这个主人公身上的追求，对教育革新的尝试，对我们无疑是有着深刻的启迪作用和巨大现实意义的。

三、叶圣陶教育小说的时代意义

如前文所述，叶圣陶在 20 世纪 20—30 年代创作了大量的教育小说，在他的小说中，无情地揭露了旧中国黑暗的教育界，深刻批判了一部分知识分子的混世心态，但同时也塑造了很多光明、激进的人物形象，其对教育事件把握的敏锐度和对教育人物刻画的鲜明给我们研究近现代教育史提供了鲜活的材料，下文拟从三个方面分析其教育小说的时代意义：

(一)揭露旧中国教育界黑暗内幕，构想理想教育图景

叶圣陶常年工作在教育的第一线，担任过多年的小学、中学教员，对旧中国教育界黑暗的内幕是深谙于胸，他把这些都写入了教育小说里面，希望能引起人们的重视和警醒。从这样的创作动机出发，叶圣陶在其小说中，无情揭露了旧式教育的学校设置、办学领导人、任课教员、学生等方面的多种问题。随意克扣教员薪俸的学务委员(《饭》1921 年)；迈儿到了上学的年纪，但是他的父亲考察了几个学校后，发现满处都是昏暗的教室，破败的校园，不负责任的教员，不满意的景

① 潘懋元.从中国现代教育史的角度看《倪焕之》[J].厦门大学学报 1963(1).69.

② 金梅.“五四”前后小资产阶级知识分子思想历程的真实写照——读叶圣陶的长篇小说《倪焕之》[A].刘增人，冯光廉编.叶圣陶研究资料[Z].北京：北京十月文艺出版社，1988.548.

象到处都是。(《乐园》1921年)教员不洁身自好,或沉迷赌博,或勾引妇女。(《校长》1923年)教员在军阀混战的社会无心教学,疲于奔命的现状。(《潘先生在难中》1925年)考试内容陈旧,只要交钱就能上的大学。(《投资》1932年)抗战前夕,反动当局对进步教育的迫害。(《一篇宣言》1936年)通过这些场景和事件的描写,表达了作者对封建旧式教育的批判,并发出了"非改弦更张不可"的强烈呼声。

目睹黑暗和丑恶的旧中国的教育界的种种现实,叶圣陶心头集结着一个有良知的知识分子的愤懑,他认为"当时仿佛觉得对于不满意、不顺眼的现象总得'讽'它一下。讽了这一面,我期望的是在那一面,就可以不言而喻"①。所以,作者又在小说中描写了校长舒雅所努力盼望实现的"理想学校"(《校长》1923年)泽如想努力组建一个好的教育班子。(《搭班子》1926年)倪焕之和校长蒋冰如一直努力并加以试验的"理想教育"。这些被作者所肯定的就是他之前所提出的"那一面"。虽然后来经过实践的检验,都失败了,但是在当时的社会背景下,确实有着积极的时代意义。

(二)讽刺混世知识分子丑态,提出理想教师形象

教师是使得教育理念向教育实践得以转换的主导力量,教师的使命决定了他们不但要具备社会上一般的社会道德,还应该具有良好的职业道德,要做到为人师表,严谨治学,如果没有一支优秀的教师队伍,就无法造就优秀的学生。作为一名多年从事在教学第一线的教员,叶圣陶对这一阶层的知识分子,有着更多、更深层次的挖掘和审视。

叶圣陶在小说中讽刺了很多混世知识分子的丑态,如某学校里的徐先生和莫先生对于做小学教师没有任何兴趣,不知道教育的意义何在,糊涂地混日子。(《脆弱的心》1921年)很多教师没有责任心,成天沉湎于打麻将、抄讲义、花天酒地地过生活。(《席间》1932年)那个胆小、麻木的潘先生,大战在即,在军阀混战中逃难,不想着如何为国家尽一份力,而是想着怎样保全自己。(《潘先生在难

① 田仲济,孙昌熙主编.中国现代文学史[M].济南:山东人民出版社,1982.91.

中》1936 年）

但是，虽然在这个动乱的年代，叶圣陶还是非常渴望那些有高尚道德和热爱教育事业的教师出现，并在作品中对这样的形象加以热情赞扬。如《一篇宣言》中的王咏沂，《城中》的爱国进步青年丁雨声，《倪焕之》中的有理想有抱负的知识分子倪焕之。从这些人物身上，我们可以看到坚定的教育信念和高尚的人格。

下面引用倪焕之的一番话，由此可以看出作者对理想教师群体的向往：

> 教育总是一个民族最切要的东西。这全靠有心人不懈地努力，哪怕极细小的处所，极微末的成就，总不肯鄙夷不屑；因为无论如何细小微末的东西，至少也是一块砖头；砖头一块块叠上去，终于会造成一所大房子。整个教育界的情形我们不用管，实在也管不了；我们手里拿着的是砖头，且在空地上砌起屋基来吧。我们的改革和改革以后的效果，未必不会引起教育界的注意。注意而又赞同而又实施的，就是我们的同伴。①

确实如此，因为一个人的人格力量是最能够感召人的，尤其是教师的健全人格，具体表现为渊博的知识储备、高尚的道德情操、积极向上的人生态度以及健康的价值观等。在教授学生的过程中，通过学生的言传身教，这些优良素质都能够对学生产生潜移默化的影响。所以说，优秀的教师是开展教育的主要推动力，教师的自身情况决定了学校教育的质量，教师素质的高低直接影响着学生道德规范的养成，因此，在当前教育改革中，提高教师队伍的整体素质也是改革的重要举措之一。

① 叶圣陶.倪焕之[M].北京：人民文学出版社，1953.109—110.

第四章　抗日战争至新中国成立教育小说呈现的教育现象

1937年“七七事变”之后，日本帝国主义发动了对中国的全面侵略，山河破碎、国土沦丧，中国大片土地都惨遭日寇铁蹄的蹂躏，而战火也波及到了教育领域。抗战期间，日军所到之处，满目疮痍，不仅对各地的经济造成毁灭性打击，而且也对初步发展起来的现代教育造成了灾难性破坏。日本侵略者为了永久占领中国，不但对沦陷区各地原有的教育进行彻底破坏，而且还开展罪恶的奴化教育，妄图使中国人民忘记自己的民族文化，甘当所谓的“顺民”和“良民”。“经济实力和军事装备占优势的日本帝国主义的全面侵略，使中华民族处于生死存亡的紧急关头。于是动员一切力量争取抗日战争的胜利，就成为民族民主革命的中心任务。教育也必须围绕这一中心，采取一切有效措施来提高人民的觉悟，鼓舞人民的斗志，培养民族自尊心，坚定抗战必胜的信心，并以抗日的实际知识和技能武装人民。①” 由此可以看出，随着国内主要矛盾的变化，教育的内容和方式也随之改变，而反映现实生活的教育小说也会呈现出独特的选材角度。

在抗战前夕和初期，各地的中高等教育机构就开始了搬迁行动，无数师生为了延续中国的文化和教育，为了培养国家的复兴人才，历尽千辛万苦，来到大后方，克服无法想象的困难，继续维持正常教学秩序。

---

① 毛礼锐，沈灌群.中国教育通史(第五卷)[M].济南：山东教育出版社，2005.160.

抗日革命根据地在中国共产党的领导下，也努力发展和扩大各级各类教育规模，呈现出一片教育事业欣欣向荣的景象。即使是在沦陷区，绝大多数的教育工作者也冒着生命危险，采用一切形式对祖国的下一代进行着民族意识和现代科学知识的教育。当然，这一时期由于国民党统治下政治的腐败和黑暗，也对教育事业的发展造成了很多负面影响，但总体上来说，抗战期间的中国教育不但没有被侵略者消灭殆尽，在很多方面还取得了比抗战前更大的进步。

但是随之而来的国内战争，使得人民再次陷入水深火热之中，战时教育开展也举步维艰。面对教育领域中的种种景象，此时的教育小说也紧贴时势，许多小说家把笔触伸向抗战中教育界人士的各种表现，出现了一批描写战争中教育事件的佳作，反映了战争中教师的奋斗和挣扎以及青年学生的成长历程。

第一节　教育小说中的抗战教育因素

抗日战争爆发后，在国家民族的生死存亡之际，小说也自动承担起宣传抗战的重任，此时的教育小说紧贴时势，既有对国统区教育状况的揭示，也有对抗日根据地人民开展教育大生产运动的介绍，显现出鲜明的时代特色。

一、宣传爱国热情

丁玲在其文章《适合群众与取媚群众》中谈到："如果我们不采取适当的手段，不设法纠正他们的错误的陋习，不灌输其抗战的认识和鼓动其情绪，并从而组织之，只一味迁就，畏难而止，甚至纵其所趋，而又非正当之法，如过左之行动等，则是忘掉本身之任务，做了群众的尾巴，只是取媚群众而已。①"这段话表明了当时文学界人士主张用文学的形式来对人民进行教育。

巴金的长篇小说《火》(1940—1945)，共三部，人称"抗战三部曲"，该小说是为了唤起民众的抗战热情而作。第二部又名《冯文淑》，第三部又名《田惠世》，由

---

① 丁玲.一年［M］.生活书局，1939.转引自百度文库 http://wenku.baidu.com/view/579ef72acfc789eb172dc89a.html.

开明书店出版。小说的第一部描写了"八·一三"后,上海的爱国青年冯文淑、刘波和朝鲜流亡青年鸣盛、子成联合起来进行抗日除奸活动,充分展示了上海人民为了保卫国家同仇敌忾的爱国热情和不畏牺牲进行救亡运动的义举。第二部表现了以冯文淑为代表的青年参加"战地工作团",在敌后继续坚持进行抗日宣传活动,反映了他们在群众斗争中不断的成长。① 第三部的故事则发生在1941年前后,广州、武汉、长沙相继失守,此时冯文淑从战地工作团回到了后方,暂时住在刘波的爱人朱素贞的宿舍里。小说里新出现了一个重要人物田惠世,他一开始找不到正确的道路,后来在冯、朱两人的引导和帮助下最终走上了积极抗战的道路。②

《火》的基本主题是"抗战到底,抗战必胜",贯穿全作的思想是"祖国永不会灭亡",这句话是出自德国诗人海涅的诗句,当巴金后来在回忆当年创作《火》这部作品的时候说:"贯串着全书的思想就是海涅的这个名句。③"

巴金曾在《火》的第一部《后记》中说明了他写作该部小说的意图是:"不仅想发散我的热情,宣泄我的悲愤,并且想鼓舞别人的勇气,巩固别人的信仰。我还想使人从一些简单的年轻人的活动里看出黎明中国的希望。老实说,我想写一本宣传的东西。④"虽然巴金也曾经说过自己对这部小说是非常不满意的,因为这更多的是一本用来宣传抗战的书。关于这些他在其《自叙》中谈到过:

> 作品写得不能叫自己满意,也不能叫读者满意,失败的原因很多,其中之一就是考虑得不深,只看到生活的表面,而且写我自己并不熟悉的生活。我动笔时就知道我的笔下不会生产出完美的艺术品。我想写的也只是打击敌人的东西,也只是向群众宣传的东西,换句话说,也就是为当时斗争服

① 张学军.巴金与读书[M].济南:明天出版社,1999.124.
② 周振甫,林辰,孙绳武主编.中外小说大辞典[M].北京:现代出版社,1990.573.
③ 阎焕东.巴金自叙——掏出自己燃烧的心[M].太原:山西教育出版社,1993.277.
④ 张学军.巴金与读书[M].济南:明天出版社,1999.124.

务的东西。①

虽然如此，但是其中仍然反映出作者炽热的情感，巴金曾说过："我在任何时候都是一个爱国者。……我那一颗爱祖国、爱人民的心是像年轻时候那样地强烈，今天仍然是如此。我过去所有的作品里都有从这颗心滴出来的血。现在我可以说，这颗心就是打开我的全部作品的钥匙。"②作品《火》的推出反映了作家在抗战时期对教育的思考，阐明了青年人在抗战期间该过什么样的人生，该走什么样道路的严肃问题。

二、展现青年人面对战争产生的迷茫与理想

老舍的小说《一块猪肝》(1938 年)，描写了抗日战争下不同青年人的表现，有的沉迷于空想，如小说中的林磊，不愿意有所行动，表现了小资产阶级软弱的一面，在国难当头之际，他想到的是：

他是生在党争的时代，他的知识，志愿，全由纸面上的斗争与虚荣而来。他的那身西服只宜坐在有暖气管的屋子里，他不能了解何谓"沙场"，何谓"流血"。他心中有"民众"这一名词，但是绝对不能与那把痰吐在地上的人们说一句话。③

而与之相反的是他曾经的女同学，经过战争洗礼，已经从学校投身到社会的洪流中来，为救国献出自己的一份微薄之力。面对小说中懦弱青年林磊的质疑，她的回答是：

我只求卖我个人的力量，救一个战士便多保存一分战斗力。父母可以

① 阎焕东.巴金自叙——掏出自己燃烧的心[M].太原：山西教育出版社，1993.276.
② 阎焕东.巴金自叙——掏出自己燃烧的心[M].太原：山西教育出版社，1993.232.
③ 舒济，舒乙.老舍小说全集[M].武汉：长江文艺出版社，1993.138.

死，家产可以丢掉，立场主张可以抛开，我要作马上能作该作的事。我只剩了一个理想，就是人人出力，国必不亡。国是我的父母，大家是我的兄弟姐妹。一路军也好，七路军也好，凡是为国流血的都是英雄；凡是专注意到军队的系属而有所重轻的都是愚蠢。①

《人同此心》(老舍，1938年)，讲述在一座被日寇占领的城市中的不同阶层不同行业的人，都能做到同仇敌忾，同心杀敌的故事。同时也描写了战争期间知识分子的思想变化。战争来临时，他们的想法是：

爱国不爱国，一半是决定于知识，一半是决定于情感。在为民族生存而决斗的时候，我们若是压制着情绪，我们的知识便成了专为自私自利的工具。保护住自己，在这时候，便没有了羞耻。站在斗争的外边，我们便失了民族的同情与共感。去牺牲，绝不仅是为作英雄；死是我们每个人应尽的义务，不是什么特别的光荣。想偷生的人说死最容易，决定去牺牲的人知道死的价值。我不逃，我要在这里死。死的价值不因成就的大小，而是由死的意志与原因，去定重轻。②

表达了知识分子面临国破家亡之际对自己的清醒认识，也歌颂了他们的爱国热情。在随后的与敌斗争中，他们越发坚定了自己的信念：

他们三个又坐在一处，互相报告着工作，并且计划着以后的办法。范明力的厚嘴唇仿佛更厚了些，增加了沉默刚毅的神气。吴聪的窄胸似乎已装不下那些热气，挺着细脖，张着点嘴，象打鸣的鸡似的。他——不象范明力——有点按不住他的得意，越想两三日来的成绩越高兴。王文义不得

① 舒济，舒乙.老舍小说全集(第十一卷)[M].武汉：长江文艺出版社，1993.142.
② 舒济，舒乙.老舍小说全集(第十一卷)[M].武汉：长江文艺出版社，1993.146.

意，也不失望，而是客观的批判着："咱们的成功与失败都没关系，唯一的好处是把未死的人心给激动起来了。咱们的心，大家的心，都并差不很多。我们只是作了应该作的事，至多也不过是先走了一步而已。好吧，我们商量明天的事；就热打铁，教这座城必定变成敌人的坟墓！"①

此外老舍的《四世同堂》中描写了有志青年在民族沦陷之际的自我抗争，如塑造了瑞全这样一个形象。国难当头，他想到的是：

他应该放下书而去拿起枪刀。他爱书，爱家庭，爱学校，爱北平，可是这些已并不再在他心中占有重要的地位。青年的热血使他的想象飞驰。他，这两天，连作梦都梦到逃亡。他还没有能决定怎样走，和向哪里走，可是他的心似乎已从身中飞出去；站在屋里或院中，他看见了高山大川，鲜明的军旗，凄壮的景色，与血红的天地。他要到那有鲜血与炮火的地方去跳跃，争斗。在那里，他应该把太阳旗一脚踢开，而把青天白日旗插上，迎着风飘荡！②

其实不光是瑞全，小说中还塑造了很多普通人在面对侵略时的表现，比如祁瑞宣、钱默吟等人：

有许多象祁瑞宣的壮年人，有职业，有家庭，有知识，有爱国心，假若他们有办法，他们必定马上去奔赴国难，决不后人。他们深恨日本人，也知道日本人特别恨他们。可是，以瑞宣说吧，一家大小的累赘，象一块巨石压在他的背上，使他抬不起头来，眼老钉在地上；尽管他想飞腾，可是连动也动不得。现在，学校是停闭了，还有开学的希望没有？不知道！即使开学，他有

---

① 舒济，舒乙.老舍小说全集(第十一卷)[M].武汉：长江文艺出版社，1993.153—154.

② 舒济，舒乙.老舍小说全集(第六卷)[M].武汉市：长江文艺出版社，1993.40.

什么脸去教学生呢？难道他上堂去告诉年轻的学生们好好的当亡国奴？假若学校永远停闭，他便非另谋生路不可；可是，他能低首下心的向日本人或日本人的走狗讨饭吃吗？他不知怎样才好！①

这些知识分子都是中国的脊梁，作者通过他们的情感变化揭示了北京沦陷期的市民生活，其中也包括教育领域的一系列变动。

这个阶段反映抗战中青年人的觉悟变化和成长的作品也很多，如艾芜的《锻炼》，描写了一个虽然出身于地主家庭，但是富有爱国热情和斗志的青年如何在斗争中磨练自己的故事。其中还写到他向农民宣传抗日的道理，但是却遭到这个胆小农民的告密，危机时刻是农民的儿子救了他并跟随他一起投奔了游击队，作品歌颂了抗战时期爱国青年的觉悟精神。还有其作品《江上行》，描写了身处在战乱中的青年们对前途的迷茫和对斗争必胜前景的想往。《泪是这样流的》（周为，1948年），反映了动荡时期的青年的成长历程。

第二节　教育小说中反映的国统区教育状况

抗日战争爆发后，国民政府确立了"战时应作平时看"的教育指导方针，并力图制定一系列的教育政策来确保战时教育体制的正常运转。如重点高校西迁内地，推行国民教育制度等，在八年抗战中，后方教育不仅维持了基本正常的运转，在某些方面——如全国教育总体格局的改变，国民教育及行政管理的改进——还比战前有所进步，这就为中华民族坚持长期抗战和战后建设尽到教育界的一份责任。②

一、教学方法新旧杂陈

早在20世纪初开始，教育界已经在大力引进西方的教学方法与实验，但在

① 舒济，舒乙编.老舍小说全集(第六卷)[M].武汉市：长江文艺出版社，1993.50.

② 李华兴.民国教育史[M].上海：上海教育出版社 1997，469—470.

实际教学中,不同的教员,由于学术背景不同,采用的教学方法也不同,崇古的、欧化的等等,不一而同。

《我的三位国文老师》(吴广,1948 年)写了三位值得回忆的教师形象。一位是初中一年级时的李老师,绰号老学究,50 岁上下,其貌不扬,据校长介绍他是当代名儒,国学渊源深厚。老学究是教私塾出身,不懂学校的规矩,常惹得学生发笑。他脾气很好,对于学生恶作剧的黑板留言,竟能推断出学生读过《论语》,并为此而高兴。老学究对于初中的国文教科书,最感头疼的是白话文,总是跳过去不讲;对于学生写作文用白话文,也非常不满意。学生的作文中能用到一两句文言成语,他就表示赞美,用红色的笔圈住,给出高分。就这样作者这个最调皮也最有文采的学生被老师制伏了,写了一学期的文言作文。

初二时老学究被一户有钱人家聘去做家庭教师了,换了一位周老师,是北京大学文学系的高材生,强调完全学新文艺,完全吸收欧化的笔法和风格。上课不细细地讲解课文,乱讲一通,学生糊里糊涂,莫明其妙;并且不耐烦学生提问。他的欧化笔法,使小作者学会了写执拗不通、多抄英文句子、单字为美的东拼西凑的文章。批改作文也是大而化之,用英文标出 A、B 等。如果遇到老师发火,那卷子就由讲桌直飞过学生头顶,甚至被“五马分尸”。

初三时换了位年轻的女老师,态度举止大方潇洒,尤其声音非常动听。她的选读方法与众不同,她把全书按照题材分成几组,每一组前后都有连贯性,讲解细致:

> 她读书非常细腻、清楚,而且富于趣味。她从不大声叫喊。每上一课书,由头至尾,有条不紊,声调一致,感情集中,精神贯注。这样我们完全融化在她的讲授精神中了。
>
> 作文一堂,更是我们认为有兴趣的一堂。她不再出那种干燥无味的题目,她只讲一段故事,提示一个讨论大纲,由我们自由写作。她一再要我们发展个人的文字风格,要我们自己创造自己的风格。

她曾经一个个细细替我们改作文，一个个的指出每个人的错误。指出每一个人的特点和写作的风格来。①

林老师得到全班同学的敬佩与爱慕。

虽然同一门国文课，不同的教员，使用了不同的教学方式：有的面对白话文教材仍然耐心地使用着文言流行时代的教学方法；有的一味求新又简单粗暴；有的颇懂儿童心理，顺应儿童天性。三位老师的教学方式与效果，反映出当时教学上并无特别的限制，教师有很大的自主权，自己决定采用何种教学方式，无论是爱好文言的、推崇欧化的，还是照顾学生兴趣的，都能登大雅之堂。

二、学校培养目标引起关注

杨振声的短篇小说《他是一个怪人》(1947 年)里，描写了一个热爱生命、怜悯弱者的大学教授对教育的一些不同于普通人看法，主张学校应该培养学生的劳动能力和习惯。

教授相信宇宙间一切生命都息息相关，没有觉得人与物的界限。他请为了养家糊口而被迫出卖肉体饿肚子的妓女吃饱，并将自己刚领的薪水，全部送给她，他觉得这女子值得尊敬，如圣人般。这都是旁人觉得他“怪”的地方，他对教育的议论也很“怪”：

他说我们的教育全错了。错在我们至今未改孟老夫子的“劳心者治人，劳力者治于人”的观念上。他说劳心劳力本来分不开，而教育职能从劳力着手，养成一般人的生产能力。等到劳力的技术高了，就同劳心分不开。所以，劳力只应在劳力上着工夫。永远没有工夫离开自己的劳力去治人。因为不会劳力，才要劳心去治人，才养成社会的游惰，才培养出一般寄生虫，寄生在“治于人”的阶级上面，播弄是非，天下大乱。必定人能自治而不想治

---

① 吴广.我的三位国文老师[J].中华教育界，1947 (10).57.

人,天下才有办法。①

教授主张教育要在劳力上下功夫,培养学生的劳动能力,将来劳力和劳心才不会分开;如果偏重劳心,就会将学生养成寄生虫,对社会只有索取,没有奉献。他并没有停留在空想上,而是力所能及地为理想而付出努力。

教授因为职业的缘故,战前的生活很殷实,他从来不在钱上打算,也不知道什么叫储蓄。他喜欢的女子病逝后,终身未娶。他家里顾了佣人兼着厨子,不仅如此,还让佣人的妻子、孩子、丈母娘都住在自己家,自己倒像客人一样。因此他没存下一分钱。突然一天,他的生活全变了,"怪"行为发生了,他节俭得不近人情:他把家里的东西全卖了,给他的佣人一笔钱,让他去做个小生意养家糊口。教授自己白天在学校,吃饭就在附近最便宜的小馆子;晚上回到空空的家里,为节省,只开书桌上的一盏灯。冬天到了,他不生火,只靠自己身体的热量来暖和这所空房子;他坐在被筒里看书,戴着手套写字。他如此整整过了三年,他把节省下来的工资以及利息全部捐给了城边的一所中学,看了下面的这封信,您就明白教授省吃俭用的深意了:

在你们学校的隔壁有十亩荒地索价一万五千元。我在某银行替你们学校存下如上之数目,请将该地买下作为校园。或许地可还价,那剩下的钱可买农具。

请不必问捐钱的是谁,彻底一点说,该是一些贫苦的农民。我并无旁的要求,只请求你们能让学生少学一些无用的课程,使每一个人都有工夫学着种田,养成他们生产的习惯。若经营得好,不但大家有新鲜的菜蔬吃——这样每年可省不少的钱;更重要的是养成生产的习惯后,将来不论他们到那里,自己总会想法子种点这样那样的。生产多少不拘,这习惯很

① 杨振声.杨振声选集[M].北京:人民出版社,1987.181.

重要。

我希望你们能答应我这个请求，为一般的学校作个提倡。严格地说，每一个学校都应当养成学生的生产能力，一切学校都是职业的，仅只职业不同罢了。更严格的说，你我都是教育界的罪人，因为我们只为社会养成游惰，增加消耗而不能增加生产。①

可见，教授之“怪”，“是他追求理想的方向，恰恰都在社会习惯所指定的正道的反面”②。他希望学校用得到的无名氏捐款，去购买荒地、农具，为的是让学校有条件进行教育改革：让学生学着种田，养成生产劳动的习惯，养成生产的能力，为将来的出路、为进入社会做好准备。还就教育与职业的关系问题，提出学校都是职业性质的。教授的观点反映了当时的一些有关职业教育、生活教育等教育思想对教育目标的影响，这与以前教育的培养目标有了很大的不同。

三、对学生实施严厉管理

1928年10月南京国民政府发表“训政”时期的施政宣言，在教育方面提出普及“三民主义”的国民教育；1929年7月，国民党中央执委会颁布《中小学训育主任办法》，并在全国中小学中推行。《办法》中规定各个学校必须设立训育主任、训育员和党义科(后改称公民科)，其职责是，考查学生的言论行为，灌输一党专制变了质的三民主义。③ 同年11月，国民党第四次全国代表大会再次公布经过修订的“三民主义”教育实施方针，对普通教育的道德方面提出应“以陶融儿童及青年忠孝仁爱信义和平之国民道德”④，对学生的思想严密控制，命令各学校不能放任学生参加政治斗争。此后，接二连三地发布整顿学风的命令，责令学生一意力学，不得干涉政治，如有违者，政府必绳之以法。抗战爆发后，训育加强，在中等学校实行导师制。

① 杨振声.杨振声选集[M].北京：人民出版社，1987.182—183.

② 杨振声.杨振声选集[M].北京：人民出版社，1987.183.

③ 喻本伐，熊贤君.中国教育发展史[M].武汉：华中师范大学出版社，1991.599—600.

④ 第二次中国教育年鉴(第1编)，上海：商务印书馆，1948.3.

《兽宴》(王西彦,1939 年)中金校长上任之时所陈的约法三章中,前二章是:

第一不反对资本主义,第二不反对做旧体诗……他这样解释自己的主张道:“中国太穷啦,所以一切事情都没有办法,就连现在跟日本大和民族抗战,也要向欧美资本主义国家借钱买军火,资本主义是中国的一剂对症良药,哪里可以反对呢?现在有一班人开口闭口骂英美帝国主义,那都是捣乱分子的别有居心,青年人千万不要轻信。其次,你们可以看一看当今党国要人,哪一个不会吟咏旧诗章呢?不会做旧体诗的人就不配做党国要人,所以,做国文教员的应该鼓励学生多做旧体诗,免得青年人去读新小说,受那些捣乱分子的胡言邪说的影响——老实说,做新小说的就没有一个规矩人。”①

从金校长的讲话中,可以领会到他对学校培养目标的理解上,与教育当局保持高度一致。不准青年人批判美英,视美英为衣食父母。支持旧学,不是因为它的教育意义,而是学了它,能做旧体诗,是将来成为党国要员的前提,因为当时的党国要员都会吟咏旧诗章;此外,埋头于旧体诗,对那些新体诗就没有时间与精力去涉及,安心做个规矩学生。总之,教导学生服从党国意愿,亲美、守旧。

小说中还反映了国民党当局对进步学生言行的密切关注和不惜暴力压制学生运动的丑行。如膳食事件,因为学生发现教员吃得比自己好很多,说教员揩学生的油。金校长将闹事的学生称为恶棍、强盗,认为学生是受捣乱分子胡言邪说的影响,说省里因此来了密令,密切关注此事,为了防患于未然,必要时“可以不择手段”。金校长令各班班主任和图书馆,注意那些“思想不纯”、“目无师长”的学生。

当高中毕业班的班长慌慌张张地闯进宴席来报告,有一个学生被县城里派

---

① 中国社会科学院文学研究所现代文学研究室编.中国现代短篇小说选 1918—1949(第五卷)[M].北京:人民文学出版社,1981.532.

来的警察兵抓走了。班长以为会引起校领导的重视，会设法营救遭受不幸的同学。没想到，金校长一旦知道被捕的就是负责办壁报的姚家俊，马上想起他就是膳食事件中的“祸首”，想起姚的叔父也是在上海做过监牢的“捣乱分子”。于是大声斥责班长，说警察不会抓错人的，总是姚自己犯了国法。叫他赶快回去，让大家安心睡觉，不许吵闹。班长走后，金校长更慷慨激昂、痛快地骂起那些蛊惑青年的捣乱分子，惋惜现在的未安内而先攘外的尴尬局面。

《古老师和他的太太》(黄药眠，1946)中，学校的训育主任周英询问老师们，有没有跟学生谈过话，千万不可大意，因为“上头对于学生的思想是十分注意”①，还要求大家把同学们的谈话记录填好。正反映了 1943 年的《中等学校导师制纲要》中对导师的要求。

大学的训育在教育小说中也有反映，如《围城》(钱钟书，1947)中提到方鸿渐因为教授论理学而被其他老师瞧不起，觉得他的地位只比教党义和军事训练的高不了多少，但后者却是政府机关派来的，来头大，这一点又比方鸿渐优越。②三闾大学也实行了导师制，钱钟书先生对从英国牛津剑桥引入的、经过改良的变了味的导师制，借赵辛楣的嘴介绍道：

> 导师制是教育部的新方针，通知各大学实施，好像反响不甚好，咱们这儿高校长是最热心奉行的人……据他(教育部视学)说，牛津剑桥的导师制缺点很多，离开师生共同生活的理想很远，所以我们行的是经他改良，经部核准的计划。在牛津剑桥，每个学生有两个导师，一位学业导师，一位道德导师(Moral turor)。他认为这不合教育原理，做先生的应当是“经师人师”，品学兼备，所以每人指定一个导师，就是本系的先生；这样，学问和道德可以融贯一气了。英国的道德导师是有名无实的；学生在街上闯祸给警察带走，

① 中国社会科学院文学研究所现代文学研究室编.中国现代短篇小说选 1918—1949(第七卷)[M].北京：人民文学出版社，1981.140.

② 钱钟书.围城[M].北京：生活·读书·新知三联书店，2002.284.

他到警察局去保释，学生欠了店家的钱，还不出，他替他保证。我们这种导师责任大得多了，随时随地要调查、矫正，向当局报告学生的思想。①

此外，视学大人还得意地强调，老师当着学生的面不准抽烟，一日三餐跟学生一起吃。而训导长李梅亭更谄媚地建议：中西文明国家都严于男女之防，师生恋爱是有伤师道尊严的，为防患未然起见，未结婚的先生不得做女学生的导师；男女同事来往也不宜太密，这对学生的印象不好。最后，赵辛楣指出最精彩的是，部里颁布的导师规程草略里有一条说："学生毕业后在社会上如有犯罪行为，导师连带负责。②"方鸿渐闻至此处惊骇得呆了，赵辛楣说"从前明成祖诛方孝孺十族，听说方孝孺的先生都牵连杀掉的。将来还有人敢教书么？"③走了样的导师制，对学生来说控制，对老师来说增加了工作量，带来不便，丧失部分自由。

为了实施对学生的训育，导师的思想得端正。当陆子潇看到方鸿渐房间里有一本《家庭大学丛书》(Home University Library)小册子，是拉斯基(Laski)所作的时髦书《共产主义论》，感到触目惊心，口头报告给训导长，训导长书面呈报校长，于是方鸿渐被解聘。④

四、对教师形象的剖析

这一时期的小说，对教师的生活状态描写较多，深刻剖析他们的性格与心理，塑造了多种教师形象。

(一)堪为民族脊梁的教师

1.为人师表的教师

《亚平的成功》(须养本，1948年)描写了一个受孩子们爱戴的亚平老师的形象，并追溯了亚平的老师——徐老师对亚平的影响。

亚平是S埠乡郊的一个24岁的小学教师，战时毕业于后方的某国立师范。

---

① 钱钟书.围城[M].北京：生活・读书・新知三联书店，2002.292.
② 钱钟书.围城[M].北京：生活・读书・新知三联书店，2002.294.
③ 钱钟书.围城[M].北京：生活・读书・新知三联书店，2002.294—295.
④ 钱钟书.围城[M].北京：生活・读书・新知三联书店，2002.367.

他深得学生喜欢,身边经常围了大批的小朋友,他跟每个周旋,不厌烦,也不发怒。即使性格刚强的学生见到他,也很驯良地服从指导。“他决不像时下的一般教师们,爱慕虚荣欢喜金钱,他从不与学校当局为了薪金的高低而有过计较,他最喜爱的是一群天真烂漫的小学生,与洁白无暇的许许多多的小心灵。亚平可说是在潮流中,最标准最优秀的好老师。”①影响他有今日成就的是他家乡一所初级小学的徐老师。徐老师常爱思考,内心善良,诚恳助人。

小学是在亚平宗族的祠堂内,只有一间教室,徐老师既是校长也是唯一的一位老师,已经在这里教了十多年的书了。上课采用复式教学法,徐老师在教高年级学生读书时,就在黑板上画一幅简单的画,再写上几个字,叫小朋友临摹。教完了书,让高年级的学生复习,自己又回到小学生那里,一个个仔细纠正他们所画与所写的,很有耐心,很和气。

那时候县里让每个小学兼办民众夜校,徐老师也办了,他很热心,并认为要想改造小朋友,必先改造他们的家长,他相信从小由于家庭环境的缘故而养成偷窃习惯的亚平是可以教育好的。亚平的母亲由于在夜校识字,贪近利不道德的行为在减少,而亚平由于惯性还尚有偷窃行为发生。徐老师没有气馁,耐心地开导,终于帮助亚平改掉了坏习惯,成为品学兼优的好孩子。

狭小的教学空间,僻静的乡下,徐老师的身心十多年来全部寄托在学生的成长上。他的学生亚平长大后,追随着徐老师的精神,也成了热爱孩子、热爱教育的优秀教员。

2.精神苦闷却深沉爱国的教师

战争给教师带来的精神压抑、思想困惑等,在此时的教育小说中也有反映。但他们不是徒然的苦闷,作为有良知的知识分子,他们也在不断超越小我,为结束苦难困厄寻找光明之路。

许杰的作品《梦的埋葬》揭示了解放战争期间大学教授的苦闷:

---

① 须养本.亚平的成功[J].教育杂志,33卷第5号,1948.57.

特别是这抗战八年，接着而又打了两年内战的年头，精神的苦闷，生活的压迫，以及社会上一切看得不顺眼、受抑郁的许多事故的遭际与刺激，因而觉得家庭的重负……①

并以跟儿了对话的口吻说：

你有的时候，看见你爸爸低着头，在房间里打圈圈，眼睛光碌碌，好象什么东西碰到，就要同什么东西打架的样子，谁也不敢惹他；你不晓得，这正是你爸爸悲哀苦闷，觉得有千万种伤感，压在胸中而无可发泄的时候。②

李子春教授的经济情形是勒紧裤带勉强可以糊口，可是最疼爱的儿子竟在这时候夭折了。他认为，盲肠炎本算不得什么大的手术，现代科学已有办法对付，为什么却会卷去儿子的生命？因为耽误。为什么会耽误？还不是因为自己没有钱。在这个国度里，有多少人在搜刮了人民的脂膏，在荒淫挥霍；而自己却因为没有钱，看着儿子去死，这个社会能算公平吗？这真是对文明社会的讽刺。社会上还在闹着响彻全国的学潮，什么解聘、逮捕和黑名单，还在不断地流传、不断地威胁。这一切的心境与遭际，老使人放不开胸怀。

学者王卫平评价说："一般说来，知识分子是最敏感的一群，和其他阶级、阶层的人们相比，知识分子能更敏锐地感应着时代的神经，映照出时代的特征。时代的变迁、思想的解放、观念的更新、文化的冲突与碰撞都可以在知识分子形象及其形象史中烙下印痕。"③李子春和同事老张对学问很有兴趣，对社会政治的认识、对真理的寻求也不马虎，但生不逢时，他们感叹着生活的苦闷，悲叹着自己的事业和生活都没有出路。老张说：

---

① 许杰.许杰短篇小说集[M].北京：人民文学出版社，1981.373—374.

② 许杰.许杰短篇小说集[M].北京：人民文学出版社，1981.397.

③ 王卫平.论中国现代知识分子题材小说的中心冲突[J].文史哲，2007(6).93—94.

我们有认识，有信念，为什么不能做一点更有意义的事情呢？人生究竟为的什么，我们都是中年以上了的，如要看风驶舵，早就不必等到这个年头。如果一旦死了，我们究竟有些什么？做了一些什么？我们真是太苦闷了，也太委屈了。人家说我们是这样那样，但真正的这样那样呢，他们恐怕还不晓得我们在替他们受过，他们恐怕还不要我们，不知我们是何许人呢？①

老张的苦闷，的确是当时中国知识分子的苦闷。这些问题，李子春平常也老是在脑子里转动着的。特别是这一次家庭的不幸的遭遇，却正好夹着学潮和学校当局的什么解聘、黑名单的流言：

教授值几个铜板一斤，千万莫想着什么尊师重道，或是什么为国家留正气，为往圣继绝学的一套狗屁。人家银行里的茶房，纱厂里的女工，岂不还比教授多值几个子儿？一张教授的聘书，还不能维持一家大小的衣食，更谈什么养生送死。这种国家社会，还能说是有一丝一毫的人性？②

他们觉得这样知识分子的厄运，真是不可以用言语来宣泻的。

苦闷到极致，要么崩溃，要么超拔。小说中也有亮色，李教授认为自己家庭的悲剧，看起来是个人的，其实是整个时代的悲剧。他要给时代找出路，要做点贡献：

你说我们受委屈，一切看不顺眼，但中国之大岂止我们？我们把自己的苦闷扩大起来，这也不见得相宜。有一分力量，放一分光；我们挺住了，不腐化，在可能范围内，尽我们的能力，如果能够发生一点点的影响作用，而却不是拖住时代，阻碍时代的，我们就有我们存在的理由。逃到那里去呢？别人

---

① 许杰.许杰短篇小说集[M].北京：人民文学出版社，1981.383.

② 许杰.许杰短篇小说集[M].北京：人民文学出版社，1981.383.

把环境搞得好好的了，让我们去享福去，行吗？我曾经说过，积极和颓唐，都是个人主义的一种表现。①

他在解剖知识分子的灵魂，他们在担当着这一时代的苦难。这一时代的苦难，结束还需要些时候，但总是在接近，自己应该给生命找一条出路，也应给新时代的降临加上一丝一毫推进的力量。小说最后留给人的是希望，是知识分子从苦闷中的觉醒。

《范老老师》(沙汀，1946 年)描写一位老师从对不打内战的喜悦，到对消息迟迟得不到证实的疑惑兼希望，最后失望以致精神失常的过程：

他看来比以前衰老，也如一般老年人样，不大振作。京毡窝的护额歪在一边，胡须也不大干净。而且，一直保持一种病态的昂奋专注，因为老老师所有的心思，全部都集中在一个信念上了：内战应该停止，也一定会停止。而他的论证比较以前清晰得多。不仅这样，几乎成了定规，正如他中年学字，起床后先得在砂盘上划五十个大字那样，他每天总要找一两个人透透澈澈谈一番他对内战的意见。因为那场纠纷，初听之下，有的人很想笑，但是，随着谈话的进展，可又逐渐变得很严肃了，感觉从他的谈话里得到不少鼓舞。②

范老师对停战的愿望，也是当时国人的愿望；范老师的精神失常，也反映了国人的不满。作品表达了国人强烈反对内战，渴望和平的心声。

① 许杰.许杰短篇小说集[M].北京：人民文学出版社，1981.385—386.

② 中国社会科学院文学研究所现代文学研究室编.中国现代短篇小说选 1918—1949(第五卷)[M].北京：人民文学出版社，1981.240.

(二)无才又无德的教师

1.媚洋无德的教师

面对战乱,无心爱国爱教育,却有心崇洋媚外的教师,大有其人。如《兽宴》描写一批道貌岸然的师表们,在一场宴会上勾心斗角,丑态百出。华大容,浙东某学校师范部的主任,海外归来,曾是美国哥伦比亚大学的入籍生,托上流圈子某贵要亲戚的福,回国后在上海某国立大学做教授,"八一三"后学校西迁,他才屈就现职。目前,他那显贵亲戚邀请他到陪都重庆去就职,在饯行宴会上,他回忆起自己光荣、幸福的"纽约时代"生活,说:

> 不过中国菜却实在比不上西餐的干净、卫生、科学。记得我在纽约的时候,别人都贪图小便宜,去找中国的下等料理铺,我可总是不肯盲从。我总觉得,生为一个中国人,实在是很不幸的。有时候,人家美国朋友对我们的扁平脸和黄皮肤辨认不清楚,问我:"你可是一个日本人吗?"我简直没有勇气去否认,只好厚起脸皮点一点头。你们想想看吧,你承认自己是一个中国人,面子上又有什么光采呢? 中国人,又穷,又脏,又野蛮,辫子、小脚、鸦片烟,中国人简直只是一个落后的代名词。你瞧瞧人家美国吧,那真叫是,文明国家,有钱的黄金世界,纽约大马路上一个揩皮鞋的,也比中国的大财主来得神气些。我非常佩服金校长的卓见——资本主义是决不能反对的! 资本主义可不是酸葡萄,我们绝对不能做伊索寓言里的饿狐狸! 我们中国就是缺乏资本主义.就应该老老实实地跟人家美国走,做人家美国的殖民地也不算冤枉! 不看别的,就看香港吧,归结了人家大英帝国,也变成了人间乐土! 人家美国……唉,真是没有说的,真是文明国家,黄金世界!"①

华主任的话,表达了对自己贫穷、落后祖国的不屑,对遍地黄金的美国的崇

---

① 中国社会科学院文学研究所现代文学研究室编.中国现代短篇小说选 1918—1949(第五卷)[M].北京:人民文学出版社,1981.539.

拜,为了过所谓的文明生活,不惜将自己的祖国变成外国殖民地。这种观点代表了当时一批抱着功利目的留洋的知识分子崇洋媚外的心态。这个所谓的美国通,他所感兴趣的,只是美国的摩天大楼和高架铁路,钢铁大王和煤油大王,好莱坞电影和爵士音乐。这些滔滔不绝的赞美竟也引起了那些没有出过国的教员的无限神往。

2.贪恋金钱、娱乐照旧的教师

华主任去重庆的旅费,竟打学生的主意,要教务主任和校长出面,把学生准备公饯的礼金用作自己的旅费。还把师生关系比作商品和买主的关系:

> 华大容先生仍在跟老螃蟹商谈关于学生送礼金的事情,他正用一个绝妙的譬喻来解释自己的主张。他说教员和学生只是商品跟买主的关系,真正的感情是不能存在两种年龄和生活大不相同的人们中间的。所以,自己既然要离开这学校,就好象商品已经脱手——他把这叫作“出门不认货主义”。①

在金钱面前,华主任可以把脸面弃之不顾。

《古老师和他的太太》中,记叙了很多校长的劣迹:商业学校的校长囤积汽油、豆油和花生油,赚了不少钱,被街上的人称为“三油主义”。古老师去学校会计处预支工资,被校长训斥。校长声称上面没把经费拨下来,实际上是他把钱存在了银行,做生意。有的校长成为会计室的掌柜,贪污学校钱财。省立学校的校长与学生打伙做生意,还吞了学生的款。师范学校的校长虚报学生人数,骗取经费去做生意。农业学校的校长,学校的田地不给学生实习,租给乡下人每年收租谷。县立学校的校长,用公款吃喝玩女人。②

---

① 中国社会科学院文学研究所现代文学研究室编.中国现代短篇小说选 1918—1949(第五卷)[M].北京:人民文学出版社,1981.537.

② 中国社会科学院文学研究所现代文学研究室编.中国现代短篇小说选 1918—1949(第七卷)[M].北京:人民文学出版社,1981.149—150.

《兽宴》中的校长金其骏,曾在日本一个医药专门学校读过两年书,回国后当过军官,也开过小规模的医院,因与年轻女看护们的风流事被老婆发现,大闹不止,医院关门,又转做茶叶生意,发了笔小财。抗战前,因了在教育厅里做科长的妻舅的力量,得到了用他自己的话来说——"清寒差使",做了某学校校长的位子。接任后第一次向学生训话,他就用慷慨激昂的语调约法三章,其中第三章是"第三不反对消费":

> 至于消费,当然嘛,有生产就应该有消费,生产就是为了消费,如同一个人必须有正当的娱乐,饮钟把酒,打打篮球,来四圈卫生麻雀,等等。①

金校长本人热衷于赌博消费,常熬夜打麻将,以至于睡眠不足,脸色永远都是苍白的。时不时地进城奉陪专员县长们从事"消费",两三个星期不出席纪念周,都是常事。上有好者,下必甚之,在金校长的以身作则下,国文教员章先生、算学教员毛先生、教务主任周健生等,皆是牌桌上的熟客,大玩"通宵戏"。

其他的教育小说中也屡有教师打牌赌博的描写,如钱钟书的小说《围城》(1947年)等。

3.热衷仕途、勾心斗角的教师

教育小说还反映了在当时的教育界部分老师的行政野心,他们对升迁、入仕无比的热衷。

《兽宴》中的华大容、金其峻都因有亲戚照顾提携,或离开教育界或担任在普通教师地位之上的管理岗位,而毕业于南京优级师范学堂史地系的教导主任周健生却在宴会上很不开心,因为自己"朝中无人",因而近十年来总是悒郁不得志。《古老师和他的太太》中,也反映了教导主任周英,去外面活动,想捞个县长当。新来的年轻英语教员,有个在省城当什么处长的叔父,为他活动,欲做本校

---

① 中国社会科学院文学研究所现代文学研究室编.中国现代短篇小说选 1918—1949(第五卷)[M].北京:人民文学出版社,1981.532.

校长。

《围城》描写了抗战期间我国西南部的一所名叫三闾大学里的教师群像。校长高松年二十年前在外国研究昆虫学，对于高校长由一位科学家变为校长，钱钟书这样解释：

外国科学进步，中国科学家进爵。在国外，研究人情的学问始终跟研究物理的学问分歧；而在中国，只要你知道水电，土木，机械，动植物等等，你就可以行政治人——这是"自然齐一律"最大的胜利。理科出身的人当个把校长，不过是政治生涯的开始；从前大学之道在治国平天下，现在治国平天下在大学之道，并且是条坦道大道。对于第一类，大学是张休息的靠椅；对于第二类，它是个培养的摇篮——只要他小心别摇摆得睡熟了。①

作者用辛辣的措辞表达了当时的高等教育中存在的由学者到校长到踏入仕途的从政之路。

不仅教师校长向外攀爬以谋高就，校内为了地位、职称、薪级、课时等利益而展开的"政治斗争"也很激烈。在《围城》中，钱钟书把一群教师的丑态刻画得入木三分。在这个教师群中，有嘴里喊的是仁义道德，做的却是男盗女娼之事的李梅亭；有外表木讷，但内心龌龊，干着伪造学历，招摇撞骗的假博士韩学愈；还有老谋深算、贪杯好色的高松年；更有明里高唱维护教育，暗里依附官僚，大搞投机钻营之事的汪处厚等。总之一部《围城》，给我们描绘出一幅抗战初期国统区高等教育黑暗腐败，教师之间闹派系、明里结交背地暗算、相互猜忌拆台等教育乱象。虽然里面不乏有一些有良知的知识分子形象，如主人公方鸿渐，但是在当时的社会大环境下，即使他还保有对生活的责任感和对理想的追求，最后也被腐朽的社会吞噬掉了仅有的自尊心，茫然无助地徘徊在暗夜里。这样一群无才无德的教师被一个同样品行的校长招募聚合在一个新成立的大学里，学校里便只有

① 钱钟书.围城[M].北京：生活・读书・新知三联书店，2002.257.

乌烟瘴气了。正如王卫平所评论的:“钱钟书写大学教师是从大学内部视角清理高级知识分子的负面表现,对于那些既无才又无德行的文人,钱钟书是瞧不起、看不上的,而且又最为熟悉、最为了解底细,甚至是耳濡目染,让他深恶痛绝。因此,他对知识分子丑陋一面的抨击就更有力度,更有杀伤力。”①

(三)普通教师生活困顿

抗战开始后,物价飞涨,薪水却低,拖欠工资的现象非常普遍,普通教师的生活陷入了困境。

《梦的埋葬》(许杰,1948年)中,教授李子春的经济情形是“吃不饱饿不死仅够你束紧裤带维系住一家大小的生命”②;但儿子突然生病,因为经济拮据,没能及时就医,延误了诊断而丧命。儿子的病故,他也得到社会上去奔波丧葬费用。虽然大家在平日里,早就在喊着“病不得更死不得”的带着辛酸滋味的警惕语了,谁能料到这种变故竟落到自己头上呢!

能够有东西吃,已经是不错的了,相对于大学教授,中小学的教师就没这么幸运了。教师们为了生存,去别的学校兼课,已是公开的秘密。

《古老师和他的太太》中,古老师是省高中的老师,还另外兼了商业学校的两班国文、师范学校历史课,每天跑二十多里地,还难以维持一家三口的生活,无米下锅,无钱给太太看病,9岁半的儿子交不起学费读不起书,任其在街上惹事生非。古老师去学校会计处预支工资,被校长训斥。校长声称上面没把经费拨下来,实际上是他把钱存在了银行,做生意。商业学校的柳肖愚老师,母亲、妻子都生病,却无钱治病,预支薪水被校长拒绝;两位亲人同一天去世,连棺材寿衣也置办不起,靠一位在本校兼职的热心老教师到各家上门去敛钱,真是到了连死都是件奢侈事情的地步。

《范老老师》(沙汀,1945)通过范老先生一系列内心和言行活动,描写了内战开始前夕,人民反内战的强烈愿望。同时也描叙了物价上涨,在中心学校当教员

---

① 王卫平.从现代小说中的文人形象看知识分子的道德人格[J].文学评论,2009(1).165.

② 许杰.许杰短篇小说集[M].北京:人民文学出版社,1981.376.

的范少老师向自己的爷爷提及周围的几所学校,来函联络一致要求改善待遇,而成都全市的小学已经在罢课的事,①体现出内战不止,则教育无人问津,教师生活困难。

《三斗小麦》(沙汀,1942年)描写了一个学校的教师们也跟普通市民一样囤积粮食,跟着发国难财。如小学教员刘述一为了卖出囤积的"三斗小麦"以偿还赌债而煞费苦心,因为小麦被自己的保护人——姐姐所掌控。姐姐也是教员,她和同事们早就开始囤积粮食、菜籽等,以求供不应求时,以高价卖出,大捞一笔。姐姐深知生活的艰苦,十分相信独立奋斗的可贵。看到弟弟到了结婚的年龄,既无恒产,收入又低,非常焦灼,就独断地替他做主预支几个月的薪水,囤积小麦。所以当弟弟在小麦市价70多元就想卖出时,姐姐生着气,也不准他现在卖,一定要等着市价再涨。到了次年的一二月间,姐弟和好如初,当时小麦的价格已经超出买价的五倍,还在一个劲往上冲。姐姐认真地教育弟弟:我们这不算发什么国难财,我们才囤了几颗啊,那些有钱有势的不知囤了多少呢。一位兼做商人的国文教员唉声叹气的辩解,可以表达当时教师们的心理:"像十几石,几百石的囤呀,确实不对;像我们么,三四十元钱一月,吃也吃不饱,饿也饿不死,不囤点啥又咋做呵?!"②生活的压力,逼迫得清高的知识分子不得不低头,最后,刘述一也心安理得地囤起小麦来。

第三节　教育小说中的根据地教育热潮

抗日民主根据地大多处在偏僻的山区农村,文化教育基础特别薄弱,抗日民主政权建立之后,边区的各项教育事业也逐渐发展起来。小说家们在自己的创作中对这段时期根据地的中等学校教育、社会教育、干部教育、小学教育等情况

---

①　中国社会科学院文学研究所现代文学研究室编.中国现代短篇小说选1918—1949(第五卷)[M].北京:人民文学出版社,1981.232.

②　沙汀.沙汀短篇小说选[M],北京:人民文学出版社,2006.141.

都有描述，反映了根据地蓬勃开展的教育热潮。

一、青年学生积极参加生产劳动教育

“教育与生产劳动”相联系曾是苏维埃根据地教育的方针①，在抗日根据地，延安青年边学习，边响应“自己动手，丰衣足食”的号召，参加边区的“大生产”运动，磨练了意志，创造了物质财富，支援了根据地建设和前线战斗。“抗日战争时期，在根据地实行教育与生产劳动相结合，是在总结与继承土地革命时期实践经验的基础上贯彻这一方针的，并且有进一步的发展、丰富与提高，为争取抗日战争增添物质力量，起了积极的作用”。②

1939年5月4日，毛泽东在延安青年纪念五四运动20周年大会上高度赞扬了延安和各抗日根据地的青年们，他指出：

> 延安的青年们不但本身团结，而且和工农群众相结合，这一点更加是全国的模范。延安的青年们干了些什么呢？他们在学习革命的理论，研究抗日救国的道理和方法。他们在实行生产运动，开发了千亩万亩的荒地。开荒种地这件事，连孔夫子也没有做过。……中国古代在圣人那里读书的青年们，不但没有学过革命的理论，而且不实行劳动。现在全国广大地方的学校，革命理论不多，生产运动也不讲。只有我们延安和各敌后抗日根据地的青年们根本不同，他们真是抗日救国的先锋，因为他们的政治方向是正确的，工作方法也是正确的。所以我说，延安的青年运动是全国青年运动的模范。③

在毛泽东同志的鼓励和教导下，各解放区的青年学生们积极参加生产劳动，同时也大力发展学校的教育事业。“左联”作家师田手的小说集《燃烧》，小说内容丰富多彩，其中写到了抗日青年奔赴革命圣地延安，以及在那里的生活、学习

---

① 老解放区教育资料(一)[M]，北京：教育科学出版社，1981.20.

② 董纯才.中国革命根据地教育史[M].北京：教育科学出版社，1991.70.

③ 毛泽东.青年运动的方向[A].毛泽东选集(第2卷)[Z]，北京：人民出版社，1991.568.

和工作情况。

在《荒山的女儿》一篇中，师田手塑造了从上海来到延安的女大学生马兰、有较多实际知识的刘凤、严铁等人的形象。

马兰在大学时：

身上穿的是丝锻的旗袍，脚上穿的是半高跟鞋，整天价嫣嫣婷婷的，知道什么叫劳动呢，连打一盆水喝一碗茶就得叫学校的老妈子，一天除去念书打打球，就是无味的闲着，三天身上发软，两天精神疲倦，真是活见鬼！虽然也参加着学生的救亡运动，有时也要跑路，可是哪次不是必得坐洋车呢？有时也在街头讲演，或者为救亡与革命运动去开大的小的会，可最，终于还是在知识分子学生中间打圈子呀！从未脱离城市小资产阶级的生活！①

到了延安，马兰什么都在改变了，也能生产劳动了。她们和男女同学们一起到田野开辟荒地、播种、锄草，累得浑身疼痛，却又那么充实、愉快；她们在厨房烧水、揉面、蒸馒头、给山上送馒头；赶着毛驴下山驮水。

马兰否定着她的过去，她旺盛的革命热情在激励着她，她把这些学习当作获得新知，认为学到这些知识和能力，才能和工农群众真正打成一片，然后才能为无产阶级和人民大众谋解放。"她知道唯有把自己完全投身在革命之中，才有真正的个人生命存在，不然的话摆在前面的就是没落和灭亡。"②因此，她越发理解和欣赏劳动的伟大。马兰的成长，是一代投奔延安的热血青年的成长缩影。

当时的很多文章中就记录了延安一些干部学校的生产劳动实况：

自政治部提出生产运动的口号后，在同学中，在工作人员与干部中，立刻造成了一种热烈自动的劳动空气，开始了具体行动。借农具、垦荒地、买

---

① 师田手.师田手短篇小说选[M].辽宁：春风文艺出版社，1985.84.

② 师田手.师田手短篇小说选[M].辽宁：春风文艺出版社，1985.84.

种子、找肥料……在课余游戏时,满山遍野的人群活动着,忙碌着。为了有计划有组织的筹划与指导这一工作,在连队中,在机关中,组织了生产小组,学校组织了生产委员会,这样保持了这一运动的经常化,没有并且也不会发生什么寒热症与中断。①

为了认真贯彻教育劳动相结合的理论,很多来到根据地的知识分子也都自动投身到生产劳动的热潮中:

学员除了学习以外,还要参加生产劳动。一般规定是生产劳动占学习时间的百分之二十。这种生产劳动有手工业的也有农业的,有个人的也有集体的。一到了春耕农忙的时候,这些"学生哥""洋教授"就和农民一起扛起锄头上山去开荒种地了。每人对劳动都是以愉快的心情来接受的。②

总之在这一时期,各解放区由于深入贯彻执行了上述方针,各地学校的生产事业有了蓬勃的发展,大部分学校都能做到全部或部分的自给自足。所以,即使当时解放区仍然是处在战争频仍、财政困难的环境下,不仅各类学校能坚持开学,而且各解放区的教育事业也得到了很好的发展。③

二、形式多样的成人教育

社会教育是根据地教育的重要内容,其重心当属成人教育。"社会教育包括很广,主要是消灭文盲。消灭文盲的最好工具是新文字,因此继续推行新文字,消灭文盲是我们社会教育的中心工作。"④成人教育的主要组织形式有:冬学、民

---

① 抗大动态[A].教育科学研究所筹备处.老解放区教育资料选编[Z].北京:人民教育出版社,1959.208.

② 延安大学[A].教育科学研究所筹备处.老解放区教育资料选编[Z].北京:人民教育出版社,1959.210.

③ 陈元晖.老解放区教育简史[M].北京:教育科学出版社,1981.57.

④ 陕甘宁边区一九四二年教育工作计划大纲[A].陕甘宁边区教育资料(教育方针政策部分下)[Z].北京:教育科学出版社,1981.309.

校、夜校、半日校、识字班(组)、读报组,以及剧团、俱乐部、救亡室等。

我们以陕甘宁边区为例,“民国二十六年(1937 年)九月,边区政府就提出识字运动。那天冬季,开办了第一次冬学。以后,随着识字教育的建立,以小学为中心,建立了半日校和夜校,组织了不脱离生产的成年男女进行识字教育。到一九四一年,社会教育以各种不同的组织形式,在边区有了广泛的发展”。①

如下图所示:②

		1937 年	1938 年	1939 年	1940 年	1941 年
识字组	组数			3852	3580	1973
	人数			24107	23725	12259
夜校	校数		599	535	545	505
	人数		8245	8086	8706	7907
半日校	校数		236	202	379	393
	人数		3994	3323	5833	5990
冬学	校数	382	723	643	965	659
	人数	10337	12824	17750	21689	20915

从图表中可以看出,社会教育的开展形式日益多样,受教育的人数也在逐年上升,群众中的学习风气愈加浓厚。正如陕甘宁边区政府所倡导的“提高民众的政治水平与提高民众的文化程度是不可分离的。因此,教育普及运动是被当作一种政治训练的广泛运动看的”③。

在随后的教育小说中也可以看出当时的学习热潮,如师田手的短篇小说《硬

① 陕甘宁边区的社会教育[A]. 陕甘宁边区教育资料(社会教育部分上)[Z].北京:教育科学出版社,1981.144.

② 陕甘宁边区的社会教育[A]. 陕甘宁边区教育资料(社会教育部分上)[Z].北京:教育科学出版社,1981.144.

③ 刘端棻.陕甘宁边区的冬学运动[A].陕甘宁边区教育资料(社会教育部分上)[Z].北京:教育科学出版社,1981.147.

席车上》描述了在火车上,由一本识字简易教材《速成识字课本》引发开来的故事。

故事的主人公,白发苍苍、六十多岁的史老太太,从一位健壮青年的手中接过一本内容"都不像字"的书,周围的人都不认识,史老太太却认出那些奇怪的符号竟是自己熟悉的、被称为识字"拐棍"的注音字母。青年对据说可以两三个月就学会的《速成识字课本》的效力表示怀疑,史老太太现身说法,给周围人读了几个,引起青年人的好奇,于是,史老太太有些自豪地介绍了自家的学习经历:

> 去年省里和县里到我们村进行速成识字试点,我这么大年纪,哪有心学这个呀!说不上哪天就叫土埋了,瞪眼瞎了一辈子,还在乎这么几天!是我们儿媳妇呗,省、县工作同志一动员,心就跑了,非去学习不可;她跟前一个五岁的孩子小海,我的小孙子,工作同志们动员我给看着,我有啥说的?就看吧,自个儿媳妇,学了文化还不好!①

史老太太的儿媳妇不仅响应号召去识字,还成了小组长,五六个姑娘媳妇还常在她家做复习。老太太带着孙子小海有时也跟去课堂,聪明的小海在课堂上见别人念,自己也念,回来还缠着妈妈接着教,为逗孙子开心,老太太也跟着学字母、拼音和文字,越学越有兴致,越心盛。儿子史凤山也不甘落在自个媳妇后面,也积极学习。就这样一家四口都能念上来了。

史老太太"天下无难事,就怕有心人"的教诲,让身为民兵队长的那位青年郑占魁很惭愧。他之前读过两年书,觉得够用了,现在看到民兵队员识字都比自己多了,自己未过门的媳妇也学得"美美"的,也意识到自己落后了,所以才刚开始学习。史老太太说,冬学年年都办,讲求自愿,鼓励他今冬也要入冬学。体现了

---

① 师田手.师田手短篇小说选[M].辽宁:春风文艺出版社,1985.247—248.

冬学教育的原则“贯彻自愿和劝学的原则,绝对禁止强迫动员”。①

小说里面史老太太口中的“冬学”正是边区政府大力倡导开展的一种“成年人受教育的另一种重要形式”,所谓另一种重要的形式,是:

因为全陕甘宁边区的成年人们或部分的青年们,在平日里经常受着教育的。他们在一年四季里的学习组织,有识字小组,有夜校、有半日班。不过到了冬季,五谷收割了,谷粒藏仓了,农民有了很长时间的休息,就在这冬闲里来一个学习突击运动——冬学运动。所谓突击运动是因为用一种突击的形式来表现的。无论民众自己或政府的领导都是大刀阔斧的,大规模的,集中全部力量的,来进行这个民众的突击学习运动。②。

冬学的性质是“虽然是一种季节性的学校,从旧历九月底到年底仅有三个月的学习,但它是具有一种正规学校的形式的。学生要整白天的上课,有一定的课程,有一定的布置设备,有一定的生活训练”。③

而从小说中史老太太一家人高涨的学习热情中,也能看出边区政府达到了在群众间大力开展冬学运动的意义所在,“政府认为只有把民众学习造成一种热烈的运动,民众学习才能收到应有的成效与收获,而形成民众的一种运动,也只有把这件事变成民众自己的事,使民众彻底自觉地认为这是自己的事才成”。④

此外,小说中还提到了一位造纸厂的工人师傅,他介绍说:

---

① 教育提案十条(今冬广泛开展冬学运动争取五万群众参加提请公决案,1941年12月23日,教育厅)[A].陕甘宁边区教育资料(教育方针政策部分上)[Z].北京:教育科学出版社,1981.263.

② 刘端棻.陕甘宁边区的冬学运动[A].陕甘宁边区教育资料(社会教育部分上)[Z].北京:教育科学出版社,1981.147.

③ 刘端棻.陕甘宁边区的冬学运动[A].陕甘宁边区教育资料(社会教育部分上)[Z].北京:教育科学出版社,1981.149.

④ 刘端棻.陕甘宁边区的冬学运动[A].陕甘宁边区教育资料(社会教育部分上)[Z].北京:教育科学出版社,1981.148.

我念过初中一年,现在我在业余初中三年级。我们工厂学字的工人可多,一下班,宿舍里,俱乐部里,不是念,就是用小黑板写,过去吵架闲扯白的事没有啦!①

接着车上的众人又热切地请史老太太给他们继续念拼音字母。一位打扫列车的女列车员,被史老太太膝盖上的书所吸引,她也很诧异老人这么大岁数竟然识字,自己高小毕业,也决心继续学文化。一位怀抱孩子的妇女说自己的婆婆不给哄孩子,自己干着急没办法,不能入学;决定回家后把史老太太的经历宣传一下,跟婆婆谈谈,争取今年入冬学。谈话中还提到她们村里冬学上一年"干冒"了,今年得到纠正,开始"巩固"了。

小说中谈到冬学"干冒"的情节也反映出了当时教育工作中的一些问题。1942 年 4 月 17 日的《解放日报》上的一篇社论文章专门谈到教育工作中的"问题",社论称:

教育本来是长期事业,但是我们在教育工作中却常常犯着严重的急性病。在课程编排上,本应该依据学生年龄,知识基础,按部就班的循序渐进,我们却往往把我们主观上所要教给学生的东西,往学生脑袋里硬塞。在教学方法上,本来应该着重在学生自己思想判断能力的启发,我们却往往流于死硬教条的灌输。在学习态度上,本来应该提倡恒心与耐心,我们却往往提倡"学习突击"、组织"学习竞赛",结果,不仅要学的东西,因为心里发急,完全不能把握,或是仅仅能够做到一知半解,而且由于样样都学、样样都学不通,样样都是浅尝辄止,样样都尝不出真味道,因为养成懒于进步、漠视学习,或是趾高气扬、自以为是的极端有害的态度。②

① 师田手.师田手短篇小说选[M].辽宁:春风文艺出版社,1985.255.

② 反对教育工作中的急性病[A].中央教育科学研究所编.老解放区教育资料(二)抗日战争时期(上册)[Z].教育科学出版社,1986.23.

据此，该社论文章提出一些改进的办法，如：

希望学生文化程度比较低的学校里，对文化课不要突击，这些学校文化课学习，主要目的似乎应是打下学习基础，养成学习兴趣与习惯，而不应该着重于教给学生多少货色。所以课门无妨少些，使学生有咀嚼消化的余隙。①

此外，小说中还通过一系列对话，还提出了识字、学文化对百姓生活的重要意义，如能认路认门、认钱、看信、读报、认得拖拉机的说明书、可以接受开机训练等等。

小说对史老太太一家识字过程的描写，反映了根据地人民男女老少参加冬学识字的热情；也反映了妇女翻身得解放，妇女教育开展得如火如荼；体现了共产党在根据地因地制宜开展成人教育的成就。

再如《满子夫妇》（潘之汀，1945年），描写了一对青年农民夫妇参加"冬学"学习文化之后，在精神面貌上发生了崭新的变化，在共同的学习中两人夫妻关系也从之前不团结变得和睦起来。小说中的媳妇王玉莲性格活泼，嫌弃丈夫周满子脾气发闷，两人总是一年也没几句话，闹意见不团结。冬学的教员知道了他们的情况，巧妙地利用授课的内容——"谋虑家务，团结和睦"，以及教学方式——"小先生制"——对他们进行教育，最终使两人改善了关系。其中小说里谈到的"小先生制"是根据地冬学教育中非常重要的一种方式：

教员很高兴，教完字又给她们闲拉起话来。给她们组织了互助小组，大部分是按家庭关系组成的，每小组推一个小先生，有的丈夫做了婆姨的小先

① 反对教育工作中的急性病[A]. 中央教育科学研究所编.老解放区教育资料（二）抗日战争时期（上册）[Z].教育科学出版社，1986.24.

生，有的婆姨做了丈夫的小先生。①

"小先生制"在教学法上"展开夫教子，子教母，夫教妻，小学生教大人，大家教大家的方法，打破了过去教员唱独角戏，照本宣讲的教条主义"②。小说中的情节很好地反映了当时的教育现状。

三、重视干部教育

我党在根据地建设时期非常重视干部教育，在1938年冬天召开的我党六中全会上，号召全党同志特别是干部同志要加紧理论学习。在此之后，延安的许多机关自发地建立起了理论学习小组，但是当时由于生产突击，真正的干部教育计划的实施一直到1939年6月才正式开展起来。此后的延安在职干部教育，逐渐走上了正规。③

1940年中共中央颁布了关于干部学习的指示，其中提到：

必须在各级党的组织中和党所领导的军队、政权与学校中吸收足够的在文化上与理论知识上有相当准备的知识分子党员参加干部的自习和教育的工作；各级组织的领导干部，尤其是主要领导干部必须以身作则地领导与提倡其他干部的学习。建立在职干部平均每日学习两小时的制度，并保持其持久性与经常性。④

同年3月中央书记处还颁布了《关于在职干部教育的指示》，作为对前者的补充，对接收教育的在职干部的类型做了详细规定，其中提到：

---

① 马门.延安文艺作品精编·小说卷[M].浙江文艺出版社，1992.368.

② 中央教育科学研究所编.老解放区教育资料（二）抗日战争时期（下册）[Z].教育科学出版社，1986.182.

③ 延安的在职干部教育[A].陕甘宁边区教育资料（在职干部教育部分）[Z].北京：教育科学出版社，1981.89.

④ 中央书记处.中共中央关于干部学习的指示[A].中央教育科学研究所编.老解放区教育资料（二）抗日战争时期（上册）[Z].北京：教育科学出版社，1986.194.

现时的在职干部大致可分四类：1.有相当文化理论水准的老干部；2.文化理论水准都较低的老干部；3.有相当文化水准的新干部；4.工农出身的新干部。①

1942年中央政治局通过了《中共中央关于在职干部教育的决定》，其中特别谈到了干部教育的重要性：

在目前条件下，干部教育工作，在全部教育工作中的比重，应该是第一位的。而在职干部教育工作，在全部干部教育工作中的比重，又应该是第一位的。这是因为一切工作，包括国民教育工作在内，都须经过干部去做，"在政治方针决定之后，干部就是决定一切的因素"如不把干部教育工作看得特别重要，把它放在全部教育工作的第一等地位，就要犯本末倒置的错误了。同时，着重的认真的办理干部学校，抽调许多干部，进入各种干部学校，施以系统的教育，当然是很重要的任务，对此绝不应该稍有忽视。②

在《决定》中还明确了干部教育的范围，"应以业务教育、政治教育、文化教育、理论教育四种为范围"。③

干部教育的内容有政治课、时事课，还有针对文化程度不高的干部进行的文化课教育，如"国文、历史、地理、算术、自然、社会等课④"。

---

① 中央教育科学研究所编.老解放区教育资料(二)抗日战争时期(上册)[Z].北京：教育科学出版社，1986.195.

② 中央教育科学研究所编.老解放区教育资料(二)抗日战争时期(上册)[Z].北京：教育科学出版社，1986.197.

③ 中央教育科学研究所编.老解放区教育资料(二)抗日战争时期(上册)[Z].北京：教育科学出版社，1986.198.

④ 中央教育科学研究所编.老解放区教育资料(二)抗日战争时期(上册)[Z].北京：教育科学出版社，1986.200.

在这些方针政策指导下，中共中央做出了开设干部学校的相关决定，如1939年开设中国女子大学。女大的教育方针是“以养成具有斗争理论的基础，革命工作方法，妇女运动专长和相当职业技能等，抗战建国知识的妇女干部为目的”①，女子大学的课程和班级编排摘录如下：

> 普通班（除高级班特别班而外现在都是普通班）有政治经济学、中国革命问题、中共问题、社会发展史、三民主义、妇女运动、生理卫生等。高级班有马列主义、党的建设；余同普通班。特别班有识字课、政治课、妇女工作等。此外还有选修课外国语（俄、英、日、世界语），及新闻学速记技术、会计、医药等职业教育。②

而女大的作用是“适应抗战的迫切需要，教育女干部，锻炼女干部，团结女干部，使我国女同胞能够更深切地认识抗战理论，更勇敢地在抗战中工作，更有信心地为妇女解放与民族解放而斗争”③。毛泽东同志曾经在中国女子大学开学典礼上发表热情洋溢的讲话，高度评价了成立女大的意义，他认为：

> 女大的成立，在政治上是有着非常重大的意义。它不仅是培养大批有理论武装的妇女干部，而且要培养大批做实际工作的妇女运动的干部，准备到前线去，到农村工厂中去，组织二万万二千五百万妇女，来参加抗战。假若中国没有占半数的妇女的觉醒，中国抗战是不会胜利的。妇女在抗战中是有非常重大的作用，教育子女，鼓励丈夫，教育群众，均须要通过妇女；只

---

① 海棱.中国女子大学[A].中央教育科学研究所编.老解放区教育资料（二）抗日战争时期（上册）[Z].北京：教育科学出版社，1986.382.

② 海棱.中国女子大学[A].中央教育科学研究所编.老解放区教育资料（二）抗日战争时期（上册）[Z].北京：教育科学出版社，1986.383.

③ 张晓梅.延安女大在抗战中的作用[A].中央教育科学研究所编.老解放区教育资料（二）抗日战争时期（上册）[Z].北京：教育科学出版社，1986.389—390.

有妇女都动员起来，全国人民也必然会动员起来，这是没有问题的。①

这个时期的教育小说也充分反映了革命根据地关于干部教育的措施，孔厥《一个女人翻身的故事》(1943年)。小说中的主人公折聚英，很小的时候当童养媳；长大了，由于害怕被男人打骂虐待，不敢跟他结婚，跟着来村里鼓动妇女起来革命争取男女平等的红军女宣传走了，参加了革命，认真学习文化知识，当上了区参议员的故事。

在学习上，她积极要求进步：

刚接触革命的折聚英，就接受了培训。她的同学都是农村妇女，都剪了短发。有两个教员，教了她们很多革命的道理、工作的方法。

土地革命时，她一面翻山越岭跑工作，一面念着上级散发的字条条，每天识上一半个字。

建立统一战线打日本时，她在区上工作，参加了区级干部的学习小组，还经常到区上受政训，可是，她的文化水平还是没提高多少。

1938年她跟一个长征干部、延安县的保安队长结婚，婚后不久，19岁的折聚英，就被组织批准去边区党校学习。进党校得考试，口试主要是政治，她倒一句句答上了；其次笔试，是文化，她忸忸怩怩地写出“新中国妇女折聚英”八个字。她考上了。

党校开设的课程有党建、中国问题、地理、自然常识、算术等。对于督促工农干部进入党校，也是我党领导人非常重视的教育问题。如彭真同志曾专门写文章谈论这个问题，他说：

工农干部应该学文化，现在似乎是不成问题了。因为毛泽东同志在他二月一日的整风报告中明确的指示了这个问题；同月二十八日中央在其关

① 毛泽东同志，周恩来同志在中国女子大学开学典礼上的讲话[A].陕甘宁边区教育资料(高等教育和干部学校部分下)[Z].北京：教育科学出版社，1981.106.

于在职干部教育决定中又一再着重的强调了这个问题。同时无数缺乏文化工具的干部在实际工作中，则天天身受着不能写报告、看报告、写指示、看指示和不能科学地总结工作经验的痛苦；在学习中则眼睁睁的面对着廿二个整风文件无法领会，面对着马列主义理论——丰富的世界革命遗产无法承受，自己的反省，自己的心得，则因不能用笔记起来，以致随想随忘不能系统的整理……总之，是天天都遭受着缺乏文化的苦楚，因为在实际的工作和学习生活中也应该痛感到学习文化的重要了。①

开始时，折聚英学习很吃力，跟不上，于是她加倍努力。过了几个月，被组织推荐进女子大学继续更长时期的学习，以提高自己。进女大得考试，完全是笔试，如"抗日战争的性质"、"妇女解放的道路"等，她又考上了。

1940 年春天，女子大学陕甘班正式开学，此班聚合了陕甘妇女干部的精华。折聚英被分入了乙组，做了学习小组长；不久就跳到甲组，当了课代表，同时还兼分支的干事，后来还当了总支委员。在三八节，还当选了女大的学习模范，获得了奖状，成为"学习之光"，"学习战线上的英雄"。

1940 年冬天，女大的陕甘班和特别班混合编制了，按程度，折聚英被编在十班。那班里的同学文化水平普遍高，最低是外面高小毕业生，一般都念过外面的初中和高中。从陕甘班进十班的只有四五个，其余都编进低级的班次里去了。好强的折聚英并未退缩，通过自己的努力，又当上了学习小组长。

在生产上，她的劲头丝毫不比学习方面差，积极参加劳动：

当她在党校的时候，她们妇女小组，却自动要求参加男子们的集体开荒，一同上山了。折聚英并不比镢把长多少，她却使用镢头，那熟练就像她使用针。开头，男同学们笑她的努力将是瞎子点灯，白费蜡；她却瞪了他们

---

① 彭真.工农干部要学文化[A].陕甘宁边区教育资料(在职干部教育部分)[Z].北京：教育科学出版社，1981.193.

一眼,兀自开着土,一面对她的女伴们笑说:"哼！咱们拔根汗毛,可比他们腰还粗呐!"也许是他妈妈受苦的血,同样在她身体里流吧？结果,这自小苦惯的女人,竟始终能赶上最强的男子们!①

在女大,她还参加了秋收。所以在折聚英的个人历史上,不管是在党校参加开荒,或是在女大参加秋收,她都做了劳动英雄。

而这段描写与当时对延安女子大学的学生们的生活记录如同真实的再现,1940 年 1 月载于《妇女生活》上的一篇文章《锻炼妇女的熔炉》中写道:

她们(延安女子大学学生)不但学习,而且从事生产劳动。在今年边区所热烈进行的生产运动中,她们一样的以不弱于男同志的英勇姿态走上自己的生产岗位,她们一样地分得土地,去开荒、播种、锄草以至秋收。在秋收的季节里,她们在曙色蒙眬中便赶了上山,她们发起突击和竞赛,每个人露出那结实的臂膀,挥动了熟练的——开头是不熟练——镰刀,雪亮的锋刃霍霍向着那茁长着谷穗累累的谷杆上割去。傍晚时,那赤着脚淌过了河来的人群,就是这三三五五的女劳动英雄们,她们欣喜的面孔背着一束束黄金色的谷穗,这是胜利的微笑,一颗谷子是自己的一滴汗。那在劳动中锻炼后更矫健的身体,那响亮而清脆的歌声,在夕阳晚照中,她们回校来。这次秋收是胜利的,她们举行了庆祝的晚会。②

后来因为身体的缘故,她从女大回到了延安县妇联工作,从副主任升到正主任,组织妇女,教育妇女。工作的同时,一直没有放弃学习,在整风运动时,受到县委书记的表扬,被当作工农干部学习的榜样。

折聚英的经历,反映了共产党为提高党员干部的文化、理论水平和联系实践

---

① 孔厥.一个女人翻身的故事[M].北京:新华书店,1949.48.

② 教育科学研究所筹备处编.老解放区教育资料选编[Z].北京:人民教育出版社,1959.209—210.

的能力,采取了开办学校、组织生产等方式。更体现了共产党针对长期以来地位低微,生活内容以家务农活为主的广大妇女,为解放她们的思想,发展了女性党员;为提高她们的妇女觉悟和文化水平,开办了党校、女大,培养妇女工作的干部,为当时的贫苦农村妇女的翻身解放,指出了一条光明的道路。

总之,这一时期的教育小说记载了根据地多种形式的教育情况,也描写了根据地和解放区青年知识分子成长历程,可以为后人研究该时期的教育提供鲜活的材料。

第四节 个案研究——老舍教育小说中的教育思想

老舍(1899—1966),是我国现代著名小说家,文学家,戏剧家,原名舒庆春,字舍予。满族,北京人。他一生创作了大量优秀的小说,曾获得“人民艺术家”的称号。老舍的一生“差不多老没和教育事业断缘”①,既担任过小学校长(北京东城区方家胡同路小学),还担任过中学教员(天津南开学校),大学教授(在北京大学、山东大学任教)。所以教育在老舍的人生道路上占据着重要的地位,也成为他日后进行小说创作的重要题材。

老舍在自传中写道:“生于北平,三岁失怙,可谓无父。志学之年,帝王不存,可谓无君。无父无君,特别孝爱老母,布尔乔亚之仁未能一扫空也。幼读三百千,不求甚解。继学师范,遂奠教书匠之基。”从这段自述中可以看出,老舍很小就失去了父亲,由母亲抚养成人,后来考入师范学校(北京初级师范学校),为以后的投身教育打下基础。因为家庭贫困,老舍从初级师范学校毕业后就没有再继续升学,而是去挣钱养家,当了一名小学校教员,后来陆续换过一些地方,如去南开中学教书(1922 年),但是仍然都是担任教员的工作。1924 年夏,应燕京大学教书的英国教授易文思的邀请,到英国伦敦大学东方学院任华语讲师。自此

① 老舍.我怎样写《赵子曰》[A].曾广灿,吴怀斌编.老舍研究资料(上)[M].北京:北京十月文艺出版社,1985.527.

老舍踏上了异域的国土，这也成为他人生中一个重要的转折。

在英国期间他陆续写成了长篇教育小说《老张的哲学》(1926 年)、《赵子曰》(1927 年)和《二马》(1929 年)，1929 年于归国途中滞留新加坡，创作了长篇儿童教育小说《小坡的生日》。1930 年 7 月，应聘为济南齐鲁大学文学院教授和国学研究所文学主任，1934 年去青岛山东大学教书。在 30 年代前期还有《猫城记》(1932 年)、《离婚》(1933 年)和《牛天赐传》(1934 年)等长篇问世。抗日战争的炮声打乱了作家的生活，老舍开始过起了四处流亡的生活，“抗战改变了一切，我的生活与我的文章也都随着战斗的急潮而不能不变动了①”，并且积极投身到抗日救亡的活动中，在武汉和几个朋友们积极筹备全国文艺界抗敌协会，并担任常务理事之职，发行会刊《抗战文艺》。随着战事的紧张，老舍又来到了重庆，继续进行着抗日救国活动。1939 年，跟随战地访问团到华北战地去访问抗战战士，在近半年的行程中，开阔了他的视野，也丰富了他的生活，发表了展现抗战生活的短篇小说《一块猪肝》《人同此心》，积极实现着文艺为抗战服务的宗旨。

抗日战争胜利后，1946 年 3 月，老舍应美国国务院邀请赴美讲学。一年期满后，老舍继续滞留美国，直至 1949 年新中国成立后回国。在此期间，他创作了非常著名的长篇小说《四世同堂》，该小说是是老舍完成的规模最宏大的作品，围绕着抗日战争期间北平一个名叫“小羊圈胡同”各种人物展开叙述，描写了沦陷区人民的苦难经历，揭露了日本侵略者的残暴，同时也表现了知识分子的懦弱与苦闷，以及下层普通劳动人民的对敌斗争的勇气和决心。小说洋溢着老舍强烈的爱国主义精神，是反映抗战时期人民风貌的优秀小说代表之一。对此，茅盾曾给予老舍很高的评价：“艰辛地从事于文艺创作二十年之久的老舍先生，他的对于民族、祖国的挚爱和热望，他的正义感，他的对于生活的严肃，正以有增无减的毅力和活力，为抗战文艺贡献了他的卓越的才华。②”

---

① 老舍.老舍自传[M].南京：江苏文艺出版社，1995.136—137.

② 茅盾.光辉工作二十年的老舍先生[A].曾广灿，吴怀斌编.老舍研究资料(上)[M].北京：北京十月文艺出版社，1985.248.

下面列举老舍所创作的教育小说，本节主要以其抗战期间的教育小说为例，试分析其教育小说中的思想内容。

老舍教育小说一览表①

发表日期	作品名称	期刊/出版社
1926 年	《老张的哲学》	发表于《小说月报》第 17 卷 7—12 号。商务印书馆 1928 年 1 月初版
1927 年	《赵子曰》	发表于《小说月报》第 18 卷第 3、8、10、11 号。商务印书馆 1928 年 4 月初版
1929 年	《二马》	发表于《小说月报》第 20 卷第 5—12 号，商务印书馆 1931 年 4 月初版
1931 年	《小坡的生日》	发表于《小说月报》第 22 卷第 1—4 号。上海生活书店 1934 年 7 月初版
1932 年	《猫城记》	发表于 1932—1933 年的《现代》第 1 卷第 4 期—第 2 卷第 6 期，上海现代书局 1933 年 8 月初版
1933 年	《离婚》	上海良友图书印刷公司 8 月初版，人民文学出版社经作者校订，略作删改，1963 年 4 月再版
	《大悲寺外》	发表于《文艺月刊》第 4 卷第 1 期
	《昼寝的风潮》	发表于《论语》第 9 期
1934 年	《牺牲》	发表于《文学》第 2 卷第 4 号
	《铁牛和病鸭》	发表于《文学》第 2 卷第 1 号
	《牛天赐传》	发表于 1934 年 9 月至 1935 年 10 月《论语》第 49—74 期(61、68 无)，人间书屋 1936 年 3 月初版
1935 年	《阳光》	发表于《文学》第 4 卷第 5 号
	《月牙儿》	发表于《国闻周报》第 12 卷第 12—14 期

① 舒济，舒乙编.老舍小说全集[M].武汉：长江文艺出版社 1993.

续表

发表日期	作品名称	期刊/出版社
1936年	《新韩穆烈德》	发表于《国闻周报》第13卷第10期
	《新爱弥尔》	发表于《文学》第7卷第1号
	《文博士》	发表于1936年10月至1937年7月《论语》98—115期(110、113无),1940年11月香港作者书社初版
	《且说屋里》	初载开明书店创业十年纪念集《十年》
1937年	《杀狗》	发表于《文学杂志》第1卷3期
1938年	《一块猪肝》	发表于《文艺月刊·战时特刊》第7期
	《蜕》	发表于1938年2月至1939年3月《抗到底》第4期至第13、14期合刊、第16期至第19期、第21期、22期合刊至第23期。
	《人同此心》	《抗战文艺》创刊号
1944	《惶惑》(《四世同堂》第一部)	发表于《扫荡报》,1944年11月10日—1945年9月2日。1946年上海晨光出版公司出版单行本
1945	《偷生》(《四世同堂》第二部)	《世界日报》5月1日—12月15日。1946年上海晨光出版公司出版单行本
1950年	《饥荒》(四世同堂第三部)	上海《小说》第4卷第1—6期(1950—1951)

一、"无知者"的气节对知识分子的影响

在老舍的教育小说中,对抗战期间保持了民族气节的人物表示出深深的敬意。这些人物在他的小说中,往往是"无知者",即没有接受过多少学校教育的普通小人物,但他们却是作为教员、大学生等知识分子的精神导师出现的,因为他们比某些知识分子更勇敢,更爱憎分明,更有骨气。

在《杀狗》(1937年)中,老舍描述了青年学生的思想挣扎。日本侵华,"家事国事天下事,没有一样足以使一个有志的青年打起精神,去笑一笑的"①,大家很

① 舒济,舒乙编.老舍小说全集(第11卷)[M].武汉:长江文艺出版社,1993.38.

想做点什么。大二的杜亦甫、周石松、徐明侠、初济辰四人，常于夜间在宿舍里开小组会议，无论有无实际的问题，他们总感到兴奋，用些激烈的言语来讨论，他们恐惧、骄傲、自负，认为自己可以给东亚放起一把野火来，使这衰老的民族看到光明。杜亦甫是小团体的首领，他说和平就是屈服，我们应该预备流血，给自己制造留血的机会，除了流血没有第二条路可走。他们准备后天去大市的香会上发传单，若是和敌人碰了头，就必出乱子，而出乱子才是目的。可是第二天，徐明侠就溜回家了，原来他早已得知消息，日军要进城搞屠杀、恐吓，肃清激烈人物与思想。杜亦甫软下来了：

> 低下头去，好大半天没说出话来。一点也不用再疑惑了，他心中承认了自己的的确确缺乏着一点什么，这点缺欠使他撑不起来昨天所说的话。他抬不起头来，不能再辩论，在两个同志面前，除了承认自己的缺欠，别无办法。①

他承认自己缺乏“一点像生命素的东西”②，缺乏与敌人战斗、笑着去成仁取义的勇气；而他缺乏的，是当时的不少大学生所缺乏的，因为他知道“大家所做的不都缺乏着什么吗”③？于是这剩下的三个，再也没有上街的勇气，也准备躲一躲。开始时，学校还有人上课，“大家都很镇定”；随着消息的越来越坏，后来课堂上的学生越来越少，“学校的大钟还按时敲打，可是课堂上没有多少人了”。④ 学生们都躲回家了。杜亦甫一刻不停地思索，一会儿想去拼命，一会儿又觉得白白送死没有价值，越想越乱，越乱越不得主意，“他仍然不肯承认他害怕，可是无论怎样也找不到去干点什么的勇气”⑤。他们很害怕、慌张，杜亦甫终于说出“我

---

① 舒济，舒乙编.老舍小说全集(第 11 卷)[M].武汉：长江文艺出版社，1993.44.
② 舒济，舒乙编.老舍小说全集(第 11 卷)[M].武汉：长江文艺出版社，1993.38.
③ 舒济，舒乙编.老舍小说全集(第 11 卷)[M].武汉：长江文艺出版社，1993.39.
④ 舒济，舒乙编.老舍小说全集(第 11 卷)[M].武汉：长江文艺出版社，1993.44—45.
⑤ 舒济，舒乙编.老舍小说全集(第 11 卷)[M].武汉：长江文艺出版社，1993.46.

怯”二字、周石松也表示自己没主意。[①] 报纸上刊登了日本特务和汉奸的宣传文章，他们知道有大批的人被捕了。杜亦甫想到了父亲，父亲是国术馆的教师，可是他不大看得起父亲，他永远管国术叫作“摆好架子，等着挨揍”[②]。要捕人，国术馆是逃不过的，因为国术馆提倡武艺，“提倡”在日本人眼里就是最大的罪名。等消息缓和些了，杜亦甫才赶回家看看，平日里他瞧不起父亲，到现在他也没把父亲的身份提高多少，不过，他想在父亲身上找到一些被他忽略了的东西：

他不愿绕着弯儿去原谅自己，可也不愿过火的看轻自己，把事情拉平了看，他觉得他的那点教育使他会思索，会顾虑，会作伪，所以胆小。他得去拿父亲证实了这个。父亲不识字，不会思索顾虑与作伪，那么就天然的应当胆粗气壮。可是，父亲到底是不是这样呢？假若父亲是这样，那么，他便可以原谅自己，而且得到些希望。这就是说，真正有骨气的倒是那些不识字的人们，并不必等着几个读书人去摇旗呐喊才挺起胸来——恰恰和敌人们所想的相反。果然要是这样，这是个绝大的力量。反之，那便什么也不必用再说，全民族统统是挨揍的货了！他得去看父亲，似乎民族兴亡都在这一看中。[③]

杜亦甫怀着一点希翼回家。他的父亲的确被捕了，但他勇敢，淡定，一身傲骨，即使挨打也没有卑躬屈膝，最后他被放了出来。他告诉儿子：

我不认字，不会细细的算计，我可准知道这么个理儿，只要挺起胸脯不怕死，谁也不敢斜眼看咱们！[④]

---

① 舒济，舒乙编.老舍小说全集(第 11 卷)[M].武汉：长江文艺出版社，1993.48—49.
② 舒济，舒乙编.老舍小说全集(第 11 卷)[M].武汉：长江文艺出版社，1993.34.
③ 舒济，舒乙编.老舍小说全集(第 11 卷)[M].武汉：长江文艺出版社，1993.49—50.
④ 舒济，舒乙编.老舍小说全集(第 11 卷)[M].武汉：长江文艺出版社，1993.53.

杜亦甫得到了满足,他的心不再悬着了,看到了新的希望。从父子的对话中,可以看出老舍先生对不识字却正义凛然之士的敬仰,面对刺刀而毫无畏惧,这不是通过学校教育就能达到的。

在《四世同堂》的第一部《惶惑》(1944 年)中,老舍先生也描写了一个练武出身的金三爷。金三爷少年时踢过梅花桩,摔过私跤,扔过石锁,练过形意拳,而没读过一本书。他不畏强暴,出手惩治汉奸,在做中学教师的瑞宣看来:

> 他认识了拳头的伟大与光荣。不管金三爷有没有知识,有没有爱国的心,反正那对拳头使金三爷的头上发出圣洁的光。他自己呢,只有一对手,而没有拳头。他有知识,认识英文,而且很爱国,可是在城亡了的时候,他像藏在洞里的一条老鼠!①

瑞宣的自惭使他钦佩了金三爷。瑞宣是爱国的,他是祈家的长孙,接受过高等教育,是一位中学教师,气质文雅自然,学问见识都好。他面对时局,检讨自己既不能奔赴战场,对国家不忠;又不能保护家人安危,不孝,于是他对知识的价值很怀疑:

> 一会儿,他觉得自己是有最高文化的人——爱和平,喜自由,有理想,和审美的心;不野调无腔,不迷信,不自私。一会儿,他又以为自己是最没有用处的废物:城亡了,他一筹莫展;国亡了,他还是低着头去作个顺民;他的文化连丝毫的用处也没有!②

是的,有的时候文化带给人累赘。脱掉文化这个外套,可能会更清楚地认识自己,看清方向。瑞宣对没有文化的金三爷在国破家亡时表现出的骨气的敬重,

---

① 舒济,舒乙编.老舍小说全集(第 6 卷)[M].武汉:长江文艺出版社,1993.230.
② 舒济,舒乙编.老舍小说全集(第 6 卷)[M].武汉:长江文艺出版社,1993.240.

反映了金三爷们在精神上给知识分子带来的震撼。战乱年代,知识分子经常会感到迷茫,有良知的知识分子往往会对自己拥有的文化知识进行审视。与瑞宣同样有反省意识的,还有钱默吟先生。

钱先生是个诗人,是个按着自己的理想生活的人,永远不会算账,也无账可算,因为他的手头永远没有宽裕过,有时甚至饿着,但从不欠人的、借人的。他吟诗画画,养弄花草,清高、和蔼,有些思想。因被人告密被捕,他在狱中受到敌人的折磨,他反省自己的罪过,明白自己不是被国事连累,而是因为自己偷闲取懒误了国事;自己罪有应得!他决定去赎以前袖手旁观国事的罪过。他认为:

书生都喜欢纸上谈兵,只说而不去实行;他是书生,他知道怎样去矫正自己。①

钱先生纠正自己的表现之一就是出狱后,他对金三爷的态度发生了变化。金三爷以前是崇拜钱诗人,才把女儿许配给了钱家大少爷。钱诗人虽然和善,但在内心还是把朋友分了高低的,金三爷往日并不太受欢迎,只是个还不坏的亲友。但是,自从钱诗人出狱、金三爷怒揍冠晓荷后,钱诗人对金三爷的每次到来都非常高兴,使得仰慕钱诗人的瑞宣几乎要有点嫉妒了。金三爷是个粗人:

金三爷的谈话和平日一样的简单,粗鲁,而且所说的都是些最平常的事,绝对没有启发心智或引人作深想的地方。②

那些话在瑞宣看来,简直说不说都没大关系,可是钱老人仿佛听到了最有意义的劝慰似的,连连地点头。瑞宣看出来,以往有学养、趣味的钱诗人开始崇拜金三爷了。原因呢,从钱老人下面的话里可以明白一二:

---

① 舒济,舒乙编.老舍小说全集(第6卷)[M].武汉:长江文艺出版社,1993.422.

② 舒济,舒乙编.老舍小说全集(第6卷)[M].武汉:长江文艺出版社,1993.316.

在这年月,有金三爷的身体比有咱们这一肚子书强得太多了!三个读书的也比不上一个能打仗的!①

原来钱诗人在羡慕金三爷的身板强健,能够挥拳打架;他想报仇。老诗人由于受过狱中的摧残,模样上变了,现在看来他的内心也变了,“谁能想到不肯损伤一个蚂蚁的诗人,会羡慕起来,甚至是崇拜起来,武力与身体呢?”②老人似乎一下子由饮酒栽花的隐士变成敢流血的战士。儿媳怀孕了,许久未笑的老人笑了,说“生个会打仗的孩子吧”③!他有时甚至于给这有四五个月才能降生的娃娃起名字,问四大妈叫“钱勇”好还是“钱仇”好,并说“仇”字似乎更厉害些;可是有时老人一听到将来的娃娃,便忽然动了怒,因为想到孩子一出生就是个“小亡国奴”。④ 一个生活与趣味全都是田园诗样的钱先生现在居然不考虑一切,只想报仇。因为钦佩钱老人,瑞宣就更看不起自己。因为他的脑子一天到晚像陀螺一般的转动,可是连一件事也决定不了,他只好管自己叫作“会思想的废物”⑤!后来瑞宣和已经投身抗日的钱先生又见面了,钱先生教育瑞宣说:“士大夫的习气须一律除去”,“把那些习气剥净,咱们才能还原儿,成为老百姓。你看,爬在战壕里打仗的全是不吃茶的百姓,而不是穿大衫,喝香片的士大夫。咱们是经过琢磨的玉,百姓们是璞。一个小玉戒指只是个装饰,而一块带着石根子的璞,会把人的头打碎!”⑥这位诗人,在他的那些旧道德礼仪、诗歌图画的文化基础上,改造、产生了新的文化,大众的文化。

程长顺,一个与外婆相依为命、沿街去叫“转盘的话匣子”为业的青年人,但在与瑞宣接触的过程中,对瑞宣的话吸收得非常快,内心里也发生了变动,这是

---

① 舒济,舒乙编.老舍小说全集(第6卷)[M].武汉:长江文艺出版社,1993.317.
② 舒济,舒乙编.老舍小说全集(第6卷)[M].武汉:长江文艺出版社,1993.317.
③ 舒济,舒乙编.老舍小说全集(第6卷)[M].武汉:长江文艺出版社,1993.318.
④ 舒济,舒乙编.老舍小说全集(第6卷)[M].武汉:长江文艺出版社,1993.383.
⑤ 舒济,舒乙编.老舍小说全集(第6卷)[M].武汉:长江文艺出版社,1993.318.
⑥ 舒济,舒乙编.老舍小说全集(第7卷)[M].武汉:长江文艺出版社,1993.237.

瑞宣没有料到的。与他的学生相比，他也并没感到他的谈话学生能收到多大的效果。也许是学校里的教师多，学生们听的话也多，所以学生们的耳朵似乎已变硬，不轻易动他们的感情。长顺没入过中学，除了简单数目的加减与几个常见的汉字，他差不多什么也不知道。但是有一天他扭捏了半天，而后说出一句话来："祁先生！我从军去好不好？"瑞宣从长顺的成长中发现了一个事实：

> 知识不多的人反倒容易有深厚的情感，而这情感的泉源是我们的古远的文化。一个人可以很容易获得一些知识，而性情的深厚却不是一会儿工夫培养得出的。上海与台儿庄的那些无名的英雄，他想起来，岂不多数是没有受过什么教育的乡下人么？他们也许写不上来"国家"两个字，可是他们都视死如归的为国家牺牲了性命！同时，他也想到，有知识的人，像他自己，反倒前怕狼后怕虎的不敢勇往直前；知识好像是情感的障碍。①

有知识的人，往往顾虑就多；下等人比穿长衫的人更容易感动，因为他们简单真纯。祈家三孙子瑞全也有类似的感受。

瑞全是大学生，还差一年就毕业了。有思想，性子急，而且有决断。他看到时局的紧急，"只感到兴奋，而毫无不安与恐惧"②，他英勇、正直。在哥哥瑞宣和钱诗人的鼓励、帮助下，他偷偷地离开北平，去献身国家了。他到过西北的黄土地，他爱那里的人民：

> 他们耕植的方法是守旧的，他们的教育几乎是等于零的，他们的生活是极端艰苦的，可是他们诚实，谨慎，良善，勤俭。只要他们听明白了，他们就（哪怕他们自己须挨饿呢！）不惜拿出粮食，金钱，甚至于他们的子弟，献给国家。他们没有北平人那样文雅，聪明，能说会道，可是他们，他们，负起抗战

---

① 舒济，舒乙编.老舍小说全集（第7卷）[M].武汉：长江文艺出版社，1993.26.

② 舒济，舒乙编.老舍小说全集（第6卷）[M].武汉：长江文艺出版社，1993.23.

的全部责任;中国是他们的。是他们,把秦岭与巴山的巨石铲开,修成公路;是他们,用一筐一筐的灰沙,填平水田,筑成了飞机场;是他们,当敌人来到的时候,烧了房屋,牵了牛马,随着国旗撤退;是他们,把子弟送上前线,把伤兵从战场上抬救下来。

有这样的人民,才有吃不饱,穿不暖,而还能打仗的兵。有他们,"原始的"中国才会参加现代的战争。

他们不知道多少世界大势,甚至不认识自己的姓名,可是他们的心中却印着两三千年传下的道德,遇到事要辨别个是非。假若他们不知道别的,他们却知道日本人不讲理。这就够了。他们全用血肉和不讲理的人见个高低。①

由于地理位置的偏僻,他们看起来散漫,可是文化的历史与传统的道义把他们拴到一处,他们明辨是非,心存大义,知道日本人不讲理,知道作为中国人该如何保卫祖国。瑞全惭愧了:

他有点知识,爱清洁,可是,他看出来,他缺乏着乡民的纯朴,力量,与从地土中生长出来的智慧。有许多事,乡民知道,乡民能作,而他不懂,不能作。他的知识,文雅清洁,倒好像是些可有可无的装饰;乡民才是真的抓紧了生命,一天到晚,从春至冬,忙着作那与生命密切相关的事情;而且到时候,他们敢去拚命——尽管他们的皮肤是黑的,他们的血可是或者比他的更热更红一点。②

他不再注重自己的外表、生活方式,他超越了从前的自己。而且瑞全懂得了"民众"是自己的老师:

① 舒济,舒乙编.老舍小说全集(第8卷)[M].武汉:长江文艺出版社,1993.147—148.

② 舒济,舒乙编.老舍小说全集(第8卷)[M].武汉:长江文艺出版社,1993.148.

以前，在北平的时候，他与别的青年一样，都喜欢说“民众”。可是，那时节，他的“民众”不过是些无知的，肮脏的，愚民。他觉得自己有知识，有善心，应去作愚民的尊师与教主。现在，他才知道，乡民，在许多事情上，不但不愚，而且配作他的先生。①

瑞全放弃了大学生的骄傲，他与乡民们在一块儿工作，一块儿抗敌。而且，要把他所知道的教给乡民；同时，也从乡民那学习他所不知道的：

他不大会唱歌，而硬着头皮给百姓们唱抗战的歌曲。他不会演戏，而拉长了脸上台。他不会写文章，可是拧起眉毛给人们写抗战的故事。同样的，他不会骑马放枪，可是下了决心请百姓们教给他。②

瑞全在思想上更贴近现实了，他抓住了爱国的真对象。爱国成了具体的事实——爱那些人民与土地，一个都市的青年认识了真的中国，他在接触乡民的过程中成长着。

另外，老舍先生还写到一位女性，家庭主妇，就是瑞宣的妻子，小顺儿的妈——韵梅。他的婚姻是父亲包办的，瑞宣不是很高兴这门婚事，但他在行动上“总求全盘的体谅”③，为全家人的感受考虑，宁愿自我牺牲，才委曲求全跟韵梅结婚。韵梅没有读过书，与瑞宣没有共同语言。但这位普通的家庭主妇，有着许多读书女性没有的优良品质和智慧：

她很爱孩子，也很肯管教孩子。她没受过什么学校教育，但从治家与教

---

① 舒济，舒乙编.老舍小说全集(第8卷)[M].武汉：长江文艺出版社，1993.149.

② 舒济，舒乙编.老舍小说全集(第6卷)[M].武汉：长江文艺出版社，1993.149.

③ 舒济，舒乙编.老舍小说全集(第6卷)[M].武汉：长江文艺出版社，1993.33.

养小孩子来说，她比那受过学校教育，反对作贤妻良母，又不幸作了妻与母，而把家与孩子一齐活糟蹋了的妇女，高明得多了。她不准小孩子有坏习惯，从来不溺爱他们。她晓得责罚有时候是必要的。①

反映出作者对那些进过学校，受过新式教育，却对教养孩子的道理毫无认识的知识女性的嘲讽。面对粮荒带来的饥饿，韵梅又黑又瘦，但仍死心塌地地为一家大小操劳，把操持家务视成无可卸脱的责任，作者写到：

她不会自动的成为勇敢的，陷阵杀敌的女豪杰，像一些受过教育，觉醒了的女性那样；可是就事论事，瑞宣没法不承认她在今天的价值。②

她以前的欠缺，现在都变成了她的长处，她是中国历史上品德优秀的女性的化身。在国难中，韵梅帮助瑞宣保持住了一家的清白。这在作者看来，也是一种抗敌。在胡同里的日本小孩欺侮小顺儿时，韵梅以为日本人灭了北平，所以日本孩子才敢这么欺侮人，于是她教训了日本小孩。作者认为韵梅的举动，本质上跟钱先生、刘师傅等抗日战士的行动是一类的。

在面对日本入侵，国家危亡的时刻，没受过多少教育的百姓们所展现的民族气节、浩然正气，教育着学生、教师等知识分子，使他们认识到在乱世，每一个国民的头一件任务是牺牲自己，抵抗敌人；使他们看到自己的不足，鞭策着、鼓励着他们挺起胸膛，沉毅勇敢地为民为国为和平而奋战。

二、日本人在占领区实施奴化教育

日军所到之处，必展开对中国文化的野蛮摧残，以造就亲日的、至少不敢反抗的顺民，消磨中国人民的斗争精神，控制中国人民的思想。其措施如下：

---

① 舒济，舒乙编.老舍小说全集(第6卷)[M].武汉：长江文艺出版社，1993.319.

② 舒济，舒乙编.老舍小说全集(第8卷)[M].武汉：长江文艺出版社，1993.129.

(一)焚毁与专卖图书

使中国人思想停滞,服从日本人号召,需要切断中国人的精神食粮的来源,因此日本实施奴化教育的措施之一是烧书。在《惶惑》中,白巡长让热心人李四爷去祈家、钱家告诉一声:

> 教他们把书什么的烧一烧。日本人恨念书的人!家里要是存着三民主义或是洋文书,就更了不得!①

因为这胡同里只有他们两家有书。面对命令,祈家的人反应不一:祈老爷子对书虽没有什么好感,但毕竟都是花钱买来的,烧了未免可惜,可是书可能带来的祸患相比,必须得烧;瑞宣是个孝子,忍痛把好贵的洋文书搜拣着烧掉;瑞全称这是"焚书坑儒",他爱书,但现在,他觉得自己与书的关系已不十分亲密了,书、家庭、学校、北平,这些在他的心中已不再占有重要的地位,他一心想到有鲜血和炮火的地方去战斗。

瑞全又到钱家去传达白巡长嘱咐烧书的意思。钱家多线装书,瑞全说:

> 这些线装书大概可以不遭劫了吧?日本人恨咱们的读书人,更恨读新书的人;旧书或者还不至于惹祸!②

为什么新书危险,而旧书不至于惹祸,从下面这段描述中,我们可以找到答案:

> 老三正在床上躺着,看一本线装书——洋书都被大哥给烧掉,他一来因为无聊,二来因要看看到底为什么线装书可以保险,所以顺手拿起一本

---

① 舒济,舒乙编.老舍小说全集(第6卷)[M].武汉:长江文艺出版社,1993.38.

② 舒济,舒乙编.老舍小说全集(第6卷)[M].武汉:长江文艺出版社,1993.41.

来。看了半天，他才明白那是一本《大学衍义》。他纳着气儿慢慢的看那些大字。字都印得很清楚，可是仿佛都象些舞台上的老配角，穿戴着残旧的衣冠，在那儿装模作样的扭着方步，一点也不精神。当他读外文的或中文的科学书籍的时候，书上那些紧凑的小字就象小跳蚤似的又黑又亮。他皱紧了眉头，用眼去捉它们，一个个的捉入脑中。他须花费很大的心力与眼力，可是读到一个段落，他便整个的得到一段知识，使他心中高兴，而脑子也仿佛越来越有力量。那些细小的字，清楚的图表，在他了解以后，不但只使他心里宽畅，而且教他的想象活动——由那些小字与图解，他想到宇宙的秩序，伟大，精微，与美丽。假若在打篮球的时候，他觉得满身都是力量与筋肉，而心里空空的；赶到读书的时候，他便忘了身体，而只感到宇宙一切的地方都是精微的知识。现在，这本大字的旧书，教他摸不清头脑，不晓得说的到底是什么。他开始明白为什么敌人不怕线装书。①

这段内容，表达了民国时期青年学生对经学的疏远，对新文化、对科学的汲汲以求。前者代表了陈旧，保守，已经发霉发烂；后者代表了力量、进步。在监狱中，一个审讯钱先生的日本人说日本人都喜欢旧诗，还说：

他们不喜欢你们的青年人，那会作新诗和爱读新诗的青年人；这些人简直不很像中国人，他们受了英美人的欺骗，而反对日本。②

日本人以为中国人对他们的仇视，就是那些读过新书的人煽动的，他们厌恶、痛恨中国读新学的青年人。

除了让家家户户焚毁自家书籍，日本军队还焚毁图书馆：

---

① 舒济，舒乙编.老舍小说全集（第6卷）[M].武汉：长江文艺出版社，1993.75—76.
② 舒济，舒乙编.老舍小说全集（第6卷）[M].武汉：长江文艺出版社，1993.417.

在天津，在敌人占据了各学校之后，他们本无意烧掉各图书馆的书籍，不是爱惜它们，而是以为书籍也多少可以换取几个钱的。可是，及至他们的驻津领事劝告他们，把书籍都运回国去。他们马上给图书馆们举行了火葬。①

以前那些卖新书的书店，还照常开着，可是它们存着的新书已被日本人拿去烧掉，它们现在印刷的已都不是新书。瑞宣喜欢逛书铺和书摊，看到新书，他不一定买，可是翻一翻它们，他就觉得舒服：

新书仿佛是知识的花朵。出版的越多，才越显出文化的荣茂。

但是由于日本人的“专卖”图书，书店和书摊上，只有老书和不堪翻阅的“新”书，《孝经》《四书》与《西厢记》等等都在重印，而看不到真的新书，日本人已经不许中国人发表思想。②《诗经》《四书》中有的是忠孝仁义的思想；《西厢记》等关于男女恋情的描写，引导读者抛开仇恨，痴迷情感世界。日本人在搜查瑞宣房屋时，看到墙上的一张大清一统地图，他们很满意，认为中国人一向讲究效忠，以前能忠于大清皇帝，现在理应忠于日本天皇。因此，对瑞宣而言，他现在不敢去看书摊：

老书对他毫无用处。不单没有用处，他以为自己许多的观念与行动还全都多少受了老书的恶影响，使他遇到事不敢说黑就是黑，白就是白，而老那么因循徘徊，像老书那样的字不十分黑，纸不完全白。可是，对于新书，他又不敢翻动。新书不是色情的小说剧本，便是日本人的宣传品。他不能甘心接受那些毒物。他极盼望能得到一些英文书，可是读英文便是罪状；他已

---

① 舒济，舒乙编.老舍小说全集(第6卷)[M].武汉：长江文艺出版社，1993.246.

② 舒济，舒乙编.老舍小说全集(第7卷)[M].武汉：长江文艺出版社，1993.22.

经因为认识英文而下过狱。对于他,精神的食粮已经断绝。①

瑞宣可以下定决心不接受日本人的宣传品,却没法子使自己不因缺乏精神食粮而仍感到充实。断绝了精神食粮的人,无异于行尸走肉。可是,日本人所需要的中国人正是行尸走肉。日本人在毁灭着中国的文化教育。

日本人烧新书的同时,却允许中国的旧文艺存在,他们认为旧文艺与旧书一样,蕴含着中国传统的社会伦理、士大夫阶层的立身之道等。钱诗人因为有个热血的儿子而被捕了,在牢房,钱先生思索着,日本人为什么劝降他,用学优而仕来引诱他,后来他终于想出来了:

那山水画中的宽衣博带的人物,只会听琴看花的人物,不也就是对国事袖手旁观的人么?日本人当然喜欢他们。他们至多也不过会退隐到山林中去,"不食周粟";他们决不会和日本人拚命!②

因为自己是个喜好吟诗作画的旧派人物,日本人断定自己清高、洁身自好,不屑于参与政治军事斗争,因此要诱降自己。虽然钱先生没有背叛祖国,但在日本人威逼利诱下,倒向日本人怀抱的知识分子也不乏人,如钱先生的妻兄,也是他的好友之一的陈野求,一肚子学问,后来去为日本人做事了。

新民会成立了剧团,专上演日本人选好的剧本。电影园不准再演西洋片子,日本的和国产的《火烧红莲寺》之类的影片都天天"献映"。旧剧特别的发达,市民与学生们因为无聊,争着去看戏。

旧文艺和旧书的结合,备得日本人欣赏。撂地摊说相声的方六为得到去广播的机会,开始背《四书》。一个在新民会的朋友告诉他:

① 舒济,舒乙编.老舍小说全集(第7卷)[M].武汉:长江文艺出版社,1993.339.
② 舒济,舒乙编.老舍小说全集(第6卷)[M].武汉:长江文艺出版社,1993.419.

日本人相信四书，因为那是老东西。只要你每段相声里都有四书句子，日本人就必永远雇用你广播！你要时常广播，你就会也到大茶楼和大书场去作生意，你就成了头路角儿！①

方六明知道引用四书句子并不能受听众的欢迎，因为当时的大学生中学生，和由大学生中学生变成的公务员，甚至于教员，都没念过《四书》。但是，他相信朋友的话，这是日本人的天下，只要日本人肯因他会运用《四书》而长期的雇用他去广播，他便有了饭碗。于是他把《四书》背得滚瓜烂熟，在讲解的时候，他不管听众，他的眼只看着日本人。由于日本人很满意，他拿稳了饭碗，不再去撂地摊，而大馆子争着来约他——不为他的本事，而为他与日本人的关系。同时，“福至心灵的他也热心的参加文艺协会，和其他一切有关文化的集会。他变成了文化人”②。方六的变化是中国百姓在日本奴化教育下丧失心气的一个缩影。

日本人喜欢中国一切旧的东西，喜欢中国人读线装书、做旧体诗、用文言文、耍旧玩艺儿、穿长衫、抽大烟打麻将。他们焚毁新的书籍，专卖图书，保留旧的文艺，意图控制中国的教育，如此下去，中国人将丧失思想的能力。

(二)强迫学生游行来庆祝中国城池陷落

保定陷落，为日本军队搞宣传的汉奸组织新民会为表示庆祝而举行大游行，由于其他团体不易发动，他们竟然利用全城的中学生和小学生来保证游行成功。

祁家老二瑞丰为人实际，浮浅又俗气。他受过教育，但没培养出做人的品格，使他的文凭成为“换取生活费用的执照”③。他是一家中学的庶务主任。瑞丰的同事，教务主任兼国文教员蓝东阳加入了新民会。蓝东阳在校内的势力几乎比校长还大，是学校一霸。他最大的荣耀是他会写杂文和新诗，但从未被报纸采用过稿子，但日本人占领北平后，他的不通的诗文有了刊发的机会，他向敌人

① 舒济，舒乙编.老舍小说全集(第7卷)[M].武汉：长江文艺出版社，1993.432.

② 舒济，舒乙编.老舍小说全集(第7卷)[M].武汉：长江文艺出版社，1993.433.

③ 舒济，舒乙编.老舍小说全集(第6卷)[M]. 武汉：长江文艺出版社，1993.249.

或汉奸办的报纸投稿,而这些报纸正缺乏稿子,他专攻击那些逃出北平,到前线或后方工作的作家们,他在乎虚假的文艺者的称呼。

就是这样的教师、奴才,在筹备庆祝大会。蓝东阳把希望寄托在全体教职员和全体学生,说了许多恫吓的话,仍不放心,却又不敢紧紧地逼迫老师们参加庆祝游行。于是,他拉拢平日里口碑不佳的瑞丰,许诺让瑞丰做副司令。瑞丰喜欢这个官衔,满口答应。瑞丰所受过的教育,“只教给了他一些七零八碎的知识,而没教给他怎么思想,和怎么判断;因此,他最适宜于当亡国奴——他没有自己的见解,而愿意接受命令;只要命令后面还随着二两酒或半斤肉”①,他为自己得到领队的身份而自豪。

游行的当天是双十节,国庆日。当日校长没来,教员只来了一位。学生们每个人的脸上都是那么忧郁、不快活。蓝东阳来到操场训话说:

> 用不着点名,谁没来我都知道!一定开除!日本友军在城里,你们要是不和友军合作,就是自讨无趣!友军能够对你们很客气,也能够十分的严厉!你们要看清楚!为不参加游行而被开除的,我必报告给日本方面,日本方面就必再通知北平所有的学校,永远不收容他。这还不算,日本方面还要把他看成乱党,不一定什么时候就抓到监牢里去!②

面对蓝东阳的恐吓,学生们没出声,以沉默表示抵抗。排头的学生不肯举校旗,所有的学生都不肯。僵持中,学校的工友为避免激发不快的事儿出来,听从了蓝东阳的命令,去打旗。一路上,学生们做了无声的庆祝。他们低着头,含着泪,把手中的小纸旗倒提着,像给父母送丧似的排队前进。他们不敢看左右,行人也不敢看队伍。路上的人都晓得:

---

① 舒济,舒乙编.老舍小说全集(第6卷)[M].武汉:长江文艺出版社,1993.300.

② 舒济,舒乙编.老舍小说全集(第6卷)[M].武汉:长江文艺出版社,1993.283—284.

往日的学生游行多半是向恶势力表示反抗；他们有时候赞同学生的意见，也有时候不十分满意学生的举动；但是不管怎样，他们知道学生是新的国民，表现着新的力量；学生敢反抗，敢闹事。今天，学生们却是到天安门去投降，而他们自己便是学生们的父兄！①

迫使学生游行，既摧残了学生的心灵，又羞辱了学生的家长。瑞丰把这种默默的抵抗，解释作学生们“很乖”、“知趣”。② 瑞宣想，也许这种解释不限于瑞丰自己，许多人恐怕都那么想：

因为学生一向是为正义，为爱国而流血的先行。这一回，大家必定说，学生泄了气！③

学生在近代历史上一向都是为正义而流血的先锋队，现在，他们的确让人沮丧。但至少，他们是沉默的，没有嬉皮笑脸。

他也曾想过学生中会不会有人向日本人扔一两个炸弹，流点血好像更有意义。但是他又认为学生教员们若是在天安门前，有什么激烈的举动，是等于无谓的牺牲。我们打死一两个日本要人，并不能收复北平；日本人打死我们许多青年，也不见得有什么不利。

太原失陷，学生们又须大游行。瑞宣那天去了学校，他自然而然地希望学生们来问他战事的消息，与中日战争的前途，他也希望大家都愁眉苦脸地觉到游行的耻辱。可是他失望了，没人来问他什么，学生们不敢跟老师对视，更不敢谈话。瑞宣晓得学生们并未忘了羞耻，但他害怕一次又一次的被迫游行、公开受辱，迟早学生的脸上会涂上一层漆。他在街上遇到了游行的队伍，亲眼看到了跟在乞

---

① 舒济，舒乙编.老舍小说全集(第6卷)[M].武汉：长江文艺出版社，1993.287.
② 舒济，舒乙编.老舍小说全集(第6卷)[M].武汉：长江文艺出版社，1993.305.
③ 舒济，舒乙编.老舍小说全集(第6卷)[M].武汉：长江文艺出版社，1993.306.

丐后面的学生们：

十几部大卡车，满满的拉着叫花子——都穿着由喜轿铺赁来的彩衣。每一部车上，还有一份出丧的鼓手。汽车缓缓的驶行，锣鼓无精打彩的敲打着，……

……一个像蓝东阳那样的人，把手中提着的扩音喇叭放在嘴上，喊起来："孙子们，随着我喊！中日亲善！庆祝太原陷落！"花子们还是没有任何表情，声音不高不低的，懒洋洋的，随着喊，连头也不抬起来。"中日亲善！庆祝太原陷落！"他们好像已经亡过多少次国了，绝对不再为亡国浪费什么感情。他们毫不动情几乎使他们有一些尊严，像城隍庙中塑的泥鬼那样的尊严。这点尊严甚至于冷淡了战争与兴亡。瑞宣浑身都颤起来。远处来了一队小学生。他闭上了眼。他不忍把叫花子与小学生连到一处去思索！假若那些活泼的，纯洁的，天真的，学生也像了叫花子……他不敢往下想！可是，学生的队伍就离叫花子的卡车不很远啊！①

而且：

他们不过是孩子！他们的面皮只有那么厚，一揭开就完了！一次游行，两次游行，三次五次游行，既不敢反抗，又不便老拧着眉毛，学生们就会以嬉皮笑脸去接受耻辱，而慢慢的变成了没有知觉的人。学生如是，市民们就必更容易撕去脸皮，苟安一时。②

瑞宣担忧着学生的未来，民族的未来，他不希望祖国的花朵，被奴化成麻木的木头。但这却是日本人希望达到的目的。

---

① 舒济，舒乙编.老舍小说全集(第6卷)[M].武汉：长江文艺出版社，1993.348—349.

② 舒济，舒乙编.老舍小说全集(第6卷)[M].武汉：长江文艺出版社，1993.344.

南京陷落，又有游行庆祝活动，而且比前两次更热闹。日本偷袭珍珠港，学生又结队游行。除了游行，日本人也纪念七七，中国学生还必须到天安门前向侵略者的阵亡将士鞠躬致敬。一次又一次的游行、鞠躬，学生们都“游”惯了，腰也“弯”惯了，路人也看惯了。他们不再责骂学生，学生也不再深深地低着头。大家都无可奈何的，马马虎虎地活着。

不过，当日军在战场上节节失利时，他们又号召学生们应当以学业为重，遇到庆祝会或者纪念日，无须参加游行，安抚学生，把他们圈进学校，防止学生闹事。

（三）派遣日籍教师入校，改变课程设置

各学校派来日本人作秘书，监视全校的一切活动。派来的日本教师，地位堪比校长。做了教育局庶务科长的瑞丰告诉大哥瑞宣：

> 教官，不管是教什么，都必然的是太上校长。人家挣的比校长还多，权力也自然比校长大。校长若是跟日本要人有来往呢，教官就客气点；不然的话，教官可就不好伺候了！①

可见，学校的管理的实权，掌握在日本教官手里。日本教官随时可以对学生进行训话。瑞宣学校的日本教官山木，是个动物学家，在学校教日语，有一天对教务主任说，他要对学生们训话，请各位老师也前去听一听。在礼堂，他用低而有劲的声音说：他的儿子在河南阵亡了，他以此为荣，中国和日本是兄弟之邦，日本在中国作战不是要灭中国，而是要救中国。中国人不明白，日本人有见识，有勇气，敢为救中国而牺牲性命。所以他的儿子死在中国，是最光荣的。他告诉师生们，他的儿子是为中国人而死的。② 将日军侵略中国的无耻行径冠上博爱的名义，灌输给中国的师生。

---

① 舒济，舒乙编.老舍小说全集（第7卷）[M].武汉：长江文艺出版社，1993.50.
② 舒济，舒乙编.老舍小说全集（第7卷）[M].武汉：长江文艺出版社，1993.51.

中国教师在讲台上不能公开地宣讲国事,否则就会马上被捕。而各学校里都有人被捕过。因此,师生的口,乃至于心灵,都被日本人套上了无形的枷锁。

日本人喜欢中国青年读古书,禁止他们读西方的书籍,同理,他们要削减学校的英语课。瑞丰还说:

听说下学期各校的英文都要裁去,就是不完全裁,也得拨出一大半的时间给日文。①

日本人因为在长沙吃了败仗,更愿意牢牢地占据住华北,于是"强化治安","反共剿匪",等等口号都被提了出来,北平的教育又雪上加霜:

中学,大学,一律施行大检举,几乎每个学校都有许多教员与学生被捕。被捕去的青年,有被指为共产党的,有被指为国民党的,都随便的杀掉,或判长期的拘禁。有些青年,竟自被指为汪精卫派来的,也受到苦刑或杀戮。同时,新民会成了政治训练班,给那些功课坏,心里胡涂,而想升官发财的青年辟开一条捷径。他们去受训,而后被派在各机关去作事。假若他们得到日本人的喜爱,他们可以被派到伪满,朝鲜,或日本去留学。在学校里,日本教官的势力扩大,他们不单管着学生,也管着校长与教员。学生的课本一律改换。学生的体育一律改为柔软操。学生课外的读物只是淫荡的小说与剧本。②

除了以上奴化措施外,日本人组织起来的新民会,还采用卑鄙手段,设立了少年团和幼年团,以培养顺民为宗旨,日本在加紧奴化教育。

车夫小崔的经历可以说明日本的奴化教育有多厉害。小崔拉了一个能说

① 舒济,舒乙编.老舍小说全集(第7卷)[M].武汉:长江文艺出版社,1993.50.
② 舒济,舒乙编.老舍小说全集(第7卷)[M].武汉:长江文艺出版社,1993.338.

东北话的日本兵,小崔不明白一个中国人怎么变成了日本人。瑞宣告诉他:

> 老一辈的东北人永远是中国人。在九一八的时候才十几岁的,象你拉的那个兵,学的是日本话,念的是日本书,听的是日本宣传,他怎能不变呢?没有人愿意作奴隶,可是,谁也架不住一天一天的,成年论月的,老听别人告诉你:你不是中国人!①

小崔吃惊了,他继而提出:

> 那么现在咱们的小学生,要是北平老属日本人管着的话,过个三年五载的,也会变了吗?②

小崔的提问,反映出了日本实施奴化教育的可怕后果。它会使中国青年看熟了日本教师的面孔,学会说日语,看惯了日本人办的报纸,对日本的侵略行径麻木不仁,甚至表示赞美。

(四)培植亲日学者做新汉奸

日本人起初认为,利用汉奸实施文治,便可以稳稳地控制占领区。后来的一系列反日事件,使他们“觉悟”,原来汉奸的号召力没有他们想象的那么大。他们改弦易张,去掉几位旧汉奸,起用新汉奸。新汉奸的资格是:

> 在社会上或学术上有相当高的地位,同时还要头脑简单。③

瑞宣的邻居牛教授恰好有这两种资格。牛教授是世界知名的学者、科学家。

---

① 舒济,舒乙编.老舍小说全集(第6卷)[M].武汉:长江文艺出版社,1993.308.
② 舒济,舒乙编.老舍小说全集(第6卷)[M].武汉:长江文艺出版社,1993.308.
③ 舒济,舒乙编.老舍小说全集(第7卷)[M].武汉:长江文艺出版社,1993.271.

他向来不关心政治,也不愿和社会接触。对于日军侵华,他从没发表过自己的意见。只要能让他把头埋在书籍和仪器中,他才不管谁和谁在打仗。据说牛教授并没有意思做汉奸,可是,当日本人强迫他下水之际,他也没坚决地拒绝;对朋友的劝告,他感到厌烦。于是牛教授做了新汉奸,出任了教育局长:

> 教育局长的地位虽不甚高,可是实际上却掌管着几十所小学,和二十来所中学,日本人必须在小学生与中学生身上严格施行奴化教育,那么,教育局长的责任就并不很小,所以他们要拉出一个有名望的人来负起这个重任。①

牛教授丝毫没想到什么羞耻与气节,民族与国家。以牛教授的资格和学识,他的甘心附逆,会带来很大的负面影响:

> 牛教授的行动将会使日本人在国际上去宣传,因为他有国际上的名望。他也会教那些以作汉奸为业的有诗为证的说:"看怎样,什么清高不清高的,老牛也下海了啊! 清高? 屁!"他更会教那些青年们把冒险的精神藏起,而"老成"起来:"连牛教授都肯这样,何况我们呢?"②

牛教授的行动将不止毁坏了他自己的令名,而且会教别人坏了心术,影响到整个北平教育界的风气、节操。这正是日本人所希望看到的。牛教授的朋友差不多都是学者,但他们不肯来帮他的忙,他只好推荐了自己的一个学生来做副局长,把学生也拉下了水。牛教授遭到了进步人士的偷袭,日本人为了保护牛教授的人身安全,给牛宅加了岗哨。

通过以上种种奴化教育措施,日本人意图控制中国人的思想、心灵,压制、消

---

① 舒济,舒乙编.老舍小说全集(第7卷)[M].武汉:长江文艺出版社,1993.268.

② 舒济,舒乙编.老舍小说全集(第7卷)[M].武汉:长江文艺出版社,1993.269.

弭反抗,造就忠诚顺从的臣民,实现殖民统治。

三、国人的反奴化教育

面对日本的奴化教育,有良知的中国教师们也在悄悄地进行着反奴化。但这个过程很曲折。因为,没有离开占领区而选择留下来的老师,大多数都因为家庭的拖累。如果在学校里公开反奴化,与日本人对着干,那就意味着下狱,与留下来的初衷相背。因此,他们经历了复杂的思想斗争,内心倍受煎熬。下面以中学教师瑞宣为例,来分析这一过程,了解当时反奴化教育的艰难,了解教师们的拳拳爱国之心。

祈瑞宣学问很好,有思想,做人一举一动都有分寸,在学校里是顶好的教师和同事。瑞宣在两处教书,一处是市立中学,有十八个钟点,都是英语。另一处是天主教堂立的补习学校,只教四个钟头的中文。

思想挣扎一:奔赴国难与留下来照顾家人之间的矛盾。

北平陷落,瑞宣失去了往日的沉静,在家中进来出去,想不出好主意:

> 平日,他已是当家的;今天,他的责任与困难更要增加许多倍!在一方面,他是个公民,而且是个有些知识与能力的公民,理当去给国家作点什么,在这国家有了极大危难的时候。在另一方面,一家老的老,小的小,平日就依仗着他,现在便更需要他。他能甩手一走吗?不能!不能!可是,不走便须在敌人脚底下作亡国奴,他不能受!不能受!
>
> ……他的知识告诉他那最高的责任,他的体谅又逼着他去顾虑那最迫切的问题。①

那最迫切的问题就是一家大小的生存。他没办法把人伦情义斩断,虽然由于家庭之累耽误了报国的大事,但他没有纠正自己的办法,他翻转不了延续几千年的传统的孝悌之道。许多像祈瑞宣一样的壮年人,有职业、家庭、知识、爱国

---

① 舒济,舒乙编.老舍小说全集(第6卷)[M].武汉:长江文艺出版社,1993.35.

心,可是由于种种原因的牵掣,无法马上去奔赴国难,又不甘心作亡国奴,他们不知怎样才好。瑞宣留了下来,把三弟送出北平,支持他去战斗。也决定,在沦陷的北平城内,他一定不能因作孝子而向敌人屈膝;他宁可丢了脑袋,也不放弃了膝磕。① 这是一件不容易的事,可是,他很坚决!这至少体现出自己的清白。

思想挣扎二:留下来教书,算汉奸吗?

八一三之后,学校当局们校当局们看上海的战事既打得很好,而日本人又没派出教育负责人来,都想马上开学,好使教员与学生们都不至于精神涣散。瑞宣得到通知,赶到学校开会。开会前,一位年纪最轻的教员,说出大家都要问而不好意思问的话来:

校长!我们还在这儿作事,算不算汉奸呢?②

校长是个五十多岁,极忠诚、极谨慎的一位办中等教育的老手。他眼中含着泪说:

战事不会在短期间里结束。按理说,我们都应当离开北平。可是,中学和大学不同。大学会直接向教育部请示,我们呢只能听教育局的命令。城陷之后教育局没人负责,我们须自打主张。大学若接到命令,迁开北平,大学的学生以年龄说,有跋涉长途的能力,以籍贯说,各省的人都有,可以听到消息便到指定的地方集合。咱们的学生,年纪既小,……可以说百分之九十是在城里住家。我们带着他们走,走大道,有日本兵截堵,走小道,学生们的能力不够。再说,学生的家长们许他们走吗?也是问题。因此,我明知道,留在这里是自找麻烦,自讨无趣——可怎么办呢?!日本人占定了北平,必首先注意到学生们,也许大肆屠杀青年,也许收容他们作亡国奴,这两个办法都不是咱们所能忍受的!可是,我还想暂时维持学校的生命,在日本人没有明定办法之前,我们不教青年们失学;在他们有了办法之后,我们忍

① 舒济,舒乙编.老舍小说全集(第6卷)[M].武汉:长江文艺出版社,1993.400.

② 舒济,舒乙编.老舍小说全集(第6卷)[M].武汉:长江文艺出版社,1993.120.

辱求全的设法不教青年们受到最大的损失——肉体上的，精神上的。老师们，能走的请走，我决不拦阻，国家在各方面都正需要人才。不能走的，我请求大家像被奸污了的寡妇似的，为她的小孩子忍辱活下去。我们是不是汉奸？我想，不久政府就会派人来告诉咱们；政府不会忘了咱们，也一定知道咱们逃不出去的困难！①

校长建议大家能尽心且尽力地继续教学，虽然时局还会变化，但不能让青年失学，忍辱负重地在陷落的北平城里为了孩子们站在讲台上。

祈家老二瑞丰的媳妇通过娘家二舅的关系，给瑞丰活动了一个教育局庶务科科长的职位，瑞宣认为瑞丰的行为不止是找个职位，苟安一时，而是去作小官，去作汉奸！他作为哥哥理应教训弟弟，面对瑞丰的驳斥："父亲开铺子卖日本货，你去教书，不也是汉奸吗"？瑞宣说：

我没办法，我不忍把祖父，父母都干撂在这里不管，而自己远走高飞；可是我也决不从日本人手里讨饭吃。可以教书，我便继续教书；书不可以教了，我设法去找别的事；实在没办法，教我去卖落花生，我也甘心；我可就是不能给日本人作事！我觉得，今天日本人要是派我作个校长，我都应当管自己叫作汉奸，更不用说我自己去运动那个地位了！②

瑞宣认为留在北平继续教书，是为了照顾家人，是在为国家培养人才，不算汉奸。其实，继续教书，他的内心也很惭愧。

比如开学的日子，以往就像家庭中的节日，大家可以会见一个夏天未见面的故人，和新聘来的朋友，教员们快活地度过一天。但是1937年秋季开学那天，教

---

① 舒济，舒乙编.老舍小说全集(第6卷)[M].武汉：长江文艺出版社，1993.120—121.

② 舒济，舒乙编.老舍小说全集(第6卷)[M].武汉：长江文艺出版社，1993.369.

员休息室“像坟墓那样潮湿，寂静”[①]，屋里的三位教师，都是瑞宣的老友，但他们都没向瑞宣打招呼，而只微微地一点头，“像大家都了同样的罪，在监狱中不期而遇的那样”[②]，只有冷静沉寂才能表达出大家心中的苦闷。校长没有来，后来辞职了。教员们没有到齐，因为已经有几位逃出北平。谈到别人的逃亡，大家的脸上都带出愧色。谁都有不能逃走的理由，但是越说道那些理由越觉得惭愧。1938 年春，新学期开学了，校中有五位同事不见了，他们都逃出北平去了。瑞宣此时虽不能不惭愧自己的无法逃走，同时也改变了留在北平的都是些糟蛋的意见。同事们不甘心作奴隶，敢冒险逃出去，看来北平也有“人”[③]的！

思想挣扎三：如何面对学生？

1937 年，日本占领北平后，学校停闭了，不知道还有没有开学的希望，瑞宣想：

> 即使开学，他有什么脸去教学生呢？难道他上堂去告诉年轻的学生们好好的当亡国奴？[④]

在他心目中，学生有血气，有知识，只有他们才是爱国的先锋队。之前，学生反抗帝国主义的侵略，反抗帝制，反抗旧礼教的束缚，在五十年来的中国革命史上，学生有过光荣的纪录。可是现在，他们做了亡国奴。他不敢面对学生，因此在开学后他并不高兴到学校去：

> 他怕见到第二代的亡国奴。他有许多理由与事实，去原谅自己在北平低着头受辱。他可是不能原谅自己，假若他腆着脸到讲台上立定，仿佛是明

---

① 舒济，舒乙编.老舍小说全集(第 6 卷)[M].武汉：长江文艺出版社，1993.234.
② 舒济，舒乙编.老舍小说全集(第 6 卷)[M].武汉：长江文艺出版社，1993.234.
③ 舒济，舒乙编.老舍小说全集(第 7 卷)[M].武汉：长江文艺出版社，1993.21.
④ 舒济，舒乙编.老舍小说全集(第 6 卷)[M].武汉：长江文艺出版社，1993.50.

告诉学生们他已承认了自己无耻,也教青年们以他为榜样!①

但是,他不能不去。为了收入,为了使老人们心安,为了对学校的责任,他不能藏在家里,他是硬着头皮去学校的。在路上,"他已经遇到三三两两的学生;他不敢和他们打招呼。靠着墙根,他低着头疾走"②。他去了教室,学生们坐得很齐,他们的脸都是白的,没有任何表情,象是石头刻的。泪开始在瑞宣的眼眶里转,他应当安慰他们,但是怎样安慰呢?

他应当鼓舞起他们的爱国心,告诉他们抵抗敌人,但是他自己怎么还在这里装聋卖傻的教书,而不到战场上去呢? 他应当劝告他们忍耐,但是怎么忍耐呢? 他可以教他们忍受亡国的耻辱吗?③

他说不出安慰的话,糊里糊涂的,他从嗓子里挤出两句话来:明天上课。今天不上了。然后狠心离开教室,一气跑回家中,像有个什么鬼追着似的。足见瑞宣内心的痛苦,简直就是"心刑"。

思想挣扎四:看管学生的责任与参加学生游行之间的矛盾。

拿到学校组织师生游行以庆祝保定沦陷的通知,瑞宣撕碎了。在学校,教课而外,对于学生团体的活动,只要是学校认为正当的,只要他接到正式的约请,他就必定参加的。他认为教育不仅是教给学生一点课本上的知识,也需要师生间感情与人格的接触。关于游行:

在他的心里他反对学生们的时常出去游行。可是,每逢游行,他必定参加,不管他对游行的目的赞同与否。他以为自己既是教师,就该负看管学生

① 舒济,舒乙编.老舍小说全集(第6卷)[M].武汉:长江文艺出版社,1993.233.
② 舒济,舒乙编.老舍小说全集(第6卷)[M].武汉:长江文艺出版社,1993.234.
③ 舒济,舒乙编.老舍小说全集(第6卷)[M].武汉:长江文艺出版社,1993.237.

的责任,特别是在学生结队离开学校的时候。诚然,他的热心绝不会使他侵犯了校长或任何教员职员的职权,或分外多管些闲事,可是跟着队伍走动的本身,就叫他心中安适——他应当在学生的左右。假若学生们遇到什么不幸与危险,他自己必会尽力保护他们。随着学生平安无事的回来,看着学生都进了校门,他才把心放下。然后,不进校门,便急快的回家——他并不为参加游行而多用学校一盆水,洗去脸上的灰土。①

然而,破天荒地,他拒绝了参加此次游行。因为:

他不能去大睁白眼的看着男女学生在国庆日向日本旗与日本人鞠躬!可是,从另一方面想,他这是不尽责。他应当辞职。他生平最看不起那些拿着薪金而不负责办事的人。②

瑞宣由拒绝参加游行,联想到了辞职。虽然辞职只是安慰自己的良心,并无补于眼前的危难。他又担心学生的安危,担心这些中华民族的读书种子遭受袭击,决定到天安门去看看。门口遇到拉车的邻居小崔,他说满街都是学生,他为他们丢人。瑞宣的脸红了,因为他是学生的老师:

万般皆下品,惟有读书高!读书人是小崔们的偶像。读书人是有腿儿的礼义廉耻,是圣人的门徒。读书人领头儿喊抵制日货,拥护国民政府,还有许多不可解的什么男女平权,自由独立……今天,读书人却领着头儿去喊大日本万岁!③

---

① 舒济,舒乙编.老舍小说全集(第6卷)[M].武汉:长江文艺出版社,1993.288.
② 舒济,舒乙编.老舍小说全集(第6卷)[M].武汉:长江文艺出版社,1993.288—289.
③ 舒济,舒乙编.老舍小说全集(第6卷)[M].武汉:长江文艺出版社,1993.290.

瑞宣想告诉小崔学生们的困难和痛苦,但他止住了。他没有解释,一切解释都是苍白的,他也决定不去天安门了。回到家中继续像热锅上的蚂蚁一样走动着,却想不到出路。他绝不能参加游行,同时他也无法尽到看护学生的责任。

思想挣扎五:尽孝与反奴化教育之间的矛盾

拒绝参加游行后,瑞宣不再到学校去,可是也没有正式的辞职,也没请假。他必须去挣钱,不该既不能尽忠,又不能尽孝。可是:

> 他没法子打起精神去算计煤米柴炭,当华北的名城一个接着一个陷落的时候。他不敢再看他的那些学生,那些在天安门庆祝过保定陷落的学生。假若整个的华北,他想,都沦陷了,而一时收复不来;这群学生岂不都变成象被小崔拉了的小兵?他知道,除了教书,他很不易找到合适的事作。但是,他不能为挣几个钱,而闭上眼不看学生们渐渐的变成奴隶!什么都可以忍,看青年变成奴隶可不能忍!①

最适合他的职业是教师,但是他无法选择继续教书,准备放弃教职。但由于老二瑞丰因为不肯赔给蓝东阳因打麻将而输掉的钱起了争执,不敢回学校,为了不教老人们觉得兄弟俩都在家闲着,瑞宣只好又去学校了。各学校将要有日本人来作秘书,监视全校的一切活动,瑞宣并没有退缩:

> 他知道这是必然的事,而决定看看日本秘书将怎么样给学生的心灵上刑。假若可能,他将在暗中给学生一些鼓励,一些安慰,教他们不忘了中国。这个作不到,他再辞职,去找别的事作。为了家中的老小,他须躲避最大的危险。可是,在可能的范围内,他须作到他所能作的,好使自己不完全用惭愧宽恕自己。②

---

① 舒济,舒乙编.老舍小说全集(第6卷)[M].武汉:长江文艺出版社,1993.311.

② 舒济,舒乙编.老舍小说全集(第7卷)[M].武汉:长江文艺出版社,1993.21.

他思考着如何防止学生上日本教官和伪报纸宣传的当,但是困难很多:

在讲堂上,他没法公开的对学生谈什么,他怀疑学生和教师里边会没有日本的侦探。况且,他是教英文的,他不能信口开河的忽然的说起文天祥史可法的故事,来提醒学生们。①

既然这些都不能实现,如果他还是按照平常一样,除了教课,什么道理也不说,他岂不是只为那点薪水来上课?瑞宣想那太没有人味儿了!他不能那么办。而且,瑞宣是教英文的,面对学校裁减英文课时,他没有接受瑞丰的建议,没有去跟日本教官拉关系,而是准备另找工作,他要辞职,他得养家糊口。

但他内心很舍不得离开学校,一方面教惯了书,喜欢跟可爱的学生在一起,另一方面:

虽然他自己不敢对学生们谈论国事,可是至少他还是个正直的,明白的人。有他和学生在一处,至少他可以用一两句话纠正学生的错误,教他们要忍辱而不忘了复仇。脱离学校便是放弃这一点点责任!②

他难过!他觉得他是在国家最需要自己的时候,做出了最对不起国家的事情,他逃避了责任。虽然新工作是在英国府(即英国大使馆)工作,薪水也高,可他高兴不起来,他总觉得放弃了那群学生是件不勇敢不义气和逃避责任的事情。他很想到学校里去跟学生告别,嘱告学生,能走的,离开北平;不能走的,好好学习,中国是不会亡,储蓄知识,将来报效祖国;不要故意的招惹日本人,也不要甘

① 舒济,舒乙编.老舍小说全集(第7卷)[M].武汉:长江文艺出版社,1993.53.
② 舒济,舒乙编.老舍小说全集(第7卷)[M].武汉:长江文艺出版社,1993.55.

心做他们的走狗,要忍耐,别忘了雪耻复仇![1] 可是他如果这样讲了,就会被捕,家人就会愁死,他放弃了。

最后,不再挣扎,巧妙地展开反奴化教育。

当钱老人希望儿媳妇能生个"生个会打仗的孩子"[2]时,瑞宣想:

> 这是不是晚了一些呢?日本人,在占据着北平的时候,会允许中国人自由的教育小孩子,把他们都教育成敢打仗的战士吗?[3]

因此,当小顺儿到了上学的年岁,瑞宣不让孩子入学,不能去接受奴隶教育。他每天一得空,便亲自教小顺儿识字,认数目。此外,他还对孩子详细地讲述中国的历史与文化。瑞宣明知道,这不大符合教育原理,可是他也只能这么做。但是不久,由于城内闹粮荒,大人吃"共和面"还难以下咽,孩子拒绝吃,瑞宣停止了教小顺儿读书,知识救不活快饿死的孩子。而他自己,忧郁和饥饿使他胃疼,没有精神再谈文化与历史。

英国府被封,富善先生被捕,瑞宣失去了工作,但他不肯到教育局去登记。以他的学识,在这教育水准低落的时候,他满可以去教大学。但是他不是浑水摸鱼的人,不肯随便去摸到个教授头衔。他不能写作,因为在日本人的统治下,只需要色情的、无聊的文字。他不能为挣钱而用有毒的文字,帮助日本人去麻醉中国人的心灵。不能翻译,好书不能出版,坏书不值得译。他想不出路子来:

> 他有点本事,有点学识,可是全都没用。战争是杀人的事,而他的本事与学识是属于太平年月的。[4]

---

① 舒济,舒乙编.老舍小说全集(第7卷)[M].武汉:长江文艺出版社,1993.71.
② 舒济,舒乙编.老舍小说全集(第11卷)[M].武汉:长江文艺出版社,1993.318.
③ 舒济,舒乙编.老舍小说全集(第11卷)[M].武汉:长江文艺出版社,1993.321.
④ 舒济,舒乙编.老舍小说全集(第6卷)[M].武汉:长江文艺出版社,1993.185.

瑞宣几乎穷途末路，准备卖房维持生存了。此时，三弟瑞全出现了，劝他去当教员。瑞宣想到这些年里，受了那么多苦，完全为的是不食周粟，保住了个人清白，他不肯去，除非瑞全可以给他开个证明，证明他是在工作，而不是附逆投降。瑞全说：

当教员，当我所要的教员，可就是跟我合作，有危险！哪个学校都三天两头的有被捕的学生和教员。因此，我才需要明知冒险而还敢给学生们打气的教员。日本人要用恐怖打碎青年们的爱国心，我们得设法打碎日本人的恐怖。①

瑞全鼓励他去做个无名英雄，去了学校，跟青年们接近，自然可以得到写作的材料，至少可以给从事地下工作的钱先生写点文章。瑞全给他安排的是铁路学校。铁路学校的学生是由官方发给伙食的，汉奸蓝东阳想到可以通过扣学生的口粮而大赚一笔，于是勾结特务，给校长栽赃，陷害学校的十二名学生和一名教员是通敌的奸细，一律枪毙，从而达到校长免职，自己就任的目的。蓝东阳的老婆胖菊子做了学校的会计主任，女特务沈招弟做了女校监。但很快，瑞全把招弟处死了，吓跑了胖菊子，胆小的蓝东阳惊吓过度病倒了，换了新校长。

在弟弟的感召下，瑞宣答应了。他本来就爱国，有高尚的情操；而且经历过一系列家庭和周围邻居的变故，他也清醒地认识到，不反抗，一味地做顺民，也保全不了家人的性命。

想通了这些，那么对于瑞宣说来，这份差事之可贵，不在于有了进项，而是给了他一个机会，可以对祖国，对学生尽尽心，在课堂上：

他逐字逐句给学生细讲——释字义，溯字源，让学生对每一个字都学而能用。除了教科书，还选了不少课外读物。他精心选出的那些文学教材，

① 舒济，舒乙编.老舍小说全集(第8卷)[M].武汉：长江文艺出版社，1993.194.

都意在激起学生的爱国热忱,排除他们的民族自卑感。他装作漫不经心地选了一些课外读物,仿佛只是为了帮助学生更好地理解课文。这样做起来,即使学生中有个把隐藏的特务,也不容易挑出他的毛病。①

出作文题目比较头疼。根据他的教学原则,他不愿意给学生出些空洞的题目,但又不能出些与时事相关的题目。因为如果他胆敢在黑板上写点什么跟学生生活密切相关的东西,他马上就会给抓起来。所以:

为了避免空洞,也为了不被抓起来,他出的题目总得跟课文沾上边。这样的题目学生有话可说,他也能从而了解学生的反应。②

可谓费尽心思。他也很喜欢改作文卷子,因为很多学生的作文说明,他们不但理解他的苦心,而且还小心翼翼地向他倾诉了压在心底的痛苦,"他简直是在用隐语在和一群青年人对话"③。他还特别注意那些可疑的学生,观察他们是不是会自觉或不自觉地接受日本人的奴化教育。使他高兴的是,班上有一两个汉奸家庭的子弟,观点和他们父亲的截然不同。

当瑞宣从老三瑞全那儿得到了许多好消息,如美国空军轰炸了日本本土,美国的第三舰队已经在攻东京湾了,苏美英缔结了波茨坦协定,第一颗原子弹也已经在广岛投下,他把这些一方面作为撰稿的材料,写成文章送出去宣传;一方面,在课堂上勇敢地讲给学生:

他在教室里向学生倾诉自己的希望。人类成了武器的奴隶,没有出息。好在人类也会冷静下来,结束战争,缔结和议。要是大家都裁减军备,不再

① 舒济,舒乙编.老舍小说全集(第8卷)[M].武汉:长江文艺出版社,1993.214.
② 舒济,舒乙编.老舍小说全集(第8卷)[M].武汉:长江文艺出版社,1993.214.
③ 舒济,舒乙编.老舍小说全集(第8卷)[M].武汉:长江文艺出版社,1993.214.

当武器的奴隶,和平就有指望了。①

学生对日本教官也用种种恶作剧来表达愤恨。他们用中国话骂日本教员;把黑板擦子放在门上,教员一拉门便打在头上等。当然,教官报告上去以后,宪兵便马上来捉捕学生,下在监牢里。

其他的教师也通过各种手段,进行着反奴化教育。瑞宣不断地反躬自省,觉得自己以前过于悲观了。现在他看清了,学校里的老师并不像他原来想的那么软弱无能。因此他决定让小顺儿去上学。

老舍教育小说中的教育思想,除了上述内容外,还有关于青年学生面对战乱而迷茫或积极抗战的思想。因前文已经进行了分析,此处不再赘述。

① 舒济,舒乙编.老舍小说全集(第8卷)[M].武汉:长江文艺出版社,1993.259.

结 语

通过对中国近现代教育小说进行梳理,对其中描述的教育事件的发生、教育思想的演进、教育人物的生活状态等进行了考察,对某些问题进行了深入探讨,我们可以说,教育小说对教育的发展是有促进作用的。该书从教育理论和“经验诠释”相结合的角度入手,挖掘教育小说这种教育叙事文本在表达上的经验和特点,探求近现代教育小说的叙事手法和反映的教育主题对当前教育史研究的启示意义,使我们能够从看似已经非常熟悉的日常教育经验中寻求教育理论自身发展的可能性。此外,中国近现代教育小说所描述的教育现象,无论是对教育弊端的揭示还是对教育进步的建议、无意中流露出的新奇的思想火花,对当代教育的发展都具有借鉴意义,希望从中得出对当前教育改革的经验启示,促进当前教育改革更加良性发展。

一、教育小说对教育发展的促进作用

在中国传统观念中,小说的地位甚是卑微,与经史子集等文化主干不可同日而语。但在近代,这一传统观念受到了挑战。早期的改良派认为小说可以作为社会改良的武器、利于移风易俗,当然这样的观念不是生发于中国本土,而是得益于西方文化的启示。这种认识出现后,就为有识之士推而广之,傅兰雅、康有为、梁启超等先后提出了新的小说观念。梁启超倡导了“小说界革命”,分析了小说能够“支配人道”的四种力量:即“熏”“浸”“刺“提”,并断言:“故今日欲改良群治,必自小说界革命始,欲新民,必自新小说始。”①此论一出,学者响应者甚多,小说具有新民的作用成为一种共识;而教育小说在促进教育改革、开启民智方面更是发挥了重要作用。

教育小说对教育发展的促进作用,可以从它的特点来分析:

第一,从教育小说的现实性来看,它具有对推进教育改革的作用。

如前所述,中国近现代教育小说由于时代背景的影响,它们密切关注教育问题。它们对现实教育弊端的揭露、对教育实践的记录、对西方教育理论和实验的本土化反馈,正是正史所忽略的;而它们对师生心灵、精神层面的苦闷或执着追求等的深入描写、传统文化与新教育观念的冲突展示等也是其他史料所鞭长莫及的。

如在教育制度方面,我国现代学制的建立应该是从20世纪初开始的,面对帝国主义列强的疯狂侵略,1901年慈禧颁布“预约变法”的上谕,揭开清末新政的序幕,被迫对延续了几千年的封建教育制度进行改革,颁布一系列的法令,如废科举、兴学堂、改革教育行政体制,制定了现代学制。这些教育制度的变迁也都在文人笔下的教育小说中有所呈现,如《学究教育谈》《某私塾》《冰教师》《塾师现形记》等,二者可以互相印证。

再如,通常一些官方所制定、颁布的学制、课程标准等,在实际实施中是有很大出入的。如,清末乃至民初的女子教育,虽然颁布了各种女子学堂章程,但绝大多数女子接受教育却遭遇了极大的阻挠,这中间的种种曲折,在官方提供的教育文献中是看不到的,但在教育小说中却有大量的反映。如冰心的《秋风秋雨愁煞人》、庐隐的《胜利之后》等,都表达了对女子教育现状的不满,对陈旧的女子观念进行了鞭挞。又如须养本在《亚平的成功》描写了热爱教育事业、喜欢孩子、拥有进步教育理念的徐老师对学生的深远影响,这样的老师堪为民族的脊梁。认识到教育中的问题所在,才能集中力量去解决问题;对教育现象中真善美的褒扬,能使读者心生景仰,因此通过揭露教育发展中的症结、赞美发展教育中的典

---

① 梁启超著,编者陈书良.梁启超文集[M].北京:北京燕山出版社,2009.278.

型人物与事件,来推进教育改革,是教育小说的一大功能。

第二,从教育小说的通俗性来看,它具有教育启蒙意义。

教育小说的语言、题材皆具有通俗性。早在1895年6月傅兰雅在《万国公报》刊登的《求著时新小说》启事中就已提到,小说的写作辞句要明了,语意要风趣雅致,让那些妇人小孩子都能看明白,而且在取材方面也要贴近现实,不要抄袭旧有的套路。教育界人士所发表的文章、著作、言论等,除了知识阶层,普通的农工商人不会去读或不能很好地理解,但教育小说这种读物,词句简洁通畅,内容取自现实生活,一般的识字之人都比较喜欢阅读,对其内容也较容易理解与接受。

如教育思想方面,在教育小说中,我们可以清楚地看到当时教育界流行的各种教育思想以及相互之间的吸收与冲突。如叶圣陶笔下的倪焕之,他一开始积极投身教育事业,在学校中开展了各种教育试验,他的教育思想也反映了当时以叶圣陶为代表的一代知识分子的思想走向。分析中国近现代教育小说,可以挖掘出诸多教育思想,如女子教育思想(《女界钟》《是谁断送了你》《庄鸿的姐姐》《棘心》等)、儿童教育思想(《阿菊》《祖母的心》《小铜匠》《两个家庭》《牛天赐传》《小坡的生日》等)、国民教育思想(《狂人日记》《二马》《赵子曰》等)等。因此它的通俗性,甚至可以说它的"草根性",对引导大众了解教育发展动态、教育思想潮流等,具有独特价值。

第三,从教育小说的形象性来看,它具有将教育主题进行普及的意义。

教育小说采用文学叙事的手法,对人物形象、心理活动、教育场景、师生生活等的描述,惟妙惟肖,活灵活现,使人印象深刻。

如教育小说中塑造了多种教师形象,如钱钟书《围城》中塑造出一群无德无识的教师群像等;王西彦的《兽宴》中给读者呈现出多种教师,有媚洋的、有贪恋金钱的、有娱乐照旧的、有热衷仕途的等;吴广的《我的三位国文老师》生动描写了老学究、北大毕业的高材生以及细心的林老师等。那些刻画深入的教师形象,丑陋者,可以引以为戒;为人师表者,可以作为榜样,皆使人过目不忘,有心者可以时时想起以资砥砺。

又如教育小说对战乱时期教师的生活状况的描写不惜笔墨，如沙汀的《三斗小麦》中教师刘述一姐弟被迫屯粮；黄药眠的《古老师和他的太太》中古老师兼了三个学校的课，还难以维持一家三口的生活，无米下锅，无钱给太太看病；许杰在《梦的埋葬》中对教师清贫到无力购买棺材、导致连死都是件奢侈事情的描写等，皆反映了当时教育经费无法保障，教育事业难以维持，知识分子困顿不堪的现实状况。只有深入人心的作品，才能得到读者的喜爱，才易于普及，因此，教育小说所反映的教育主题，对引起民众的普遍关注，营造声势，起到重要作用。

教育小说的这三个特点，既可分别看待，又可统合分析，它们之间彼此交叉、互为辅翼，共同支撑起教育小说对教育发展的促进作用。

二、教育小说对教育史研究的启示

通过对教育小说的研究，可以发现它采用的文学叙事手法和它关注的教育问题的广度，都对当前的教育史研究有一定的启示意义。

(一)在研究写作中可以适当运用叙事手法

教育史的研究成果，无论是论文还是著作，在学术性上素来重视史料的翔实，要求有历史的厚重感，这本无可厚非，但从普通读者的角度来看，显得严谨有余，比较活泼的作品数量较少，甚至一些作品为突出理论色彩，用词晦涩，易令人敬而远之。通过近现代教育小说的研究，我们发现其中也反映着许多教育现象，虽在知识的系统性上不如专门的教育史研究成果，但给人的印象很深刻，容易理解，这一效果又胜于学者的学术作品。由此我们可以看出，教育小说的一个重要的艺术特征就是描述生动、故事性强，那么，教育史的研究可不可以也采用叙事手法呢？答案是肯定的。当然，这一启示，不是本人的创见，因为我国古代的历史著作如《史记》《汉书》《后汉书》等，就已是娴熟运用史学叙事的杰作。因此，本文提出的这一观点，只是对教育史研究采纳教育叙事手法的赞同，而且这方面的尝试已经开始了。

叙事这种手法在文学领域已经被广泛适用，随着社会的发展，这种表现手法也作为一种研究方式在其他更多领域被使用,“或许因为它集中关注人类经验,或许因为故事就是人类经验的基本框架,叙事正在被广泛地引入到其他学科领域。叙事是探索人类经验现象的一条途径、叙事体研究适用于社会科学的许多领域”。① 当叙事研究这种方法被引入到教育史研究中时,也为叙事研究打开了新的局面,它对教育史研究的意义就在于将鲜活的关于人类生活本质的理论思想引入到活生生的教育经验中②,增加了教育文本的可读性,提供了另外一条教育史研究的思路和方法。

从教育学史上来看,早期的教育研究科学化的意味更加浓厚,更多关注方法的独立性和普遍适用性,这种研究范式往往会造成教育研究缺少一定的人文关怀,但是“20 世纪 70 年代以来,教育领域发生了重要的范式转换:开始由探究普适性的教育规律转向寻求情景化的教育意义”③。作为调和科学探讨与人文关注两种方式的中间道路,叙事研究已逐渐成为教育研究中人们普遍接受的话语方式。丁钢教授认为,教育叙事更接近日常教育的“真相”,他说:“教育是实践性很强的学科,必须用适当的方式去呈现它,寻找符合教育这门实践性很强的学科自己的话语和理论方式,也许教育叙事是更为合适的方式。④”同时,我们会发现,在教育史领域中采用教育叙事的研究手法,可以改变以往教育研究中注重书斋式单凭文献和思辨得出结论的方式,可以使得“教育问题的学术研究回置到鲜活的现实中,使理论研究返回思想的故里,使教育研究融入实践的滋养” ⑤。而“在教育叙事研究中,主张将主观经验世界推向前台,只是研究者所运用的理论策略,而研究的对象却是研究者发现和欲赋予诠释的客观存在”。⑥

目前在教育学界,教育叙事方法在教育科研中已引起广泛关注。教育叙事

---

① 康纳利,克莱丁宁著,丁钢译.叙事探究[J].全球教育展望,2003(4).6.

② 康纳利,克莱丁宁著,丁钢译.叙事探究[J].全球教育展望,2003(4).7.

③ [加]大卫·杰弗里·史密斯著.郭洋升译.全球化与后现代教育学[M].北京:教育科学出版社,2000.23.

④ 丁钢.像范梅南那样做叙事研究[J].上海教育,20005(2).19.

⑤ 王枬.关于教师的叙事研究[J].全球教育展望,2003(4).12.

⑥ 丁钢.教育叙事的理论探究[J].高等教育研究,2008(1).37.

于20世纪70年代在西方教育领域兴起,我国从90年代引入,它贴近教育生活实际,以故事叙说和理论分析相结合的方式来描述教育的具体情境,探寻蕴含在教育情境背后的教育问题、理念和意义,文学叙事是它的理论基础之一。教育小说给我们的启示之一,正是在教育史的研究写作中,适当运用叙事手法,增强教育史研究成果的动态性、立体感,引起读者阅读兴趣,利于教育史的普及。

在教育史学领域,对叙事方法的研究也受到重视,如华东师范大学丁钢教授的论文《历史叙事的辩证》(《史林》2007/02)、《叙事范式与历史感知:教育历史研究的一种方法维度》(《教育研究》,2009/05),其弟子张素玲的博士论文《女大学生与中国现代教育:1900—1930年代》(华东师范大学,2004年教育学系)等;而在历史学界,黄仁宇先生的《万历十五年》,已成为行内行外、老少咸宜的经典之作。采用教育叙事手法,可以弥补教育史侧重线性铺陈、静态描述,而多空间或时空交叉、并置等方面研究不足的遗憾,得以从前后、左右、上下、内外等多视角的转换来展现教育史制度、事件、人物、思潮等领域的丰富性、复杂性;并由于语言、句式等表达风格上的从容、富有节奏等特性而给读者留下想象和思考的空间,提高作品的生命力,扩大读者群。

丁钢教授在接受《教育发展研究》杂志专访时谈到:"在中国教育领域,可以看到各式各样的人物、思想与行动,它们交织在一起,构成了等待我们去考察的真实事件,而这些事件的'流动性'及其复杂意义恐怕只有通过叙事的方式才能表达清楚。"①当然,我们在借用教育叙事手法进行研究时,应该尽量避免虚构、夸张等艺术手法,应该在尊重真实史料的基础上进行。

(二)教育史的研究视野应该更丰富

考察以往的教育史著作中,会发现研究者会把更多的目光投向对学校制度层面、著名教育家和教育思潮等领域,但是近来对学校以外的社会教育,如家庭、宗族、村镇、地区、宗教、社团、留学等层面有了新的关注。

而教育小说给我们的启示之二,则是中国教育史的研究视野应该更丰富。

---

① 周勇.教育叙事研究的理论追求——华东师范大学丁钢教授访谈[J].教育发展研究,2004(9).58.

近现代教育小说关注的教育问题非常广泛，涉及到了教育的方方面面，如教育体制、教育思想、师生关系、教材教法、教育管理、教师形象、教育改革等，更引人注意的是，在宏观层面，它们的视野超出了学校教育的藩篱，越过学校的围墙，放眼于大教育，即社会教育或者说社会教化；在微观层面，它们深入到了教育的生活场景，剖析师生内在的心理世界与精神活动，反映教育中的复杂人际关系等。如包天笑的《馨儿就学记》、夏丏尊翻译的意大利小说《续爱的教育》等，皆展现了少年儿童充满童趣的校内外生活，剖析了学生、家长和老师丰富的内心世界。这些都给我们以启发，去思考教育史的研究视野可以在通常聚焦的学校教育以外，开辟出新的园地来，可以扩大到校园之外，也可以深入到教育主体的内心；对学校教育的研究，除了外在的制度层面，可以深入到具体的场景，比如汉代太学生的学校生活等；对人物的研究，除了著名人士，还可以以普通人物或群体的教育经历来折射教育变迁等。

三、对当代教育发展的启示

进行教育史研究的目的，首先是希望搞清楚当时的教育事实，探讨教育的规律；其次，有可能的话，还希望从中得到些启示，促进当前教育的发展。通过对教育小说的研究，发现中国近代教育的发展历程中呈现出的一些问题，在当前的教育实践中仍然存在。抚古思今，今昔对比，我们不仅要看今天的教育比过去进步了多少，还应看到有多少方面在原地踏步。

(一)传统基础教育内容的选择问题

传统基础教育内容，指的是近代之前的那些基础教育的教材、读物，如《论语》《孝经》《弟子规》《千字文》《三字经》等，是古代的蒙学读物，也可以说是国人的基本阅读篇目，在中国古代教育史上广泛流行。近代以来，在历次以摧枯拉朽的气势推翻旧秩序的社会变革浪潮中，伴随着争议，逐渐淡出人们的视野。

当年以引进西学为主的教育改革，使得存在千年的蒙学读物境地堪忧，在中小学课程设置中，保留还是取消，在何等程度上保留等，都是教育界内外关注与争论的热点问题。在近现代教育小说中，它们多是嘲讽的对象。鲁迅的教育小说《在酒楼上》写到受过现代教育的知识分子吕纬甫教书时，上午是“子曰诗云”，下午“声光化电”。“子曰诗云”代表传统教育内容，“声光化电”代表了西学。在社会不断激变、教育改革风起云涌的时代里，前者代表的是愚昧、落后、封建，后者象征的是科学的、先进、文明；前者受到无情的鞭挞，后者得到热烈的提倡、追捧。传统教育内容的去留而引起的争论是激烈的，但时势的力量如此强大，逼迫着、涤荡着一切与孔子、儒学、礼乐等有关系的内容退隐，传统教育内容被迫逐渐减少，经过与新学的杂揉、并置，最后与学校剥离。由此而造成的道德滑坡、文化衰落，长久未能恢复。

近年来，这些蒙学读物被人们称为经典，主张在幼儿园、中小学重新普及，引导儿童产生对传统文化的兴趣、热情，以朗读、背诵、表演等方式学习经典，认为对儿童自身成长与民族精神的薪火相传都有着不可估量的意义，此活动被称为“经典诵读工程”，在公、私立学校中皆有响应。自此工程开展以来，似百年前一样，争议不断，来自家长、学者、政府的声音褒贬不一。这是近代以来在不容喘息的社会动荡背景下发生的中西文化冲突的延续，目前我国社会稳定，所采西方的教育体式与内容在不断的发展更新，重拾旧话题，不是炒冷饭而已，是在新的起点上，审视过去，吸取经验教训，客观对待传统教育价值，思考国民文化素质提高的良策。

(二)提高教师素质

在清末民初的教育小说中，讽刺了众多的私塾先生们，以教职为谋生的手段而已，提供的上课环境狭小局促，仅能容身；本人学问低等，有的仅能识字，能诵者仅三、百、千，在教学上糊弄学生；以戒尺维持课堂纪律，大声吆喝以示督责，端空架子，应付时日；排斥新生事物，专会投机取巧，对新学堂的出现恼恨至极。如《学究教育谈》中冬烘村的私塾教师陆先生、《塾师现形记》中的胡姓塾师、《冬烘先生》中的塾师等，皆属此类。也有中过科举，得过功名的塾师，如《官场现形记》中的王仁在村里开馆授徒，他虽是举人出身，却在回答学生中了举人的好处时，把读书跟做官捞钱、以权势欺压人民联系起来，由此可以看出王仁并未懂得教育的目的何在,也许是并不追求教育的真正目的,只关注个人利益前途,具有这种教育观念的教师将学生指引向何方,不言而喻。这些塾师的共同点,一是素质低劣,二是他们都是乡村、甚至是穷乡僻壤的塾师。反映出越是基层、越是贫困偏僻的地方,教师素质越是堪忧。

百年前是这样,百年后,这种状况依然没有完全得到解决,中西部农村地区、偏远山区、少数民族地区等,中小学师资力量问题是制约教育发展、制约农村孩子接受完整义务教育的瓶颈之一。

要解决教师素质问题,首先要努力提高教师社会地位,尤其是在社会变革时期。教育不能脱离社会而独立存在,教育活动的正常开展,需要稳定的社会环境,近现代教育小说中多数都反映了战乱频仍、社会动荡对教育的极大负面影响,对教师而言,直接的不利后果就是生活困顿。

如《苦教员》描写了拖欠本已菲薄的工资导致教员食不果腹的;揭露教育界的黑暗,如《饭》描写了一位乡村小学教员吴先生因为被生活所迫,在学务委员的压榨下只能默默忍受。《抗争》里描写了小学教员郭先生在得知学校当局要继续欠薪,且第二年或是薪酬打对折或是学校关门的消息非常气愤,决心要寻一条生路的故事。《端午节》里描写了教员集体讨薪的事情,反映了北京军阀政府对教师待遇低下,教师传统的职业尊严感在不断地遭到践踏。教师地位卑微,不得不为五斗米折腰,在饱受屈辱,充满挫折、沮丧感的心理状态下,能精神饱满、激情昂扬地站在讲台上有条不紊地授课、教书育人么?

当然,上述教师的灰色形象,是黑暗的社会背景造成的,有无形的网张着,陈旧却又紧密,教育也在这张网的囊括中,无法避免地要受到经费短缺、克扣、贪污的影响。但同时又说明,在社会变革时期,更应该对教育给予倾斜政策,给予特殊保护,稳固乃至提高教师的社会地位,包括教师的物质和精神待遇。让老师对自己的职业在价值上有认同感,在工作中有成就感,利于教育事业的繁荣发展。

其次要重视教师培训,这是教育改革成功的保障。清末教育改革中,鼓励各地筹建新学堂,新式学堂需要懂得新式教育的教师,在师范教育未获得发展之前，对已有的私塾先生进行培训，显得非常重要。《未来教育史》中，萍生说："现在要整顿教育，第一件是改良教师，现在虽说开学堂，但以我看来，至少十年以内教育的大权一半还在这些塾师手里，总得叫他们革新面目，这才与学校相辅而行，中国的教育(始能)焕然改观了。[①]"而散漫惯了的塾师，岂肯那么容易"就范"？即使是教育改革展开几十年了，但一些守旧的教师不善于改变教育理念，仍然拿着封建教育的一套方法来教导学生，如《倪焕之》里的采用粗暴教学的体育教员陆三复；死守着旧式教学方法，不愿意接受新鲜事物的徐佑甫等。《脆弱的心》里某学校的徐先生和莫先生对于做小学教师没有任何兴趣，不知道教育的意义何在，糊涂地混日子。《席间》描写了很多教师没有责任心，成天沉湎于打麻将、抄讲义、花天酒地地过生活。可见教师培训工作的复杂、艰巨性，不止是学科专业方面的，还有教育理想、意志等方面的。

近现代教育小说中，描述了一些教师早年也有积极投身教育的宏愿，但是在残酷的现实面前败下阵来，教书也成了随意应付的差事。如《头发的故事》里从日本归国担任教师的N先生对现实的失望，从而对教育失去了兴趣，表现小资产阶级知识分子面对封建传统势力的无奈；《在酒楼上》的吕纬甫，早年曾胸怀革新国家的宏伟志向，但是在现实面前又被撞得头破血流，最后只能重新捡起旧课本——《孟子》或《女儿经》——糊里糊涂地教了几个学生起来。丧失了教育理想，机械地生活、工作，教育的效果从何谈起呢？

目前，我国教育方面的改革较多，尤其是新课改的大力推行，在教育改革时期，更应加强教师培训，提高教师各方面的素质，如提升学科专业素质，革新教育理念等。此外，还应关注教师的情感、感受，他们的生命存在状态。不断地提醒教师去思考何谓教育，教育的目的是什么。

(三)教育应顺应儿童天性发展

儿童应该有他们自己的生活、权利，不是成人的具体而微的存在；他们有自己的精神、心灵、原则，不是成人思想的再版、仿制。一个民族的少年拥有独立人

① 杨世骥.文苑谈往[M].上海：中华书局，1945.114.

格、赤子之心、创造力,此民族才有未来和希望。在“新民”思想的感召下,近现代教育小说中,不乏对儿童天性的关注,呼应了当时教育界提倡发展儿童个性的教育思潮。如包天笑的译作《爱美耳钞》,这是改写自法国卢梭《爱弥儿》的一部小说;又如夏丏尊翻译的意大利小说《爱的教育》等,都对西方保护儿童天性的教育理念的引入、推广起到推波助澜的作用。

教育小说的作者们既对新型的儿童观表示赞赏,同时对旧中国少年儿童身心不得健康发展有深切的感受和理解,如叶圣陶、鲁迅等在他们的作品中揭露了很多家庭和学校教育方面的方式不当乃至教育缺失对儿童带来的束缚、苦楚,如《祖母的心》《义儿》《阿菊》等;《一课》中描述了旧式学校教育抹煞了儿童热爱自然的天性;《顽皮学生》中记叙了老师经常体罚顽皮的学生,导致学生辍学。黎锦明的短篇小说《神童》(1926 年),描写了两个扼杀儿童天性的旧式教师形象,教美术的易先生和老学究熊先生。前者让孩子画画必须一板一眼,不能有自己任何的想法;后者则把自己的孩子培养成一个“少年老成”的人物,年纪轻轻,只会“之乎者也”,这就是他们所谓的“神童”。不顾学生的兴趣、爱好,上课教条、无味的老师大有人在,如《倪焕之》中的老师徐佑甫,讲课照本宣科;教材内容脱离儿童生活,引起学生反感的也比比皆是,如《倪焕之》记述当时大多数的书店只是单纯地把教材当作商品来经营,完全忽略了学生们感受和实际接受能力。当时虽社会动荡不安,但学生对社会变革的反应不似成人那么敏感,他们天性中的纯真、美好的一面通常不为时势所动,所以应时刻保护学生的身心成长,保证他们的身心健康。因此解放儿童个性,关注儿童天性发展在教育小说里成为改造儿童教育的重要途径。

保护儿童天性的呼吁今天仍不绝于耳,正体现出当年的那些教育弊端,在今天仍然变相存在,甚至变本加厉,严重升级,体罚、虐待学生等恶劣教育事件,屡见报端;课业繁重,侵占学生休息娱乐时间补课的现象非常普遍,“减负”成为新时代儿童教育的焦点。无忧无虑、欢喜轻松地度过青少年时代,对绝大多数学生而言,依然是个奢侈遥远的梦想。

(四)重视学生日常生活的教育意义

一般而言,老师对学生的教育,主要集中在课堂授课;对学生的认识与评价,也主要是通过学生的学业与平时的外在表现。其实,除了课堂的45分钟,学生的课外甚至校外生活也对他们的成长产生着重要影响。学生从个人生活中直觉体验到的片段、模糊乃至杂乱的经验性的东西,也是知识的一种,属于"缄默知识"。学生也许当时不会去思考、咀嚼这些意向的涵义,也许想了也没有想清楚,但这些东西都储藏在他们的心里,在某些情境的刺激下会突然再现于脑海,产生回忆,与那些清晰系统的认知发生联想、形成知识结构,会对他们分析问题起到帮助。

教育小说中不乏对学生日常生活状态的描述。如夏丏尊翻译的意大利小说《爱的教育》,对学校师生之间、生生之间、管理人员与师生之间的交往、交流等生活细节,描述细致,充满温情。刘薰宇在小说《一个被"光复"掉的学校》里以儿童的眼睛描画了一位每天早晨见到学生都笑脸相迎,有时还要摩摩学生头的和善教师;学校的创办者S先生,是一个极其善良和有耐心的人,对待学生和蔼可亲,关爱之情总是溢于言表;在周日休息的时候,学生们跑到老师家里做游戏,老师、太师母、师母的含笑接待与包容,使孩子们心理充盈着爱的温馨。学生喜欢老师,即使不交流,瞥见他的背影,也会有亲近感油然而生,如对嗜好种花的数学教师G先生的关注。这些生活细节中透露出的爱的教育,会对学生的人品产生深远影响。

不仅仅是老师、同学的影响,还有爷爷奶奶、父母、兄弟姐妹、邻里、亲戚、影视乃至动物、花草等周围环境的影响。如《馨儿就学记》里描写了小主人公在校一年的生活点滴,除了老师、校长的谆谆教导外,还记叙了馨儿随家人参观夜校;看望生病的杨先生,师生二人深情对话,感人肺腑;随父亲参观盲哑学院,见识到教师教授的巧妙和对待学生的无私;跟随父母去扫墓,懵懂中感受母子、父子、兄妹之亲情,生死别之痛苦;跟随母亲参观府立孤儿院;自己生病了,老师跟同学多次前来看望;与同学一起远足旅行,感受自然风光和同学们之间的友谊和乐趣;

参加老师的葬礼;记载一姓周的学生见义勇为救人;学生们在课堂捣乱受到老师的教化;在课外集体捐资帮助丢钱的小学徒;打雪仗的场景等活动。每一日、每一次的活动,对馨儿来说,都影响着他人生观、价值观的形成,因此都是有教育意义的。对大学生来说还有宿舍、社团、朋友、网络、社区等因素的影响,总之,凡是构成学生日常生活主要内容的因素,都对学生有着教育意义,这是我们通常没有给予应有重视的。教育者应关注学生生活实际,关注学生的日常生活,关注流行于学生中间的亚文化。对部分学生来说,他们的日常生活所具有的教育价值甚至超出了课堂价值,日常生活才是他们真实的心灵成长的天地,是他们的秘密花园。

当然,学校以外的生活场景,老师无法全部控制,但在学校以内,老师应当尽可能有效地掌握学生的一切动态。现在的学生"不好教",已是一种共识,因为他们的生活比以前的学生更复杂,接触的信息更繁杂,想法多了,受一点刺激,就产生联想与模仿,因此,问题学生更多了。随之教师的任务也更艰巨了,只有深入学生的生活,跟他们做朋友,谈心、交流,了解他们的想法与生活状态,取得他们的信任,信其师则听其言,才能有的放矢地引导学生迈向健康的成长之路。现在教育界提倡优质教育,我想,关注学生的日常生活的教育意义,也应是优质教育的组成部分之一。

(五)对现代语文教材的编撰的启示

教育小说对当时的语文教材的撰写与发行影响很大,主要表现如下:

首先,因为一些优秀的教育小说,被纳入了语文课本,这其中的佼佼者如包天笑的长篇教育小说《馨儿就学记》的部分章节。

这部小说发表于商务印书馆创办的《教育杂志》,从1909年的第一期开始连载刊行。小说是篇译作,底本为意大利著名作家亚米契斯的《爱的教育》,但是客观来讲,又不完全是译作,有很多作者自由发挥的加工成分,这就使得该作品贴合中国的国情,符合国人的审美阅读视野,所以一经出版,就在社会上产生了很大的反响,受到读者的普遍欢迎,并且一版再版。到1948年,短短四十年的时间里,该书的单行本已印至第18版,发行量高达几十万册。

据包天笑自己的回忆,《馨儿就学记》的销量如此多,有几个原因:一是那书的初版是在辛亥革命的前一年,我国的小学正大为发展。二是那时的商务印书馆,正向各省、各大都市设立分馆,销行他们出版的教课书,最注重的又是国文。三是此书情文并茂,而又是讲的中国事,提倡旧道德,最合十一二岁知识初开一般学生的口味。后来有好多高小学校,均以此书为学生毕业时奖品,那一送每次就是成百本,那时定价每册只售三角五分。所以此书到绝版为止,当可有数十万册。① 可知教育小说的流行与当时小学的举办、国文教课书的销行等关系密切。

《馨儿就学记》中涉及到家事的这段文字后来被商务印书馆选入高小国文的教科书中,取名为《扫墓》。《扫墓》提倡"旧道德",包笑天虽冠一"旧"字,与所谓的"新"相区别,但从此文大受欢迎的程度看,其"旧"并非沉闷、压抑或过时,而是代表了一种文化的厚重、沉淀。阅读过此文的人多会产生这样的感受,文中其实饱含着人道主义精神和传统文化的核心价值观。很多从民国时期走过来的人士,他们有的小学都没有读完,就能凭着小学那些教材的熏陶,加上之后的努力,成为"大家",足见当时语文教材的魅力!

其次,有的教育小说的作者还亲自参加过教材的编写,如夏丏尊、叶圣陶、丰子恺等。而且他们中大多数有从事编辑出版的工作经历:如包天笑先后担任过山东青州府中学堂的监督(校长)、上海《时报》的编辑、江苏省教育干事等职务,主办过《励学译编》杂志;叶圣陶亲身创办杂志,主编过《小说月报》,1923年,29岁的叶圣陶"应邀任上海商务印书馆国文部编辑"②,开始从事编辑出版工作。

这些人士,他们自身受过良好的教育,中西兼通;后来又有着丰富的教育教学经验,理解学校教育的现实,懂得儿童心理,了解他们的需要和渴望。因此,他们创作的教育小说,参与编写的语文教材,符合儿童情趣,符合人性,自然纯净;反映真实的教育现实;对旧道德有所保留,对新意识加以倡导。在当时极为流

① 包天笑.钏影楼回忆录[M].香港:大华出版社,1971.387—388.

② 刘增人,冯光廉编.叶圣陶研究资料[M].北京:北京十月文艺出版社,1988.22.

行,出版势态颇佳。由叶圣陶主文、丰子恺插画的《开明国语课本》,在1949年前共印了四十余版次。2005年由上海科技出版社重印,广受好评,热销断货。这样历久弥新的语文教材,是现在的教材水平难望项背的。

“语文教材是教育思想的体现,有什么样的教育思想,就有什么样的语文教材。”[①]透过本文分析的叶圣陶等人的教育思想,可以想见当时他主编语文教材的目标。将新旧两种教材对比,衡量现在我们缺失了什么,忽视了什么,明白了这些,相信对语文教材的编撰与出版会有启发。

---

① 叶开.为什么民国国语课本仍受现在读者追捧[N].东方早报·早报自由谈,2010-11-19.

参考文献

史料及工具书

1.北京图书馆、上海图书馆.全国中文期刊联合目录(1833—1949)(补编本)[Z].北京:书目文献出版社,1994.

2.陈学恂,田正平.中国近代教育史资料汇编·留学教育[Z].上海:上海教育出版社,1991.

3.陈学恂.中国近代教育大事记[Z].上海:上海教育出版社,1981.

4.陈学恂.中国近代教育史教学参考资料 上、中、下册[Z].北京:人民教育出版社,1986.

5.陈学恂.中国近代教育文选[Z].北京:人民教育出版社,1983.

6.陈平原、夏晓虹.二十世纪中国小说理论资料:第一卷(1897－1916)[M].北京:北京大学出版社,1989.

7.陈振国.冯文炳研究资料[Z].福州:海峡文艺出版社,1991.

8.范伯群编.冰心研究资料[Z].北京:北京出版社,1984.

9.妇女词典编写组.妇女词典[Z] .北京:求实出版社,1990.

10.顾明远.教育学大系·历代教育名人志[Z].武汉:湖北教育出版社,1994.

11.高时良.中国近代教育史资料汇编·洋务运动时期教育[Z].上海:上海教育出版社,1992.

12.华东师范大学教育系.中国现代教育文选[Z].北京:人民教育出版社,1998.

13.教育大辞典编纂委员会.教育大辞典 第3卷[Z].上海:上海教育出版社,1991.

14.教育科学研究所筹备处.老解放区教育资料选编[Z].北京:人民教育出版社,1959.

15.李桂林.中国现代教育史教学参考资料[Z].北京:人民教育出版社,1987.

16.刘英杰.中国教育大事典(1840—1949)[Z].杭州:浙江教育出版社,2001.

17.刘增人、冯光廉.叶圣陶研究资料[M].北京:北京十月文艺出版社,1988.

18.马良春.中国现代文学期刊目录汇编:上、下[M].天津:天津人民出版社,1988.

19.璩鑫圭,唐良炎.中国近代教育史资料汇编·学制演变[Z].上海:上海教育出版社,1991.

20.璩鑫圭,童富勇.中国近代教育史资料汇编·教育思想[Z].上海:上海教育出版社,1997.

21.璩鑫圭.中国近代教育史资料汇编·鸦片战争时期教育[Z].上海:上海教育出版社,1990.

22.璩鑫圭等.中国近代教育史资料汇编·实业教育 师范教育[Z].上海:上海教育出版社,1994.

23.舒新城.中国近代教育史资料(上、中、下册)[Z].北京:人民教育出版社,1981.

24.孙中田等.茅盾研究资料:上册[M]北京:中国社会科学出版社,1983.

25.汤志钧,陈祖恩.中国近代教育史资料汇编·戊戌时期教育[Z].上海:上海教育出版社,1993.

26.汤志钧.康有为政论集(上、下)[Z].北京:中华书局,1981.

27.孙楷第.中国通俗小说书目[M].北京:人民文学出版社,1982.

28.陕甘宁边区教育资料(社会教育部分上)[Z].北京:教育科学出版社,1981.

29.陕甘宁边区教育资料(教育方针政策部分上)[Z].北京:教育科学出版社,1981.

30.陕甘宁边区教育资料(高等教育和干部学校部分下)[Z].北京:教育科学出版社,1981.

31.陕甘宁边区教育资料(在职干部教育部分)[Z].北京:教育科学出版社,1981.

32.上海图书馆编.近代期刊篇目汇录第1—5卷[Z].上海:上海人民出版社,1965.

33.尹德新主编.历代教育笔记资料[C].第四册.清代部分.中国劳动出版社.1990.

34.中国第二历史档案馆.中华民国史档案资料汇编 第三辑 教育[Z].南京:江苏古籍出版社,1991.

35.周邦道.第一次中国教育年鉴[Z].上海:开明书店,1934.

36.朱有瓛.中国近代学制史料 第一辑上册[Z].上海:华东师范大学出版社,1983.

37.朱有瓛.中国近代学制史料 第一辑下册[Z].上海:华东师范大学出版社,1986.

38.朱有瓛.中国近代学制史料 第二辑上册[Z].上海:华东师范大学出版社,1987.

39.朱有瓛.中国近代学制史料 第二辑下册[Z].上海:华东师范大学出版社,1989.

40.朱有瓛.中国近代学制史料 第三辑上册[Z].上海:华东师范大学出版社,1990.

41.朱有瓛.中国近代学制史料 第三辑下册[Z].上海:华东师范大学出版版

社,1992.

42.朱有瓛.中国近代学制史料 第四辑[Z].上海:华东师范大学出版社,1992.

43.中央教育科学研究所编.老解放区教育资料(二)抗日战争时期 上册[Z].北京:教育科学出版社,1986.

44.中央教育科学研究所编.老解放区教育资料(二)抗日战争时期 下册[Z].北京:教育科学出版社,1986.

45.中央教育科学研究所编.陶行知教育文选[Z].北京:教育科学出版社,1981.

46.中国近现代史编委会.中国近现代史大事记(1840—1980)[Z].北京:知识出版社,1982.

著作

47.阿英.晚清小说史[M].北京:人民文学出版社,1980.

48.巴金.巴金文集[M].北京:人民文学出版社,1996.

49.包天笑.埋石弃石记[M].上海:商务印书馆,1931.

50.包天笑.钏影楼回忆录[M].香港:大华出版社,1971.

51.包天笑.钏影楼回忆录续编[M].香港:大华出版社,1973.

52.包天笑.馨儿就学记[M].上海:商务印书馆出版,1925.

53.巴赫金.小说理论[M].白春仁、晓河译.石家庄:河北教育出版社,1998.

54.白薇.白薇作品选[M].长沙:湖南人民出版社,1985.

55.冰心.冰心全集[M].福州:海峡文艺出版社,1999.

56.蔡尚思.中国传统思想总批判[M].上海:上海古籍出版社,2006.

57.陈桂生.教育原理[M].上海:华东师范大学出版社,2000.

58.陈大康.中国近代小说编年[M].上海:华东师范大学出版社,2002.

59.陈平原.中国现代小说的起点——清末民初小说研究[M].北京:北京大学出版社,2005.

60.陈平原.中国小说叙事模式的转变[M].上海:上海人民出版社,1988.

61.陈平原.小说史:理论与实践[M].北京:北京大学出版社,1993.

62.陈鹤琴.我的半生[M].长沙:岳麓书社,1998.

63.茨维坦·托多洛夫.批评的批评——教育小说[M].王东亮,王晨阳译.北京:生活·读书·新知三联书店. 2002.

64.崔明芬.文化巨人老舍[M].济南:山东友谊书社,1992.

65.[加]大卫·杰弗里·史密斯著.郭洋升译.全球化与后现代教育学[M].北京:教育科学出版社,2000.

66.杜成宪、崔运武、王伦信.中国教育史学九十年[M].上海:华东师范大学出版社,1998.

67.董宝良.中国教育史纲(近代之部)[M] .北京:人民教育出版社,1993.

68.[美]费正清.剑桥中国晚清史[M].北京:中国社会科学出版社,1985.

69.[美]费正清.剑桥中华民国史 1912—1949[M].北京:中国社会科学出版社,1993.

70.冯川.文学与心理学[M].成都:四川人民出版社,2003.

71.福禄培尔.人的教育[M].孙祖复译.北京:人民教育出版社,2001.

72.范伯群编选.包天笑代表作[M].北京:华夏出版社,1999.418.

73.范烟桥.中国小说史[M].苏州:秋叶社,1927.

74.废名.废名选集[M].成都:四川文艺出版社,1988.

75.高奇.中国教育史研究·现代分卷[M].上海:华东师范大学出版社,2009.

76.葛兆光.中国思想史[M].上海:复旦大学出版社,2005.

77.顾明远.民族文化传统与教育现代化[M].北京:北京师范大学出版社,1998.

78.顾明远.鲁迅的教育思想和实践[M].北京:人民教育出版社,1981.

79.黄济,王策三.现代教育论[M].北京:人民教育出版社,1996.

80.赫尔巴特.普通教育学.教育学讲授纲要[M].李其龙译.北京:人民教育出版社,1988.

81.蒋光慈.蒋光慈文集[M].上海,上海文艺出版社,1988.

82.金梅.叶圣陶的文学创作[M].上海:上海文艺出版社,1985.

83.孔厥.一个女人翻身的故事[M] .北京:新华书店,1949.

84.梁启超.清代学术概论[M].上海:上海古籍出版社,1998.

85.林薇.清代后期的世情小说[M].郑州:大象出版社,2000.

86.李延年.《歧路灯》研究[M].郑州:中州古籍出版社,2002.

87.李伯元.文明小史[M].上海:上海古籍出版社,1997.

88.李宗刚.新式教育与五四文学的发生[M].济南:齐鲁书社,2006.

89.李华兴.民国教育史[M].上海:上海教育出版社,1997.

90.[法]卢梭.爱弥儿[M].李平沤译.北京:人民教育出版社,2001.

91.鲁迅.鲁迅小说全集[M].郑州:河南人民出版社,1994.

92.鲁迅.鲁迅全集[M].北京:人民文学出版社,2005.

93.鲁迅.中国小说史略[M].天津:百花文艺出版社 2002.

94.庐隐.庐隐小说全集[M].长春:时代文艺出版社,2001.

95.[法]卢梭著,李平沤译.爱弥儿:论教育[M].商务印书馆,1996.

96.栾梅健.通俗文学之王——包天笑[M].上海:上海书店出版社,1999.

97.毛礼锐,沈灌群.中国教育通史 第四、五卷[M].济南:山东教育出版社,1988.

98.茅盾.虹[M].上海:开明书店,1948.

99.欧阳健.晚清小说史[M].杭州:浙江古籍出版社,1997.

100.钱穆.文化与教育[M].桂林:广西师范大学出版社,2004.

101.钱钟书.围城[M].北京:生活·读书·新知三联书店,2002.

102.瞿秋白.瞿秋白文集[M].北京:人民出版社,1987.

103.[清]魏源.海国图志[M].长沙:岳麓书社出版社,1998.

104.任钟印.杨贤江全集 第六卷[Z].郑州:河南教育出版社,1995.

105.任钟印.杨贤江全集 第三卷[Z].郑州:河南教育出版社,1995.

106.仁天石.叶圣陶小说论[M].江苏教育出版社,1988.

107.芮渝萍.美国成长小说研究[M].北京:中国社会科学出版社,2005.

108.柔石.二月[M].北京:中国青年出版社,2004.

109.桑兵.晚清学堂学生与社会变迁[M].上海:学林出版社,1995.

110.苏雪林.棘心[M].北京:群众出版社,1999.

111.舒济、舒乙编.老舍全集.武汉:长江文艺出版社,1993.

112.思绮斋,问渔女史,王妙如.中国近代小说大系《女子权》《侠义佳人》《女狱花》[M]. 南昌:百花洲文艺出版社,1993.

113.商金林.叶圣陶传论[M].合肥:安徽教育出版社,1995.

114.孙培青.中国教育史(修订版)[M].上海:华东师范大学出版社,2000.

115.孙培青.中国教育管理史[M].北京:人民教育出版社,1996.

116.田正平. 中国教育史研究·近代分卷[M].上海:华东师范大学出版社,2009.

117.王炳照、阎国华.中国教育思想通史 第五卷[M].长沙:湖南教育出版社,1994.

118.王炳照,阎国华.中国教育思想通史 第六卷[M].长沙:湖南教育出版社,1994.

119.王一川.中国现代性体验的发生——清末民初文化转型与文学[M].北京:北京师范大学出版社,2001.

120.吴洪成.中国近代教育思潮研究[M].重庆:西南师范大学出版社,1993.

121.夏志清.中国现代小说史[M].香港:中文大学出版社,1979.

122.喻本伐,熊贤君.中国教育发展史[M].武汉:华中师范大学出版社,1991.

123.熊月之.西学东渐与晚清社会[M].上海:上海人民出版社,1994.

124.杨联芬.晚清至五四:中国文学现代性的发生[M].北京:北京大学出版社,2003.

125.叶舒宪.文学与人类学 [M].北京:社会科学文献出版社,2003.

126.颐琐.黄绣球[M].河南:中州古籍出版社,1987.

127.于润琦.清末民初小说书系·滑稽卷[M].北京:中国文联出版公司,1997.

128.于润琦.清末民初小说书系·家庭卷[M].北京:中国文联出版公司,1997.

129.于润琦.清末民初小说书系·伦理卷[M].北京:中国文联出版公司,1997.

130.于润琦.清末民初小说书系·社会卷[M].北京:中国文联出版公司,1997.

131.叶圣陶.教育与人生[M].上海:上海教育出版社,2004.

132.叶圣陶.叶圣陶集[M].(1—26 卷),南京:江苏教育出版社,2004.

133.叶圣陶.叶圣陶教育文集[M].北京:人民教育出版社,1994.

134.叶圣陶.叶圣陶语文教育论集[M].北京:教育科学出版社,1980.

135.叶圣陶.倪焕之[M].北京:人民文学出版社,2004.

136.叶圣陶.中国现代名作家名著珍藏本——教育小说[M].上海:上海文艺出版社,1994.

137.叶至善选编,叶圣陶著.教育小说[M].上海:上海文艺出版社,1994.

138.[意]亚米契斯著,梁海涛、蔡雪萍译.爱的教育[M].河北人民出版社,2001.

139.赵忠心.家庭教育学[M].北京:人民教育出版社,1999.

140.张天翼.包氏父子[M].北京:中国华侨出版社,2000.

141.张仁善.礼·法·社会——清代法律转型与社会变迁[M].天津:天津古籍出版社.2001.

142.张静如,卞杏英.国民政府统治时期中国社会之变迁[M].北京:中国人民大学出版社,1993.

143.周德昌.中国古代教育思想的批判继承[M].北京:教育科学出版

社,1982.

144.周钧韬,欧阳健,萧相恺.中国通俗小说鉴赏辞典[M].南京:南京大学出版社,1993.

145.翟瑞青.现代作家和教育[M].北京:国际文化出版公司,1999.

期刊论文

146.曹萌.论中国古代通俗小说的教育倾向[J].郑州大学学报(哲学社会科学版),2003(3).

147.蔡世连.冷嘲热讽声中为旧教育送葬——现代教育小说简介之一[J].山东教育,2001(14).

148.蔡世连.迷梦中的徘徊——现代教育小说简介之二[J].山东教育,2001(17).

149.蔡世连.低谷中的挣扎与高峰上的努力——现代教育小说简介之三[J].山东教育,2001(29).

150.崔明芬.论老舍小说中的教育思想[J].郑州大学学报(哲学社会科学版),1988(3).

151.陈桃兰.观念世界的教育变革——现代小说中的教育叙事研究[D].浙江大学博士论文.2009.

152.陈大康.关于"晚清"小说的标示[J].明清小说研究,2004(2).

153.陈平原.文学史视野中的"大学叙事" [J].北京大学学报(哲学社会科学版),2006(2).

154.邓红.论私塾语文教育特征及其对现代语文教学的启示 [D].华中师范大学,2006.

155.邓伟.试论晚清"新小说"的白话语言建构[J].兰州学刊,2009(2).

156.丁钢.教育叙事的理论探究[J].高等教育研究,2008(1).

157.丁钢.像范梅南那样做叙事研究[J].上海教育,20005(2).

158.丁钢.早期教育现代化的选择与失落:一个比较视角[J].高等教育研究,

2004(5).

159.丁钢.教师教育的使命[J].当代教师教育,2008(1).

160.丁钢.教育与日常实践[J].教育研究,2004(2).

161.杜学元.社会女性观与中国女子高等教育(先秦至晚清)[D].华中科技大学博士论文,2004.

162.范喜宏.浅谈倪焕之[J]语文学刊,1998(2).

163.付建舟.中国历史小说的近现代转型[J].东南大学学报(哲学社会科学版),2010(1).

164.郭延礼.西方文化与近代小说的变革[J].选自,阴山学刊,1999(3).

165.管培俊.关于教师教育改革发展的十个观点[J].中国高等教育,2004(2).

166.郭浩帆.清末民初小说与报刊业之关系探略[J].文史哲,2004(3).

167.韩永胜,吴景明.在困惑与断裂中成长——老舍的三部教育小说[J].东北师大学报(哲学社会科学版),2008(3).

168.韩永胜.中国现代教育小说概论[D].东北师范大学博士论文,2008.

169.贺根民.教科之助:晚清小说教育功能的歧变[J].中国矿业大学学报(社会科学版),2007(1).

170.胡宗仁.变迁社会中的晚清教育 [D].南京师范大学,2007.

171.郝锦花.新旧之间——学制转轨与近代乡村社会[D].山西大学博士论文,2004.

172.何希凡.叶圣陶的教育情结与倪焕之的心灵变迁[J].西华师范大学学报(哲学社会科学版),2005(2).

173.侯杰,李钊.《女界钟》:解读国民革命思想中性别意识的重要文本[J].史学月刊,2007(4).

174.黄永林."小说界革命"与启蒙大众[J].华中师范大学学报(人文社会科学版),2000(2).

175.贾国静.私塾与学堂:清末民初教育的二元结构 [J].四川师范大学学报

(社会科学版),2002(1).

176.焦福民.近代早期文学翻译探胜——以包天笑为例[J].厦门教育学院学报,2006(1).

177.蒋纯焦.一个阶层的消失——晚清以降塾师研究[D].华东师范大学博士论文,2006.

178.蒋英豪.梁启超与中国近代新旧文学的过渡[J].南开学报,1997(5).

179.李力.调谑背后的深刻:鲁迅的科举笔触[J].河北师范大学学报(教育科学版),2010(11).

180.李静.晚清报刊业的勃兴与近代小说的多元嬗变[J].青海师范大学学报(哲学社会科学版),2005(6).

181.林丹娅.冰心早期女性观之辨析[J].南开学报(哲学社会科学版),2005(5).

182.刘云凤.晚清政治社会化危机的原因探析[J].内蒙古农业大学学报(社会科学版),2009(3).

183.刘加民.中国现代教育小说的历史研究[D].北京师范大学硕士学位论文,1999.

184.鲁非.文学家和教育家的完美结合——论叶圣陶的教育小说[J]湖北师范学院学报(哲学社会科学版),1991(4).

185.卢旭.教育的现代性解读[D].华中师范大学博士论文,2009.

186.李自华.融贯中西,因地制宜:对民国教育现代化的一点思考 [D].江西师范大学,2003.

187.梁爱民.晚清小说观念的多重定位[J].江苏大学学报(社会科学版),2010(5).

188.鹿琳,骆雁.社会的记录 深邃的思考——读冰心的问题小说[J].齐齐哈尔大学学报(哲学社会科学版),2005(1).

189.卢长春.五四女作家创作综论[D].曲阜师范大学,2001 年硕士学位论文.

190.孟丽.论“小说界革命”的酝酿历程[D].华东师范大学博士论文,2008.

191.梅家玲.包天笑与清末民初的教育小说[J].中外文学,2006(1).

192.潘懋元.从中国现代教育史的角度看《倪焕之》[J].厦门大学学报,1963(1).

193.潘一禾.文学家笔下的教育——外国教育小说一瞥[J].浙江大学学报,1996(1).

194.潘建国.由《申报》所刊三则小说征文启事看晚清小说观念的演进[J].明清小说研究,2001(1).

195.潘彩霞.试论翻译小说对中国近代小说的影响[D].内蒙古师范大学硕士论文,2006.

196.任苏民.叶圣陶教育思想研究[J].教育研究,1994(9).

197.沈庆会.包天笑及其小说研究[D].华东师范大学博士论文,2006.

198.桑兵.清末兴学热潮与社会变迁[J].历史研究,1989(6).

199.万嵩.中国现代“教育小说”的高峰:《倪焕之》[J].西北师大学报(社会科学版),1988(1).

200.王笛.清末新政与近代学堂的兴起 [J].近代史研究,1987(3).

201.王先明,尤永斌.略论晚清乡村社会教化体系的历史变迁 [J].史学月刊,1999(3).

202.王枬.关于教师的叙事研究[J]. 全球教育展望,2003(4).

203.王美秀.中国近代社会转型与女子教育的发展[J].北京大学学报(社学社会科学版),2001(3).

204.王兆憬.教育小说:流变与省察[J].教育理论与实践.2003(9).

205.王凤仙.冰心早期创作中的生命美学观[J].贵州社会科学,2005(2).

206.王卫平.论中国现代知识分子题材小说的中心冲突[J].文史哲,2007(6).

207.王卫平.从现代小说中的文人形象看知识分子的道德人格[J].文学评论,2009(1).165.

208.吴玉伦.论“教育救国”思想的积极意义[J].江汉大学学报(社会科学版),2005(1).

209.吴彦芳.近代新式学堂教育与农村问题[J].西北民族大学学报(哲学社会科学版),2010(3).

210.吴效马.五四“儿童的发现”与中国教育的近代化[J].学术研究,2005(7).

211.吴丽.近代女子教育与五四时期的女性创作[D].华中师范大学硕士学位论文,2009.

212.卫玲,姚远.晚清学堂报刊职能的演化与发展[J].清华大学学报(哲学社会科学版),2008(4).

213.肖朗.裴斯泰洛齐在近代中国——以其教育著作和思想的译介为中心的考察[J].教育学报,2010(1).

214.熊月之.金天翮与《女界钟》[J].史林,2003(3).

215.徐龙年.从倪焕之看叶圣陶的早期教育追求[J].中国教育学刊,2003(8).

216.徐龙年.《倪焕之》与五四青年的情感教育[J].齐鲁学刊,2003(1).

217.杨晓.中国传统女学的终结与近代女子教育的兴起——戊戌变法时期女学思想探析[J].学术研究,1995(5).

218.杨晓军.清末新政时期东北地区新式教育述论[D];吉林大学,2006.

219.杨爱芹.读叶圣陶“教育小说”的教育启示[J].中国成人教育,2007(2).

220.杨东平.中国传统教育的现代命运[J].清华大学教育研究,1999(2).

221.袁济喜.国学与现代中国[J].东南学术,2007(5).

222.于金龙.民初现代小说家群体考察[D].吉林大学硕士论文,2009.

223.翟瑞青.儿童,冰心心中的一片绿洲——兼论冰心的儿童教育观[J].济南大学学报(社会科学版),1999(6).

224.张素玲.女大学生与中国现代教育——1900—1930 年代[D].华东师范大学博士论文,2004.

225.张文娟.五四文学中的女子问题叙事——以同期女子解放思潮和运动

事实为参照[D].吉林大学博士论文,2008.

226.张雪蓉.试论科举制的废止与中国传统教育文化的命运[J].黑龙江高教研究,2008(12).

227.张江元.知识分子的心灵“镜像”:中国现代小说的“教育救国”理想[J].名作欣赏,2009(1).

228.张江元.论中国现代小说对“教育救国”的想象与叙述[J].山西师大学报(社会科学版),2008(6).

229.张洁.两万年文明下的“猫人”教育——读老舍的《猫城记》[J].文艺争鸣,2006(3).

230.周险峰.教育文本理解论[D].华东师范大学博士论文,2006.

231.周谷平.晚清外国人眼中的中国教育[J].徐州师范大学学报(哲学社会科学版),2004(4).

232.朱其.鲁迅艺术思想中的灵魂意识及其现代性[D].中国艺术研究院博士论文,2009.

233.朱媛美.教是为了达到不需要教——叶圣陶教育思想综述[J].民办教育研究,2006(6).

234.朱秀梅.晚清“新小说”类型及其演变[J].河南大学学报(社会科学版),2010(2).

报刊杂志:

A 安徽白话报　安徽俗话报

B 北京高等师范学校校友会杂志　半星期报

C 晨报　创造　创造月刊

D 大公报　东方杂志　大陆报

F 妇女时报　妇女杂志

G 广业丛报　广益丛报　国民日报　国闻周报　工读杂志

H 湖北教育会报　湖南教育杂志　华商联合会报　环球

J 教育报　教育公报　教育世界　教育通讯　教育研究　教育杂志　进步杂志

京报·青年之友　竟业旬报

K 抗到底

L 礼拜六　留美学生季报　论语　岭南白话杂志

M 民国日报　民报　民权素　民铎杂志　民国汇报

N 南开思潮　南开季刊　女报·女学报　女报 女子世界

P 平民

Q 青年声清华周刊

S 扫荡报　绍兴教育杂志　申报　申报月刊　时报　时事新报　世界日报　十日小说

说林　四川教育杂志

T 图画日报　通俗日报　童子世界　天下文章

W 文季月刊　文学　文学季刊　文艺杂志　文艺月刊　文艺俱乐部　文艺复兴　文汇报

X 现代评论 夏声 小说　小说丛报　小说大观　小说海　小说季刊　小说林　小说名画大观　小说时报　小说新报　小说月报　新华日报　新月　新潮　新民丛报　新青年

新朔望报　新世界小说社报　新小说　新小说丛　新新小说　新中华　绣像小说　学生月刊　学生周刊　游戏世界　游戏杂志　学生杂志

Y 余兴　宇宙风　语丝　月月小说　云南教育杂志　娱闲录　粤西

Z 中华教育界　女界　中华小说界　中外小说林　中华妇女界　中西教会报　中学生　中外日报　中国女报　中华学生界